2

Григорий Тер-Азарян

ПОЛНОЕ СОБРАНИЕ СКАЗОЧНЫХ СОЧИНЕНИЙ

Том 1

2009 ©   IGRULITA PRESS, USA
11, Central Shaft rd, FLORIDA, MA, 01247   Тираж 80 000.
ISBN 978-0-9822105-1-2   0-9822105-1-5

ОГЛАВЛЕНИЕ

БЕРЁЗКА часть 1

ГЛАВА 1 БЕРЁЗКА

Березка, откликаясь на прикосновение Ветерка, ласково шелестела листвой.
– Как ты сегодня? – спросил ее Ветерок. – Опять грустная?
Березка ничего не ответила и сильнее зашелестела.
Это было очень стройное деревце с пышной кроной, и в жаркий день под ним всегда было приятно отдохнуть. Иногда на листочках появлялись капельки воды, похожие на прозрачные слезинки. Казалось, что Березка плачет, вспоминая о чем-то, что было ведомо только ей одной.
Под деревцем росло много ландышей и незабудок, и воздух был пронизан ароматом цветов. Но цветы росли только тут, хотя вокруг было много разных деревьев.
Природа с особой нежностью относилась к Березке. Налетавшие ураганы валили сосны и ели, а с нее ни один листок не падал.

Ёжик очень любил Березку и, часто навещая, беседовал с ней. Рассказывал все новости леса: о чем шумит речка, как весело скачут и переговариваются белочки и что уже прилетели ласточки. Деревце слушало Ёжика и в ответ лишь шелестело. Но Ёжик все понимал.
– Ты только не грусти, – говорил он. – Смотри, как светит солнышко, как красиво цветут ландыши. Надо радоваться, ведь пришла весна.
Тогда с листиков Березки капали слезинки, и там, где падала капелька, расцветал новый

ландыш или незабудка. Было понятно, что это не простая, а волшебная Березка, а кем она была на самом деле, оставалось тайной. В лесу все знали, что она очень добрая, так как даже шелест ее листвы был каким-то другим. Он был похож на тихую и очень грустную мелодию.

В тот день Ежик опять пришел к своей белоствольной подружке и разговаривал с ней. Вдруг небо потемнело, раздался гром, и около Березки появилась маленькая женщина. Она была необычайно красива и походила на добрую фею. Незнакомка была одета во все зеленое. На редкость красивое платье, темно-зеленый короткий плащ и такого же цвета туфельки были богато расшиты золотом.

Но по глазам было видно, что она – злая колдунья. В них светился странный и очень недобрый огонек. Волосы незнакомки выбились из-под шапочки, украшенной крупными изумрудами, и развевались по ветру.

– Вот мы опять встретились, – подойдя к Березке, усмехнулась злая волшебница. – Смотри, какие на тебе красивые зеленые листья. Ты же знаешь, что зеленый цвет – цвет моего колдовства.

От этих слов ветви Березки стали трепетать. Казалось, что она дрожит от страха.

– А ведь я тебя предупреждала, – продолжала незнакомка, – что однажды доброта тебя погубит. Но ты мне не поверила, не пожелала стать моей подругой, думала, что твои верные друзья тебя спасут.

Колдунья наклонилась к ландышам.

– Ну что, вам нравится быть цветами? Вы тоже так любили все светлое и прекрасное! Вот и оставайтесь навеки цветами. Вам теперь ничто не поможет. Никто не сумеет вас расколдовать, ведь только мне известно, как это сделать. Но я никогда, вы слышите, никогда не расколдую вас!

Ветки Березки задрожали еще сильнее, а капельки слезинок, как дождик, падали на землю.

– Ты плачешь! – обрадовалась колдунья. – Наконец-то видны твои слезы. Теперь я часто буду приходить и беседовать с тобой.

И она рассмеялась недобрым смехом.

– А ты кто? – повернулась волшебница к Ежику. Ты что тут делаешь?

– Я – друг этой Березки, – испуганно ответил Ёжик. – И пришел поговорить. Мы с ней большие друзья.

– А она не умеет разговаривать, – вновь рассмеялась колдунья. – Когда я заколдовала ее, надела на неё такую маску, что твоей подруге никогда не удастся промолвить ни слова и рассказать, за что она наказана. Могу так сделать, чтобы Березка медленно высыхала. Но я добрая. Пусть она навсегда остается деревом. Смотри, как она красиво плачет! И тебе, Ёж, советую здесь больше не появляться, а то не миновать беды. Пока не знаю, в кого превращу тебя, но если еще раз здесь застану, пеняй на себя. А сейчас немедленно уходи отсюда, пока я окончательно не рассердилась.

Слезинки сильнее закапали с листиков Березки.

– Видишь, какая я добрая! Но доброта должна быть такой, чтобы все тебя боялись, – и колдунья зло рассмеялась. – Я сейчас очень спешу, не то занялась бы этими ландышами и незабудками. Их становится все больше и больше, а мне это очень не нравится.

Головки цветов поникли.

– Смотри, как они уважают меня, кланяются мне! Но мне сейчас надо спешить.

Злая волшебница взмахнула рукой, снова

раздался гром, небо потемнело, и она исчезла. Ёжик, который отошел в сторонку и спрятался за клёном, подошел к Березке.

– Чем я могу тебе помочь? Теперь я понял, что ты не Березка, а тоже волшебница. И знаю, что заколдована за свою доброту.

Ландыши, которые уже подняли свои головки, закачались, как бы говоря Ёжику, что он прав.

– А что это за маску на тебя надела колдунья и как ее снять?

Но Березка ничего не отвечала, и только слезинки все струились с листочков.

– Я пойду и поговорю с белочками, – стал прощаться Ёжик. – Может, они знают, как тебе помочь, – и он направился в глубь леса.

А Ветерок стал ласкать веточки Березки, утешая ее.

Вскоре Ёжик, сидя в окружении белочек, рассказывал, как появилась колдунья, и о чем она говорила.

– Надо помочь нашей Березке. Но как это сделать, как снять волшебную маску?

Белочки, всегда болтливые и беспокойные, на этот раз молчали. Они тоже очень любили деревце, но ни одна из них не знала, как ему помочь.

– Если мы не расколдуем Березку, – вздохнул Ёжик, – то уверен, что колдунья ее погубит. Уж очень она сердита, что та – такая добрая и ласковая. А заодно уничтожит ландыши и незабудки.

– Я знаю, что делать! – вдруг раздалось сверху. Белочки стали оглядываться, но никого не увидели.

– Кто это говорит? – спросил Ёжик.

– Это я!

Звук шел из дупла на дереве.

– Кто же ты? Как тебя зовут? – поднял мордочку

Ёжик.

– Это Филин, – догадалась одна из белочек. – Он живет в этом дупле. Но обычно он днем спит и никогда не разговаривает. Это ты, Филин?

– Конечно, я! Я слышал весь ваш разговор и знаю эту колдунью. Она очень злая, и всех, кто не подчиняется ей, наказывает. Березка – одна из тех, кто ее ослушался.

– Но как ей помочь, Филин? Подскажи нам, – попросил Ёжик.

– Ты говоришь, Березку так заколдовали, что она не может говорить? – проухал Филин. – Но я уверен, что ландыши и незабудки смогут нам все рассказать. Надо непременно найти того, кто понимает язык цветов.

– А кто понимает язык цветов? – засуетились белочки.

– Вот этого я не знаю, – раздалось из дупла.

– Может, пчелы понимают, о чем говорят цветы? – процокала одна из белочек. – Здесь, неподалеку, есть большой улей. Пойдем и спросим их.

Все направились в сторону большого дуба, в дупле которого жил пчелиный рой.

– Пчелки! – позвал Ёжик. – Вы понимаете язык цветов?

Но пчелки ничего не ответили, и начали сильнее жужжать, как бы говоря, что им нет ни до кого дела и, если им не перестанут мешать, они могут и ужалить.

– Пчёлки ничего не знают, – огорчился Ёжик. – Лучше поскорее уйти отсюда, пока нас не покусали. Кто же понимает язык цветов? Они о многом смогут нам рассказать, и тогда удастся расколдовать Березку.

– А может, Гном нам поможет? – вспомнила одна из белочек.

Все хорошо знали Гнома, который жил в лесу.

Но он всех сторонился, жил очень замкнуто и дружил только с Кротом.
– Надо пойти к Кроту и попросить, чтобы он поговорил с Гномом.
Крот жил невдалеке, под большой сосной. Вскоре они были у норы. Ёжик наклонился и позвал Крота. Из отверстия выглянула мордочка.
– Что вам нужно? – принюхался Крот. – Это ты, Ёжик? С чем пожаловал?
– Конечно, я! Но со мной еще много белочек. Надо, чтобы ты кое о чем расспросил Гнома. Может, он поможет нам.
– А в чем дело? – полюбопытствовал Крот.
Он очень гордился дружбой с Гномом и рад был помочь.
– Ты знаешь, что в нашем лесу есть волшебная Березка?
– Это ты говоришь про ту Березку, около которой растут цветы? – спросил крот, вылезая из норы.
– Именно про нее и говорим, – зацокали белочки. – Сегодня Ежик узнал, что она не простая, а заколдованная.
– А кто же тогда она на самом деле? – спросил Крот, усевшись на бугорок.
– Вот этого я и не знаю, – вздохнул Ёжик. – Она заколдована за свою доброту. Может, Гном сумеет нам как–то помочь, чтобы мы ее спасли.
– Гном вот-вот должен подойти, – поудобней уселся Крот. – Если вы посидите и подождете, я постараюсь узнать у него, как нам помочь Березке.
Вскоре появился и Гном. У него была длинная, седая бородка, на голове маленькая, вся расшитая узорами шапочка, а на ногах – башмаки с серебряными колокольчиками. И когда он шел, они мелодично позванивали.

Увидев Ёжика с белочками, Гном поморщился, так как был совсем не рад этой встрече. Он уселся на поваленное, густо поросшее мхом дерево, и громко засопел.

– Здравствуй, Гном! – приветствовал его Крот. – А мы ждали тебя. Ёжик и белочки пришли попросить, чтобы ты помог расколдовать Берёзку.

– Какую еще Берёзку? – недовольно проворчал Гном.

– Ты ее хорошо знаешь, – раздалось со всех сторон. – Только под ней растут ландыши и незабудки.

– А с чего вы решили, что она заколдована? – удивился Гном.

Тут Ёжик ему рассказал, как сегодня к Берёзке приходила колдунья, и как деревце дрожало и плакало.

– А у этой волшебницы на ногах были зеленые туфельки? – заволновался Гном.

– Конечно, – удивлённо ответил Ёжик. – Именно зеленого цвета, отделанные золотом. И на них был какой-то знак. Но откуда ты это знаешь?

– Это не знак, а ее волшебный герб, – еще громче засопел Гном. – И она была красива?

– Очень красива! – кивнул Ёжик. – Я сначала даже подумал, что это добрая фея. Но когда увидел, какие злые огоньки играют в ее глазах, понял, что ошибся.

– В ее глазах горели огоньки, и, когда она появилась, прогремел гром? – прошептал Гном и стал озираться вокруг.

– Да, - растерялся Ёжик. – Но откуда ты знаешь? Тебя же там не было!..

– Она опять пришла! – воскликнул Гном.

– Ты с ней знаком? – растерянно спросил Ёжик.

– Да, и очень хорошо! Это очень страшная и злая колдунья.

– Она хотела и меня заколдовать, – пребил Гнома Ёжик. – И пообещала, что если еще раз застанет меня около Березки, то непременно превратит во что–то ужасное.

– Тебе очень повезло! – воскликнул Гном. – Обычно она заколдовывает сразу, без всякого предупреждения. Видно, у нее было очень хорошее настроение, поэтому она тебя не превратила в гоблина. Я бы не хотел еще раз попасться ей на глаза.

– Она сказала, что на Березке – маска, которую никто, кроме нее, не сможет снять – добавил Ёжик.

– Тогда совсем плохо, – вздохнул Гном. – Если она надела маску, значит, очень была зла. Но у меня есть свои счеты с этой колдуньей, и я готов вам помочь. Пойдемте, я хочу послушать, что расскажет Березка.

– Злая волшебница сказала, что маска, которую она надела, никогда не позволит деревцу ничего рассказать, – печально заметили белочки.

– Плохи наши дела! – приуныл Гном. – Боюсь, что даже я не сумею чем-то помочь.

– А ты не знаешь, кто понимает язык цветов? – уселся рядом с Гномом Ёжик.

– А это для чего нужно? – удивился тот. – Зачем вам понадобилось говорить с цветами?

– Может быть, нам смогут чем-то помочь ландыши и незабудки, которые растут под Березкой, – объяснил Гному Ёжик. – Я уверен, что они знают, кем она была раньше. Ведь колдунья и цветам пообещала, что расправится с ними.

– Подожди, дай мне подумать!.. – вновь уселся Гном и погрузился в размышления.

ГЛАВА 2 СОЛОВЕЙ И РОЗЫ

Прошел час, другой, а Гном все молчал и думал. Казалось, что он заснул.

– Я знаю, кто понимает язык цветов! – неожиданно выдохнул он. – Цветы понимают язык цветов.

– Ну и что из этого? – не понял Ёжик.

– Нам нужно найти того, кто понимает язык цветов. А как это сделать я тоже знаю, – радовался Гном. – Вы когда-нибудь видели розу?

– Нет, розы я никогда не видел, – приуныл Ёжик – А что это такое? Где она в лесу растет?

– Розы - это самые красивые цветы! – рассмеялся Гном, – и в нашем лесу их нет. – А там, где цветет роза, всегда появляется соловей и поет ей песни. Я уверен, что соловей понимает, о чем говорит цветок, а роза должна знать язык остальных цветов.

– Но откуда мы в лесу возьмём розу? – опечалились Ёжик и белочки. – Мы даже не знаем, где ее искать.

Гном опять надолго задумался.

– Кажется, я могу и в этом помочь, – хлопнул он себя по колену. – Но если колдунья узнает про это, она меня превратит в гоблина, и придется ей вечно служить. Однажды мне повезло. Она заколдовала всех моих братьев, а я избежал их участи лишь потому, что пошел прогуляться по лесу.

– А может быть, сняв маску с Березки, нам удастся помочь и твоим братьям? – прибодрился Ёжик. – Где они сейчас? Впервые про них слышу.

– Я не знаю, что с ними случилось, – горестно вздохнул Гном. – Когда я вернулся домой, там уже никого не было. Однако нам надо поторопиться. Злая колдунья может почувствовать, что против нее что-то замышляется, и тогда погибнет не только Березка, но и все мы.

– А все же, откуда нам взять розу? – зацокали белочки.

– И вдруг к ней не прилетит соловей или прилетит, когда уже будет поздно?

– Я тоже учился разным волшебствам, – улыбнулся Гном. – Надеюсь, что смогу наколдовать розовый куст. Но придется дождаться вечера. Все равно соловей прилетит к розе только на рассвете.

– Как интересно посмотреть, что же такое роза! – опять засуетились белочки. – На что она похожа?

– Вы все хорошенько рассмотрите, – вмешался Крот, – и расскажите мне о ней. Я же ничего не вижу.

– Конечно, расскажем ! Непременно расскажем! – наперебой обещали ему Белочки.

Гном недовольно посмотрел на них.

– Нам придется не спать всю ночь, потому что надо услышать, о чем расскажут заколдованные цветы. И сейчас не мешает всем отдохнуть и немного поспать.

Он облокотился о дерево, закрыл глаза и, на этот раз по-настоящему, заснул. А Ежик с белочками побежали к Березке посмотреть, не появится ли снова злая колдунья на полянке. Березка по-прежнему шелестела листвой. Видимо, она чуть оправилась: с её листочков капали редкие слезинки.

– Мы тебе обязательно поможем, непременно спасем тебя! – пообещал Ежик. – Снимем с тебя злое колдовство.

Листики на деревце вновь заблестели, а веточки потянулись к Ежику, как бы обнимая его.

Постепенно солнышко стало клониться к закату. Наступал долгожданный вечер.

– Надо пойти к Филину, – засуетился Ежик. Если колдунья появится, он сможет нас предупредить.

Филин еще сидел в своем дупле.

– Филин! – позвал его Ежик. – Тебе придется нам помочь. Ты – единственный, кто может видеть в темноте и дать знать об опасности.

– Конечно, помогу, – проухал Филин и вылетел из дупла. – Я буду кружить над Березкой до рассвета и, если что–то замечу, сообщу. Не хочется, чтобы моих друзей превратили в отвратительных гоблинов.

Ежик с белочками вернулись к Березке. Гном давно их поджидал.

– Ну, кажется, мне пора начинать! Надеюсь, что все получится. Неплохо бы еще раз просмотреть волшебные книги. Но когда заколдовали моих братьев, книги пропали.

Он подошел к Березке, начал что–то шептать и сильно размахивать руками. Потом топнул ногой и воскликнул:

- Роза, появись!

Но вместо розы вырос огромный куст цветущего шиповника.

– Кажется, я ошибся,– смутился Гном. – Сейчас постараюсь все исправить.

Он взмахнул рукой, и куст исчез. В это время сверху раздался голос Филина:

– Мне кажется, сюда кто–то едет, – проухал он. Вам лучше спрятаться в лесу.

Ежик, Гном и белочки быстро скрылись за высокими дубами и кленами.

Не прошло и минуты, как к Березке подъехала карета, запряженная гоблинами. Дверцы открылась, и появилась колдунья. В руках гоблины держали факелы, и при свете огня они казались еще страшнее. Покрытые густой коричневой шерстью, на козлиных ногах, с собачьими мордами, огромными заостренными ушами, они злобно скалились. В пастях виднелись страшные, острые клыки и черные раздвоенные языки. Вид их был ужасен.

Колдунья подошла к Березке, и листики снова затряслись.

– Посмотрите на нее! – указала на деревце злая волшебница. – Вы помните, какой она была гордячкой? Как верила во все доброе и дружила со своими защитницами-феями? А теперь при виде меня трясется от страха и заливается горючими слезами.

Гоблины начали громко смеяться, кривляться и подпрыгивать, отчего стали еще более отвратительными и страшными.

– Но ничего, ей немного осталось плакать. Завтра я вернусь и навсегда с ней покончу. Так что знай, это – твоя последняя ночь, – ударила она по стволу Березки. – Я бы и сейчас могла свести с тобой счеты, но мы очень спешим на праздник и не хотим здесь задерживаться. Я ведь тоже бываю доброй!

Гоблины начали еще отвратительней смеяться, гримасничать и подскакивать.

Колдунья села в карету, гоблины сразу подхватили ее и покатили вперед.

– Кажется, у нас почти нет времени, – тихо произнес Гном. – Мне показалось, что среди гоблинов я узнал своих братьев. Но может и ошибаюсь.

– Надо во что бы то ни стало расколдовать ее этой ночью! – заволновались белочки. – Колдунья непременно выполнит свое обещание. Она зла, очень зла на Березку.

Гном опять начал шептать заклинания, быстро размахивать руками, после чего хлопнул в ладоши. И в то же мгновение около Березки появился огромный куст, весь усыпанный розами. Это были дивной красоты цветы. Все вокруг наполнилось их ароматом.

– Кажется, получилось, – облегченно вздохнул Гном. – Теперь остается ждать соловья.

А веточки на Березке совсем поникли и даже слезки перестали капать.

Небо на горизонте стало светлеть. И тут на розовый куст села маленькая птичка и начала петь. Какие это были прекрасные трели. Казалось, что звуки её песни слились с ароматом роз, и воздух стал каким-то волшебным.

Гном окликнул соловья:

– Сейчас не время петь о любви! – скомандовал он. – Нам надо узнать, о чем рассказывают ландыши и незабудки, и только ты, знающий язык роз, сможешь нам в этом помочь. Если мы не успеем спасти Березку, погибнет и она, и этот красивый куст.

– Я постараюсь помочь, – пропел соловей. Полились звуки новой песни, и розы повернулись к певцу. Казалось, они ему что-то говорят. В этот раз соловей пел очень долго. Потом трели прекратились. Все ждали, что же он скажет.

– Ландыши и незабудки рассказали розам, что Березка – это заколдованная Принцесса, – пропел соловей. – Она у себя во дворце устроила карнавал, на котором один из гоблинов, превращенный в Принца, надел на нее волшебную маску. Так Принцесса стала Березкой. – Она была очень доброй девушкой и умела творить чудеса. Поэтому колдунья ненавидела её. Принцесса дружила с феями, которые обучали ее. А ландыши и незабудки – это подданные Принцессы, заколдованные вместе с ней. Чтобы снять маску и превратить деревце снова в девушку, надо выкопать кинжал, зарытый возле берёзки, и нанести на ствол семь насечек. Но кинжал зарыт очень глубоко.

– Тогда нам срочно нужен Крот! – воскликнул Ежик. – Быстрее него никто не сможет нам помочь.

– И еще, – продолжил соловей, – надо успеть сделать все это, прежде чем лучи солнца коснутся Березки.

– У нас совсем нет времени! – испугался Гном и помчался в лес.

Вскоре он вернулся, неся на руках Крота.

– Я по дороге все ему рассказал, – еле выговорил запыхавшийся Гном. – Теперь, мой друг, покажи, насколько ты быстро умеешь рыть землю.

Кроту не надо было повторять дважды. Он начал быстро копать и исчез под землей. Все ждали и поглядывали на небо. Оно уже начинало розоветь. Наступал новый день, а Крот все не появлялся. Но наконец он вынырнул на поверхность с прекрасным золотым кинжалом в лапках. Рукоятку украшали рубины и сапфиры, а на клинке были нанесены какие–то знаки.

– Я знаю этот кинжал! – воскликнул Гном. – Он принадлежал моему старшему брату. Он волшебный, и с ним можно творить великие чудеса. Теперь нет сомнений, что мои братья находятся у колдуньи. Но сейчас надо успеть снять колдовство.

Подойдя к деревцу, Гном стал наносить одну насечку за другой. И когда была сделана последняя, седьмая, солнышко поднялось над горизонтом. Березка задрожала, покачнулась, и через мгновение на её месте появилась прекрасная Принцесса. У нее были черные, как смоль, волосы и невероятной белизны кожа. Глаза ее искрились и излучали саму доброту.

На Принцессе было белое, богато расшитое серебром и золотом воздушное платье, серебряные туфельки, а на голове – маленькая очень изящная золотая корона.

В тот же миг земля начала шевелиться. Ландыши и незабудки, один за другим, превращались в людей.

Это были и кучера, и лакеи, и мастеровые – все подданные Принцессы, которые очень любили ее. Люди смеялись, обнимались, целовались и поздравляли друг друга с избавлением от злых чар.

Принцесса бросилась целовать Ежика, Гнома, белочек, Крота и помахала рукой Филину.

– Ну, мне уже пора, – проухал Филин, махнул крылом и полетел к дуплу.

– А сейчас нам надо уходить отсюда, – скомандовал Гном. – Скоро тут появится колдунья. Принцессу пока спрячем в подземных кладовых. Там, глубоко в подземелье, ее не смогут найти. Только гномам известны тайные ходы в лабиринтах. А подданным, до поры до времени, надо спрятаться в лесу.

– Надо и куст убрать, – спохватился Гном. Он поколдовал, и розовый куст исчез. Потом прошептал новое заклинание, и на месте прежней Березки появилась другая, точно такая же, а под ней - ландыши и незабудки. Гном с Ежиком, Принцессой и Кротом побежали в лес, а белочки остались посмотреть, что же будет дальше. Они, как ни в чем не бывало, скакали с ветки на ветку и перекликались.

Вскоре появилась карета с гоблинами.

Колдунья подошла к березке и промолвила со злой улыбкой:

– Ну вот, я опять здесь. Пришел твой конец!

Но листочки продолжали весело шелестеть.

– Я вижу, ты осмелела! – закричала колдунья. – Но я добрая. Ты не будешь долго мучиться.

А березка шелестела и шелестела.

Волшебница подошла вплотную к деревцу и стала внимательно рассматривать ствол. В её глазах засверкал огонь.

– Это не Принцесса! – воскликнула она, топнув ногой. – Это простое дерево, обычная береза. Вы виноваты во всем! – она повернулась к гоблинам. - Попросили отдыха, сказали, что устали и не можете везти карету. За это сейчас вы будете наказаны! Я вас превращу в страшных чудовищ. Как я не догадалась, – кричала она, подойдя к самому большому гоблину, – что это ты придумал? Все еще надеешься стать прежним глупым гномом и копаться в земле? И этот паршивый еж тоже виноват. Зря я его сразу не превратила в одного из вас. Но я еще вернусь и отыщу Принцессу!

Волшебница села в карету, взмахнула рукой, раздался гром, и все исчезло.

А белочки, слушая крики, перескакивали с ветки на ветку и тихонько посмеивались. Принцесса была спасена, солнышко ласково светило, а новая березка, ласкаемая Ветерком, весело шелестела и радовалась весеннему дню.

ГЛАВА 3 ПРИНЦЕССА И ФЕИ

Гном, Ёжик и Принцесса поспешно продвигались в глубь леса. Они радовались, что смогли на этот раз обмануть злую волшебницу, но понимали, что впереди у них – трудные испытания. Конечно, колдунья не простит, что ее обманули, и постарается во что бы то ни стало поквитаться с ними. Так что большие и опасные приключения ожидали их.

Но сейчас надо было поскорее попасть к Гному домой.

Друзья продолжали свой путь, боясь обменяться хотя бы одним словом. Ведь у колдуньи и здесь могли быть верные слуги, которые немедленно сообщили бы ей о планах беглецов. Каждый думал о своем.

Ежик не раз слышал, что глубоко под землей есть запутанные лабиринты, и любой посторонний, проникни он туда, никогда бы уже не выбрался на поверхность. А еще рассказывали, что у гномов - огромные кладовые, где хранятся несметные сокровища. И ему не терпелось увидеть подземелье.

Принцесса думала о том, как ей вернуться обратно в свой замок.

А Гном размышлял о спасении братьев. После того, как под березкой нашли волшебный кинжал, он уже и не сомневался, что они превращены в гоблинов. Но не хотел верить, что гномам суждено навечно остаться отвратительными, злобными чудовищами.

Между деревьями показался большой пригорок.

– Нам туда, – махнул рукой Гном. – Мы уже почти дошли.

Вскоре они стояли у подножья холма, на самом верху которого рос огромный, ветвистый дуб. Вся земля вокруг была усыпана старыми желудями и прогнившей листвой, сквозь которую кое-где пробивалась редкая трава. Лучи света не проникали сквозь густую крону дерева, и пригорок был постоянно в тени. Даже не верилось, что здесь обитают гномы.

– Ну, и куда нам теперь? – просопел Ёжик.

– А мы уже пришли,– кивнул Гном. – Вот тут я и живу.

– Как это тут? – удивился Ёжик. – А дом твой где? Не спишь же ты под дубом на земле?

Гном наклонился, что-то прошептал, затем три раза обернулся вокруг себя, хлопнул в ладоши и топнул ногой. Пригорок немного качнулся, земля в одном месте раскрылась, и стала видна огромная, массивная дверь. Гном опять что-то прошептал, притронулся к двери, и она сама по себе открылась. Показался длинный хорошо освещенный коридор.

– Проходите скорее, – пригласил Гном.

Ёжик с Принцессой вошли в подземелье. Гном опять что-то прошептал, снова топнул ногой и хлопнул в ладоши. Дверь закрылась.

– Теперь снаружи ничего не заметно, – успокоил беглецов Гном. – Нас здесь никто не найдет. Злая колдунья думает, что она превратила всех гномов в гоблинов. А мои братья никогда не расскажут, что я здесь живу. Так что она сюда и не придет. Идём за мной.

Гном двинулся в глубь коридора. Ёжик шел и осматривался по сторонам. Лабиринт постоянно разветвлялся. Одни ходы вели вбок, другие устремлялись глубоко под землю, но Гном, не замедляя ходьбы, уверенно двигался вперед. Вскоре они дошли до какой-то двери. Гном, как-то по-особенному свистнул, и она открылась. Друзья оказались в огромной комнате, стены и потолок которой были покрыты деревом и инкрустированы серебром.

24

По углам стояли массивные дубовые шкафы, а в середине красовался большой резной стол со стульями.

– Как же здесь красиво! – воскликнула Принцесса. – Чем-то напоминает мой замок.
Гном смущенно поморщился.

– Располагайтесь, – улыбнулся он. – Тут мы сможем отдохнуть и решить, что нам дальше делать. Но сначала Принцесса должна рассказать, за что колдунья так разозлилась на нее, что надела маску.

Услышав это, Принцесса вздрогнула, и в глазах у неё показались слезы. Ёжик рассердился на Гнома.

– Дай ей немного прийти в себя. Ты бы лучше принес воды и еды. Мы чуть отдохнем, а Принцесса расскажет, что с ней приключилось, когда сама захочет.

– Ёжик, – нахмурился Гном. – Ты ничего не понимаешь. Конечно, я принесу и еды, и питья, но у нас нет времени. Я уверен, что волшебница повсюду разыскивает нас. И не сомневаюсь, что многое ей уже известно. Надеюсь, что она сюда не явится, но вдруг ей захочется проверить пригорок. А она может войти сюда. Ее колдовство один раз уже позволило это сделать. Правда, если бы она не пришла так неожиданно и не застала всех моих братьев вместе, то не смогла бы найти дороги в лабиринтах подземелья. Но кто знает... Может, за это время ее колдовство усилилось. Кроме того, она могла кое-что разузнать, подслушав разговоры братьев во сне. Нам надо дорожить временем.

Гном вышел из комнаты и вскоре принес воды и много еды. Были и мед, и орехи, и еще какие-то незнакомые яства. Поев и слегка отдохнув, Принцесса пришла в себя. Ёжик ее не беспокоил, а Гном, казалось, и вовсе спит.

– Гном прав, – заговорила Принцесса. – У нас очень мало времени, и пора рассказать, что же произошло со мной. Надо только разбудить Гнома.

– А я не сплю и жду, – усмехнулся Гном.

Принцесса стала рассказывать.

– Я рано лишилась родителей и жила в своем дворце одна. Но у меня было много слуг, и я ни в чем не испытывала неудобств. К своим подданным я была добра, и они мне за это платили любовью. Так, в мире и согласии текли дни.

Однажды, когда мне исполнилось десять лет, в замок пришла незнакомая женщина. Она была очень доброй. Порой мне казалось, что это моя матушка, – так она была ласкова со мной. Женщина осталась жить во дворце, и все были этому очень рады. С ее приходом многое изменилось. Мои подданные стали еще веселее, и любое дело, которое кто-либо из них начинал, всегда успешно завершалось. Наше маленькое королевство начало процветать.

Как-то раз один из моих слуг тяжело заболел. Чего мы только не делали, а больному становилось все хуже и хуже. Было понятно, что дни его сочтены. Я плакала, но ничем не могла помочь. Однажды я пошла навестить больного, но услышала в его комнате какой-то шепот… Испугавшись, я спряталась за колонной и стала наблюдать за тем, что происходит. У кровати умирающего стояла эта добрая женщина и что-то тихо шептала. Потом она дунула себе на ладонь и ушла. Не успела она выйти, как больной сел и было видно, что он совсем здоров. Тогда я поняла, что эта женщина – добрая волшебница и все хорошее, что происходит в нашем королевстве, связано с ней. Я никому не рассказала об увиденном, а тихонько вернулась к себе. Когда я вошла в свою комнату, женщина ожидала меня.

– Я знаю, – улыбнулась она, – что ты все видела. Наверное,, пришло время рассказать тебе правду. Да, я добрая волшебница, фея, которая превратилась в женщину. Меня к тебе направили другие феи, чтобы оградить от злых сил. Нам было сказано, что придет день, и злая волшебница захочет заколдовать тебя. Вот потому я здесь. Теперь ты все знаешь и решай, оставаться мне или уйти.

– Конечно, Вы мне нужны! – бросилась я обнимать и целовать фею. – Я и сама догадывалась, что Вы не случайно пришли сюда. Неужели Вы и вправду фея? Одна из тех маленьких, прекрасных фей, о которых пишут в сказках?

– Феи бывают не только в сказках, – засмеялась волшебница. – Да, я одна из таких фей, но, как видишь, не сказочная, а живая. И еще знай. Не все феи добрые. Бывают и такие, что занимаются злым колдовством. Если ты пожелаешь, я с завтрашнего дня начну учить тебя разным чудесам.

– Конечно, хочу! – я от радости даже захлопала в ладоши. – Вы меня научите лечить людей?

– И людей лечить и еще многому доброму и полезному. Ты станешь Принцессой-Феей, – улыбалась волшебница.

Со следующего дня начались наши занятия. Я уже сама могла немного колдовать, когда в один из дней волшебница мне сказала:

– Завтра к нам в гости прилетят другие феи. Я хочу им показать твое мастерство.

Я была безмерно счастлива.

– Неужели я завтра увижу фей, тех самых фей, про которых слышала только в сказках? Какие они? –расспрашивала я свою наставницу. – Как мне себя вести при них? А будут ли они довольны мной?

– Ты даже не слышишь, что я тебе отвечаю – смеялась волшебница. – Наберись терпения и все сама увидишь.

Но я не могла успокоиться.

– А когда они завтра приедут и откуда знают, куда им надо прилететь? Чем мы их будем угощать?

Моя добрая фея уже ничего не отвечала, а только улыбалась, глядя на меня. Видимо, и ей не терпелось показать своим подругам, чему она меня обучила.

Всю ночь я не могла заснуть. Мне казалось, что феи начнут собираться, а я опоздаю или не смогу им понравиться. Когда солнышко еще только поднималось, я проснулась и сразу побежала в комнату наставницы. Может феи уже прибыли, а я не успела их встретить? Добрая волшебница тоже была на ногах. Она, как и вчера, только улыбалась и изредка отвечала на мои вопросы. Было видно, что она очень взволнована.

– А когда начнут прибывать феи? – снова и снова спрашивала я.

– Как только солнышко начнет садиться и наступит вечер, следует ждать появление гостей, – успокоила меня фея. – А сейчас нам стоит еще раз повторить все то, чему я тебя научила.

Я уже много чего умела: лечить разные недуги, понимать язык цветов и деревьев. Иногда, когда никто меня не видел, разговаривала с птицами, которые рассказывали много интересного. Но для того, чтобы походить на фею, надо было еще многое узнать. Мне не терпелось стать настоящей волшебницей и помогать людям!

– Я счастлива, что ты меня всему этому обучила, – призналась я наставнице. – Но еще больше благодарна за те доброту и ласку, которыми ты одариваешь меня ежедневно. Ты смогла заменить мне мою матушку. И еще я знаю, что ты очень любишь меня и оберегаешь королевство от всяческих бед и напастей. Ураганы обходят наши земли стороной, а мои подданные счастливы и живут в достатке. За все это мы можем тебе только платить своей любовью.

Так, в приятных волнениях прошел весь день. Казалось, что вечер никогда не наступит.

Я постоянно смотрела на солнце, а оно было все еще высоко.

Но вот постепенно начался закат. Сегодня он был особенно красив. заходящее солнце озаряло всё таким волшебным розовым светом, что мне представлялось, будто я сама попала в сказку. Озеро, которое находилось неподалеку от замка, так и горело огнем. Солнышко садилось прямо в него, отчего вода искрилась и сверкала.

Как только последние лучи погасли, послышались странные тихие звуки. Было непонятно, откуда они раздаются. И тут я увидела, что в комнату влетают маленькие кареты. Сделанные из золота, они были необычайно красивы. Их несли либо бабочки, либо мотыльки, либо кузнечики. Кареты приземлялись, и из них выходили феи. Они были прекрасны, и на голове у каждой была маленькая золотая корона. Это было что-то неописуемое. Я думала, все это мне снится. А моя добрая волшебница здоровалась с каждой феей, и было видно, как они рады этой встрече.

– Ну, вот, – улыбнулась моя наставница. – Кажется, все прибыли. - Она произнесла волшебные слова, и на столе появились всевозможные яства. – Вам надо немного отдохнуть с дороги и поесть, – обратилась она к феям. – А потом наша Принцесса покажет вам все, чему я обучила ее за это время.

Феи стали угощаться, а добрая волшебница подозвала меня:

– И ты угощайся. Попробуй нектар и пыльцу цветов. Это вкуснее всего. В дальнейшем ты станешь одной из нас. Конечно, не такой маленькой, как фея, но овладеешь всем, что знаем мы. Из всех принцесс выбрали тебя, так как ты наделена бесконечной добротой и никогда не обратишь чудеса против людей или нас. А теперь пришло время нашим гостьям увидеть, что ты умеешь.

Я стала показывать феям все, чему научилась. И хотя очень боялась ошибиться, все шло прекрасно. Волшебства удавались с первого раза и очень легко. По улыбкам фей я понимала, что они очень довольны мной. Я снова и снова разглядывала их. Какие же они были красивые. Меж тем, что-то меня смущало и беспокоило. Только потом я поняла, что именно. Все феи были одеты в прекрасные наряды: розовые, желтые, голубые, красные, фиолетовые. Но ни на одной из них я не увидела зеленого цвета. Именно зеленого!

– Простите, – поклонилась я феям. – Можно мне задать вам вопрос?

– Конечно, можно, – обрадовались они. – Ты так нам понравилась. Мы не ожидали, что за такой короткий срок можно столь многому научиться. Когда нам удастся снова собраться, ты будешь почти феей.

– Вы такие красивые и добрые, так чудесно одеты, но почему на вас нет ничего зеленого? Смотрите, трава, листики деревьев и цветов –

все зеленого цвета.

Но как только прозвучали эти слова, улыбки исчезли с лиц фей. Все они умолкли.

– Простите меня, – смутилась я. – Я не хотела никого обидеть.

И моя добрая волшебница тоже перестала улыбаться.

– Я что-то не так сделала? – совсем расстроилась я. – Простите, если рассердила вас.

– Нет, нет, – обняла меня добрая волшебница. – Ты ничем нас не обидела.

Но в это время раздался страшный раскат грома, и в комнате неожиданно появилась незнакомая карета.

ГЛАВА 4 КОЛЮЧАЯ ВЕТКА

Эта карета была и больше, чем у других фей, и везли её не мотыльки или кузнечики, а злые отвратительные гоблины. Они были просто ужасны. Дверца кареты медленно открылась, и оттуда вышла еще одна гостья. Она была необыкновенно красива. Я подумала, что это одна из добрых фей, которая опоздала.

- Я рада видеть вас в своем дворце, - сказала я и улыбнулась.

- Вот ты какая... – пристально рассматривала меня гостья. - Я давно ждала этой встречи, но все откладывала приезд - хотела, чтобы наше знакомство состоялась в присутствии этих глупых фей. Насколько мне известно, одна из них обучала тебя чудесам. Это даже хорошо, и может нам понадобиться.

Фея засмеялась недобрым смехом. И тут я увидела, что она одета во все зеленое.

Волшебница заметила, что я рассматриваю ее, и еще громче рассмеялась.

- Так ты спрашиваешь, почему они не носят зеленый цвет? Потому что это мой цвет, цвет моего колдовства. А оно сильнее всех их чудес, и ни одна фея не в силах перед ним устоять. Когда-то я тоже была одной из них и тоже наивно верила в доброту. Но однажды поняла, что доброта не нагоняет страх, и стала изучать, как добиться, чтобы все подчинялись мне, трепетали передо мной. В волшебных книгах я это нашла. А теперь смотри... - и она повернулась к одному из гоблинов. - Ты любишь меня?

- Я весь в вашей власти, и вы – моя госпожа - задрожал гоблин.

- Хочешь, я еще больше заколдую тебя? Превращу в страшное и отвратительное чудовище?

Гоблин еще сильнее задрожал и упал на колени.

- Пощадите меня, моя госпожа. В чем я провинился? Приказывайте все, что пожелаете, и я все исполню.

- Вот видишь – улыбнулась колдунья.- Это и есть великое волшебство, настоящая власть.

- Хорошо, вставай, я передумала! – прикрикнула она на гоблина. Хватит с тебя и этого. А теперь расскажи всем, кем ты был раньше? Никчемным гномом, который целыми днями копался в земле. Я тебя предупреждала, что со мной лучше дружить, но ты мне не поверил. Пусть эти феи расколдуют тебя. Я непротив, если они это сумеют. Ну, что, кто из вас хочет попробовать?

Мои гостьи сидели молча.

- Видите, я сильнее всех вас. Настанет день, и всё в мире станет бессильно передо мною.

- А сейчас, Принцесса, давай займемся тобой.

Отправь по домам всех гостей и свою наставницу. Я сама начну обучать тебя чудесам. Давно пора иметь среди людей такую волшебницу. А то мне не успеть повсюду, а дел очень много. Не медли и сейчас же выгони их. А это еще что? Нектар и пыльца? Я научу тебя готовить из нектара волшебную пищу, которая даст такую силу, о которой ты и мечтать не смеешь. Уходите все отсюда. Мне надо остаться с Принцессой и поговорить о многом.

- Пока еще я хозяйка в этом замке, – возмутилась я. - И вы не смеете тут распоряжаться. Это мои гости, и я рада видеть их у себя. А вас здесь никто не ждал. Покиньте нас со своими мерзкими гоблинами и не мешайте!

В глазах гоблинов застыл ужас. Они не верили, что кто-то смеет так разговаривать с их всесильной госпожой.

- Ты хорошо подумала? – со злостью спросила колдунья, и в ее глазах вспыхнули недобрые огоньки. – Может, не поняла, что я предлагаю и какая высокая честь оказана тебе, замарашка?

- Я все поняла! – прозвучал мой ответ. - И чем скорее вы удалитесь из замка, тем будет лучше.

- Хорошо! – разозлилась колдунья. - Покину вас, но помни, что я еще вернусь! Непременно вернусь! А ты, за то, что сейчас меня прогнала, жестоко поплатишься и очень пожалеешь, что не приняла моего предложения. Я надену на тебя маску!!!

В глазах фей появился ужас.

- Ты этого не посмеешь сделать!!! - бросилась к ней моя добрая волшебница.

- Я уже все сказала, - усмехнулась колдунья. - И дважды никогда не повторяю. Но помни, Принцесса, маска будет надета тогда, когда ты полюбишь, чтобы ты постоянно страдала. Мне

нравится, когда кто-то плачет от боли.
- Почему ты такая злая?! - воскликнула моя добрая наставница. - Ты же была одной из нас, и носила красивое имя Зеленая Ветка. Чем твое нынешнее имя - Колючая Ветка - лучше?
- Я не думала, что ты помнишь мои имена, - ответила колдунья, злобно взглянув на фею. - А чем Колючая Ветка хуже твоего имени - Утренняя Роса? Роса высыхает, а колючки всегда колются.
- Вас зовут фея Утренняя Роса? – спросила я, обняв свою наставницу.
- Да, милое дитя, мое имя Утренняя Роса. Но у нас не принято на людях произносить наши имена.
- А ты, - повернулась ко мне колдунья, - носишь имя Принцесса Лотта. Но оно чем-то тебя не устраивает. Тебе больше нравится имя Серебряный Ручеек. Какая глупость... Серебряный Ручеек... Лучше бы выбрала Черная Гроза. Прислушайся, как это красиво звучит. Но, я покидаю вас. До новой встречи...
Прогремел гром, и Колючая Ветка исчезла.
- Что теперь нам делать? – стали советоваться феи. - Она никогда не отступится от своих слов и обязательно наденет на Принцессу маску. Надо в волшебных книгах найти секрет этого зла и узнать, как можно его снять.
- Боюсь, что мы тут бессильны, - горестно вздохнула Утренняя Роса. - Я знала, что Колючая Ветка может прийти, ждала ее и читала много книг... Но нигде не обнаружила способа одержать над ней верх. Только в одном месте говорилось, что маску можно снять. Однако там не было написано, как это сделать. Я еще не раз посмотрю волшебные книги и расспрошу других фей. Может, они что-либо знают или слышали.

Праздник был омрачен, и феи стали покидать нас. Они были расстроены, и прежние радостные улыбки исчезли с их лиц.

Ежик с Гномом молча слушали Принцессу, но тут Гном ее прервал:

- Ты точно помнишь, что одного из гоблинов она назвала бывшим гномом?

- Конечно! - закивала Принцесса. - Я как сейчас помню и слова колдуньи, и этого гоблина, ведь он был самым большим и страшным.

- Это точно Топаз, - как бы про себя произнес Гном.

- Какой еще Топаз?- удивился Ежик. - У вас, гномов, есть имена?

- Конечно, есть.

- Значит и у тебя есть имя? – обрадовалс Принцесса.

- Конечно, - кивнул Гном.- Я его не говорил, боялся. Колдунье могли донести, что в лесу живет гном по имени Агат, и она бы сразу поняла, что я - брат заколдованных гномов.

Тут Ежик обиженно фыркнул.

- Что это с тобой? - погладила его Принцесса. - Не бойся, она пока нас не найдет.

- Я расстроился, что у вас у всех есть имена, засопел Ежик, - а меня называют Ежик. Ведь все ежики – просто ежики. А мне тоже очень хочется иметь имя, - и он грустно фыркнул.

- Он прав. Гном стал расхаживать по комнате. - Надо и ему дать имя. Но как же тебя назвать?

- А я уже знаю, - рассмеялась Принцесса. - Назовем его Фырком. Он так забавно фыркает и сопит.

- Фырком? - переспросил Гном.

- Конечно, если только Ежик не возражает.

Но, тот счастливо улыбался.

- Фырк! - произнес он. - Какое красивое имя. Вот теперь я совсем счастлив.

Он начал вместе с Принцессой смеяться и повторять:

- Я ежик Фырк, меня теперь зовут ежик Фырк! - и они, взявшись с Принцессой за руки, закружились.

- Вы, кажется, совсем забыли о злой колдунье, - недовольно проворчал Агат. - А я уверен, что она повсюду ищет нас. У нее везде есть слуги. Она уже знает, как нам удалось расколдовать тебя, Принцесса и в любой момент явится сюда. Услышав это, Фырк и Принцесса перестали танцевать и уныло присели.

- Что же нам делать? - огорчилась Принцесса. - Как спастись от этой колдуньи?

- Пока не знаю, - вздохнул Агат, - но сидеть и ждать ее прихода тоже нельзя. Я знаю, что этот кинжал – волшебный, - и достал кинжал, который был зарыт под березкой. - Надписи на нем имеют большую магическую силу. Но как их прочесть? Это умел только мой старший брат Топаз, тот самый больший гоблин, которого ты видела. Может, в волшебных книгах что-то и написано. Но, когда колдунья ворвалась сюда, она унесла все книги.

- А за что она заколдовала твоих братьев? – поинтересовался Фырк. - Чем вы, гномы, ей так не угодили?

- Я все расскажу тебе, ежик, но сейчас надо думать, что нам дальше делать.

- Ах! - воскликнула Принцесса. - Если бы с нами была фея Утренняя Роса... я уверена, что она смогла бы помочь. Но где ее искать даже не представляю.

- Ты лучше доскажи свою историю, - попросил Гном. – Может, она нам в чем-то поможет. Все равно уже поздняя ночь. Надеюсь, что и Колючая Ветка когда-то спит.

- Хорошо, я доскажу вам, что было дальше, -

согласилась Принцесса. - Когда феи разъехались, мы остались вдвоем с Утренней Росой. Она была очень расстроена и о чем-то думала.
- А что это за маска, которую можно надеть? - спросила я.
- Это очень злое колдовство, – чуть не расплакалась Утренняя Роса. - Мы, добрые феи, не хотим знать, как можно колдовством причинять горе. Но, прежде чем рассказать тебе про маску, лучше расскажу, как добрая фея Зеленая Ветка стала Колючей Веткой.

ГЛАВА 5 ПРАЗДНИК ФЕЙ

Мы, феи, раз в году собираемся на наш праздник.

Он обычно бывает летом и проходит очень весело.

Раньше и Зеленая Ветка всегда бывала с нами. Там мы показывали друг другу все новые чудеса, которым научились за год, а потом, вечером, к нам спускались Месяц и Звездочки, что придавало празднеству особую торжественность. Все покрывалось серебристым, волшебным светом. Зрелище было неописуемой красоты.

Однажды, когда мы собрались в очередной раз, Зеленая Ветка тоже приехала. Но она все время молчала, а в её глазах пробегали недобрые огоньки. Мы на это сначала не обратили внимания и продолжали веселиться. Когда же настало время показывать волшебства, Зеленая Ветка пообещала, что представит нечто необычное. Мы с нетерпением ждали, что за сюрприз она приготовила.

Обитавшие в лесу зверушки тоже пришли посмотреть на новое чудо. Даже Месяцу и Звездочкам стало интересно, хотя они много чего на свете повидали.

Зеленая Ветка подозвала одну из белочек, что-то прошептала, и та превратилась в ужасного, большого червя, который непрерывно изгибался и жадно поедал траву. Мы с отвращением смотрели на него, а червяк все рос и раздувался. Зеленая Ветка громко засмеялась. Но это был не ее мелодичный смех, а, скорее, отрывистый лай. Вдруг она резко повернулась к нам:

– Ну, как вам это нравится?

– Это злое колдовство! – возмутились феи. – Перестань сейчас же и верни белочке ее прежний вид.

– Хорошо, – улыбнулась Зеленая Ветка.– Но все же, что вам не нравится? И хотя зеленый цвет я очень люблю, но посмотрите, как красива голая земля.

К тому времени червь все съел до последней травинки и стал огромным. Фея хлопнула в ладоши, и он будто взорвался. Из него вылетели летучие мыши и с громким писком стали носиться вокруг. Увидев это, Месяц и Звездочки вернулись на небо и закрылись тучами.

– Нечего им сверкать, – обрадовалась Зеленая Ветка. – Они только мешают. Разве небосвод не был бы красивее, если бы всегда был черным со вспышками молний? Черный цвет так прекрасен...

– Значит, ты не вернешь белочке ее прежний вид? – подошла я к Зеленой Ветке.

– Нет, конечно, – усмехнулась она. – И лучше со мной не спорь, а не то прикажу моим слугам, летучим мышам, вас покусать. Я больше не добрая фея Зеленая Ветка, а злая волшебница Колючая Ветка. Отныне зеленый цвет – цвет моего колдовства. Знайте, та из вас, которая наденет что-либо зелёное, станет злой колдуньей. Отныне вы меня не увидите на ваших глупых праздниках, но многое услышите обо мне. – Колючая Ветка хлопнула в ладоши, и все летучие мыши собрались возле нее.

– Подайте мне карету, – приказала она.

Через мгновение карета была подана. Она была совсем иной, чем у фей. На дверце были изображены какие-то странные знаки.

– Это мой герб, герб моего колдовства, – прокричала Зеленая Ветка. – Я нашла книги, в которых написано все о черной магии, и скоро стану самой могущественной колдуньей. Вы будете моими слугами!

Прогремел гром, и карета исчезла.

Вот так добрая фея превратилась в злую волшебницу.

После этого мы постоянно слышали про ее злодеяния, а зеленый цвет навсегда был исключен из нашей одежды. Феи всюду искали книги по черной магии, чтобы исправлять то плохое, что творила злая колдунья. Но у Колючей Ветки были особые книги, в которых описывалось, как творить черное колдовство. Мы не успевали спасать всех, кого она наказывала за неподчинение, и однажды узнали, что она овладела самым ужасным колдовством. Колючая Ветка на всех непокорных стала надевать маску, превращая людей, животных и даже фей в своих слуг. Говорили, что только гномы знают, как победить это зло.

Мы стали повсюду искать гномов, но опоздали. Злая колдунья успела опередить нас и превратила их в гоблинов, которые ей теперь верно служат. Сейчас, чтобы снять со всех маску, остался только один выход: превратить гоблинов в прежних гномов. Но никто не осмелится пойти к Колючей Ветке, так как все знают, что она может и фей заколдовать и превратить во что-нибудь ужасное. Вот об этой маске и говорилось сегодня.

Но у нас еще есть время. Она пообещала, что заколдует тебя, только когда ты полюбишь. А ты еще девочка, и тебе рано думать о любви.

Пока Принцесса рассказывала, Агат и Фырк молча слушали ее. Но было видно, что каждый из них поглощен своими мыслями. Ежик, получив имя, был так рад, что, казалось, совсем позабыл, какая им угрожает опасность. Агат что-то тихо бормотал себе под нос и только внимательно прислушавшись, можно было разобрать обрывки фраз про его заколдованных братьев. Теперь он был уверен, что Колючая Ветка превратила их в гоблинов, и представлял, как же им трудно ей служить. Гном знал, что его старший брат, Топаз, умеет колдовать, но, очевидно, маска имеет такую силу, что он ничего не сумел сделать. Да и волшебный кинжал, который мог ему помочь, находился сейчас у него, Агата. Если бы его удалось передать гоблинам, это бы их спасло. Но как его передать? Ведь для этого надо было встретиться с гоблинами. А они постоянно рядом с Колючей Веткой. И, если бы Агат попытался отдать кинжал Топазу, его сразу бы схватили и тоже превратили в гоблина. А потом колдунья убила бы и Принцессу, и ежика. Что делать, гном пока не знал, а рассвет всё приближался. Он не сомневался, что злая волшебница уже обо всем знает, и не удивился бы, появись она перед ним сейчас.

Было видно, что Принцесса очень устала. Ее

клонило ко сну, и она не могла продолжать рассказ.

– Нам надо немного поспать, – зевнул Агат. – Если мы не отдохнем, то не сможем весь день продержаться. А он будет очень трудным, и, уверен, что впереди нас ждет много таких дней. Когда и где мы еще сможем отдохнуть, неизвестно. Сюда приходить больше нельзя. Придется подыскать новое убежище.

Вдруг Агат умолк и стал прислушиваться.

– Ты ничего не слышишь Фырк?

– Нет, – просопел ежик.

– А я услышал какой-то странный шорох. Мне кажется, что звук идет снизу. – Гном замер.

– Неужели это злая колдунья пришла? – побледнела Принцесса.

– Это точно не она. Ей незачем так входить. Она знает заклинания, которые откроют ей дверь в подземелье.

Тут послышался сильный шорох.

Кто это? – прильнул ухом к полу гном.

– Это я, Крот. Я уже несколько часов непрерывно копаю, чтобы добраться до вас. Меня послали белочки. Филину удалось подслушать разговор злой колдуньи. Она знает, где вы прячетесь, и с минуты на минуту может пожаловать. Скорее покидайте убежище, иначе вам от нее не спастись.

– Ну вот, – вздохнул гном. – все вышло, как я и предполагал. Нам надо срочно уходить отсюда, но через дверь нельзя. Колючая Ветка может нас там ждать.

– Что теперь делать? – перепугались Принцесса с Фырком.

– Из подземелья есть еще один выход, – попытался их успокоить Агат. – Но мы им давно не пользовались, и я не очень хорошо помню, где он находится.

Принцесса с Фырком продолжали причитать.

– На этот раз меня точно заколдуют, – непрерывно повторял Фырк. – И еще неизвестно, во что меня превратят. Может, в гоблина, может, в червя, о котором рассказывала Принцесса, а может, во что-то более страшное и ужасное.

– Подождите и не суетитесь,– рассердился Агат. – Я постараюсь вспомнить одно заклинание, которое произносил мой брат. Не знаю, что оно означает, и не очень хорошо его помню, но, может, оно нас спасет.

Он что прошептал и три раза хлопнул в ладоши. Но ничего не произошло.

– Наверно, что-то не так делаю, – заволновался гном.

Он опять что-то прошептал и опять хлопнул в ладоши, но все осталось по-прежнему.

– Топаз все знал,– расстроился Агат, – а я не хотел учиться у него волшебству.

Но, как только он произнес имя Топаза, неподвижно лежавший на столе кинжал начал вертеться, потом поднялся в воздух, и его острие было направлено в сторону двери.

– Посмотрите, посмотрите! – воскликнула Принцесса. – Кинжал нам указывает на дверь. Может, он знает путь ко второму выходу из подземелья?

– Давайте попробуем, – Агат открыл дверь.

ГЛАВА 6   В ДУПЛЕ ДУБА

Кинжал сразу вылетел из комнаты и опять повис в воздухе. На этот раз его лезвие было направлено в сторону одного из коридоров. Казалось, он тихо подрагивает, как бы приглашая следовать за ним.

Агат с Фырком и Принцессой тихо вышли из комнаты. Кинжал повернулся в воздухе и медленно поплыл вперёд.

- Он наверняка показывает нам дорогу, - обрадовался гном.

Друзья устремились вслед за кинжалом. Когда они уже были в конце коридора, раздался страшный шум, а потом послышался хорошо знакомый голос Колючей Ветки:

- Ах, вот где замарашка скрывалась от меня. Это вы виноваты, - кричала она на гоблинов. Разучились быстро двигаться и медленно ползете. Мы постоянно опаздываем. Настало время вас превратить в улиток.

- Неужели она их сейчас превратит в улиток? - побледнела Принцесса.

- Нам надо спешить, - потянул ее за руку гном. - Все равно мы ничем не можем им помочь. Если быстро не выберемся отсюда, нас тоже превратят в червяков или змей. Бежим за кинжалом!

Коридор сменялся коридором и, казалось, что конца не будет этим лабиринтам. Неожиданно кинжал завис в воздухе. Его острие было направлено в сторону одной из стен, но никакой двери не было видно.

- Мы пропали, - схватился за голову Фырк.- Теперь нам не выбраться.

Агат подошел к стене и начал ее осматривать. Потом осторожно постучал по ней.

- Рано паниковать. Там, за стеной, пусто.

Он опять прошептал какое-то заклинание, и стена медленно раздвинулась. Открылся новый коридор, и стала видна лестница, которая вела куда-то наверх. Как только они начали подниматься, проход закрылся.

Ступеньки вели все выше и выше. Казалось, что

им не будет конца.

- Мы уже давно поднялись из подземелья, - облокотился о перила Агат. Но куда ведет лестница?

- Сейчас это неважно, - прервала его Принцесса. – Главное, уйти подальше от Колючей Ветки.

Но вот впереди показался тусклый свет, и через несколько ступенек беглецы оказались в дупле огромного дерева. Кинжал мягко опустился на дно и замер.

- Интересно посмотреть, куда мы на этот раз попали? – подходя к отверстию, прошептал гном.

Он глянул из дупла и сразу же одернул голову.

- Что ты там увидел? - забеспокоился Фырк.

- А ты сам осторожно посмотри.

Фырк выглянул и увидел, что они находятся прямо над входом в пригорок, и дупло было внутри того самого огромного дуба, который рос на его вершине.

- Мы сделали огромный крюк и сейчас находимся прямо над злой колдуньей, - просопел Фырк.

Он опять было выглянул, но задрожал и спрятался за Принцессу.

- Что тебя там так напугало? - удивился Агат.

Фырк ничего не отвечал, только указывал на отверстие. Агат осторожно посмотрел и увидел, что внизу стоят несколько гоблинов. Они поводили носами, скалились и принюхивались.

- Что нам делать? – дрожал Фырк. Ведь они могут догадаться, где мы прячемся.

Тут в дупло одна за другой начали впрыгивать белочки.

- Мы вам поможем, - зацокали они. - Только вы сидите тихо и не высовывайтесь.

Белочки выпрыгнули наружу, и вскоре снизу

раздались крики.

Гном опять выглянул и засмеялся.

Белочки скакали с ветки на ветку и бросали в гоблинов желуди. Град желудей обрушился на их головы. Гоблины высоко подпрыгивали и старались схватить обидчиц.

А в это время в подземелье Колючая Ветка продолжала бушевать. Она была бесконечно зла, что ей не удалось схватить Принцессу, гнома и ежика.

- Подойди сюда, - поманила она одного из гоблинов. – Значит, я не всех вас заколдовала, и еще кто-то из гномов остался на свободе. Кто это? Отвечай мне.

- О госпожа, - испугался гоблин. Ты всех заколдовала. Нас было десять братьев, и все мы здесь, перед тобой, твои верные слуги. Ты зря сердишься. Мы и сами хотим поймать Принцессу и этого паршивого ежа. Не сомневайся в нашей преданности. Посмотри на наши копыта. Они совсем истерлись за сегодняшний день.

- А как тогда эта паршивка могла проникнуть сюда и спрятаться от меня? - закричала колдунья. - Отвечайте или все сейчас умрстс.

Тут самый большой гоблин подошел к Колючей Ветке:

- А ты разве не чувствуешь, что вот здесь, под полом, пусто.

Он постучал и раздался глухой звук.

- Ну-ка отойди! - прикрикнула волшебница. Она взмахнула рукой, и в полу образовалась дыра.

- Посмотри сама, госпожа. Видишь, здесь есть тайный ход.

- Но по нему может проползти еж, а не Принцесса.

- Но, госпожа, ты сама не раз говорила, что

Принцесса умеет колдовать. Может, она превратилась в мышь или крота прошла по проходу, а потом снова закрыла его.

- А ты не такой глупый, как мне казалось, - чуть успокоилась колдунья. - Иногда и от слуг может быть какая-то польза. Если все так, как ты говоришь, она и на этот раз сбежала. Но все равно ей не уйти от меня. Сейчас нам нельзя попусту терять время. Надо пуститься в погоню за этой замарашкой, пока она далеко не убежала. Пойди и позови гоблинов, что охраняют выход. Но что за шум снаружи? Я сама посмотрю, что там творится.

Как только Колючая Ветка вышла, несколько желудей попало в нее.

- Что это такое? - закричала она на гоблинов. Те взобрались друг на друга и пытались дотянуться до нижних ветвей дуба. Огонь горел в их глазах.

- Вместо того, чтобы искать беглецов и охранять вход, вы здесь с белками играетесь? Белочки, увидев злую волшебницу, перестали бросать желуди и замерли на ветках.

- А вы что здесь делаете? – погрозила им пальцем Колючая Ветка.

- Мы тут живем, в этом дупле, - процокала одна из белок.

- А вы здесь не видели гнома?

- Когда-то в этом пригорке жили гномы, - продолжала цокать белочка, - но в один день они исчезли и в нашем лесу больше не появлялись.

- А Принцессу вы здесь не встречали?

- Я видела Принцессу, - кивнула белочка. - Она бежала с ежиком в сторону озера.

- Если вы меня обманываете, то вам несдобровать, - сверкнула глазами Колючая Ветка.

- Мы знаем, что вы могущественная волшебница, - засуетились белочки, - и не посмели бы вас обманывать.
- Тогда нам надо очень спешить! - обрадовалась колдунья. - Им не удастся далеко уйти от нас. Она взмахнула рукой. Раздался гром, и злая волшебница с гоблинами исчезла.

Как только Колючая Ветка пропала, Агат, Фырк и Принцесса сразу повеселели. Но долго радоваться было нельзя. Было ясно: колдунья вскоре поймет, что ее обманули, и может вернуться обратно. Оставаться надолго в дупле было опасно. Но куда им идти дальше, друзья не представляли. Пока что удача сопутствовала им, но и колдунья не теряла времени даром. Неизвестно было, что она решит. Вдруг ей удастся узнать от гоблинов о запасном выходе? Надо было скорее бежать от пригорка подальше.

- Куда мы пойдем, Агат? - спросил Фырк. Он еще подрагивал от страха, так как очень боялся Колючей Ветки и ее слуг.
- Пока не знаю, - задумался гном.
- Ах, если бы с нами была моя добрая фея, она смогла бы нас защитить и помочь нам, - вздохнула Принцесса.
- Мы даже не знаем, что случилось с феями, - повернулся Агат. – Может, Колючая Ветка их всех заколдовала. Ей не удастся превратить фей в злых гоблинов, но в бабочек или стрекоз - пожалуйста! Давайте пока спустимся вниз и пойдем дальше, а по дороге ты нам доскажешь, что с тобой произошло потом, Принцесса. Я уверен, из твоего рассказа мы сможем узнать нечто очень важное, и это спасёт нас. Только ты уж постарайся все подробно вспомнить.

Он взял волшебный кинжал и помог Принцессе и Фырку быстро спуститься с дерева.

Гном благодарил белочек за помощь.

- Вам тоже лучше уйти отсюда. Колючая Ветка обязательно вернется, и тогда вам несдобровать. А в лесу она и не разберет, которая из вас обманула ее.

Белочки еще долго, перепрыгивая с дерева на дерево, провожали беглецов, которые устремились в чащу леса.

Чем дальше они продвигались, тем гуще росли деревья, и солнечные лучи почти не проникали сквозь их кроны.

- Я здесь никогда не бывал, - волновался Фырк, - и мне немного страшно. Мы все идем и идем, а куда - сами не знаем.

- А что ты предлагаешь? – рассердился гном. - Вернуться обратно и стать гоблином?

При одном упоминании о гоблинах, Фырк задрожал и ускорил шаги.

- Нет, лучше заблудиться в этом лесу, чем превратиться в такое чудовище, - недовольно ворчал он.

- Представь, как же тяжело моим братьям, - погладил его Агат. - Они все время мешают колдунье, медленно везут карету, чтобы у нас было время убежать от нее. Однажды Колючая Ветка это поймет, и тогда не миновать большой беды.

ГЛАВА 7   ВОЛКИ

Принцесса шла молча.

- Ты совсем загрустила, - обратился к ней гном. - Лучше продолжи свой рассказ. Тогда и дорога не будет казаться нам такой долгой и трудной.

- Хорошо, - согласилась Принцесса. Но было видно, что она очень устала и расстроена. –

После того, как Колючая Ветка покинула замок, жизнь в моем королевстве текла так же, как и прежде. Казалось, ничего не изменилось. Только моя добрая фея стала реже улыбаться, и я часто ее заставала за чтением книг. В них описывались разные волшебства. Одна книга сменяла другую, но ни в одной не было сказано, чем можно победить зло Колючей Ветки. Фея Утренняя Роса продолжала давать мне уроки по волшебству. Год шел за годом и в один из дней Утренняя Роса, улыбаясь, сказала:

- Теперь ты знаешь почти все, чему я хотела тебя научить. Было бы неплохо, чтобы феи вновь навестили тебя. Не сомневаюсь, что они останутся довольны. Но их нельзя пригласить, так как Колючая Ветка непременно узнает об этом и обязательно явится сюда.

Я подошла, обняла мою добрую волшебницу и не могла найти слов, чтобы поблагодарить ее. Все эти годы она постоянно была рядом со мной и заменила мне родителей.

В это время во дворе послышался шум.

- Неужели это опять Колючая Ветка прилетела сюда? - испугавшись, спросила я Утреннюю Росу.

- Не думаю, что это она. Колдунья не стала бы прилетать во двор, а непременно пожаловала бы прямо сюда. Поэтому не бойся и давай посмотрим, что же там происходит?

Мы быстро спускались по лестнице, когда нам навстречу вышел мой паж и доложил, что прибыли послы из соседнего королевства и просят меня принять их, так как они должны передать важное сообщение.

Я прошла в тронный зал, и через несколько минут пожаловали гости. По их приветливым улыбкам стало понятно, что они принесли добрые вести. Один из них подошел, поклонился и сообщил, что они прибыли ко мне по поручению их господина, Принца Алена, который через неделю устраивает бал.

- Принц очень желал бы видеть у себя в гостях Принцессу Лотту и поручил нам пригласить Вас на бал.

- Принц приглашает нас на бал?! - радостно воскликнула я. - Какая прелесть! Я так давно не танцевала!

Мне очень хотелось узнать, сколько Принцу лет и какой он из себя, но задавать такие вопросы не принято.

- Хорошо, передайте Принцу Алену, что я принимаю его приглашение и обязательно прибуду на бал. А теперь отдохните с дороги и будьте нашими гостями.

- Увы, Принцесса, мы не можем здесь задерживаться, - грустно улыбнулся один из посланников. - В нашем королевстве происходит что-то непонятное. Стали исчезать люди, а в лесу появляется все больше и больше волков. По ночам они нападают на путников и подходят к стенам замка. Нам надо поспешить вернуться, чтобы Принц не оставался надолго без охраны.

«Опять Колючая Ветка!» - это были мысли Утренней Росы, но я уже понимала, о чем думают люди. Утренняя Роса увидела, что мне известно, чем она озабочена, погладила меня и тихо прошептала на ухо:

- Тебе нечего бояться, Принцесса. Уж с волками я сумею справиться.

Вскоре гости покинули замок, и мы с Утренней Росой остались одни.

- Почему ты думаешь, что это Колючая Ветка повинна в исчезновении людей? - обратилась я к фее.

- А ты разве не поняла? - удивилась Утренняя

Роса. - Исчезают люди, а в лесу становится все больше волков. Это она подданных Принца превращает в зверей, но непонятно, зачем? Не думаю, что обычные крестьяне и ремесленники могли настолько ее рассердить, чтобы она их заколдовала. Что же у нее на уме?

- А мне кажется, колдунья не виновата, - возразила я. - Волки нападают на людей, когда те идут в лес за дровами. Вот они и исчезают.

Но фея покачала головой.

- В этих лесах никогда не было волков. Откуда им вдруг появиться в таком количестве?

Я не стала с ней спорить, и уже представляла, как весело будет на балу, и как буду танцевать с Принцем Аленом.

Со следующего дня началась подготовка к отъезду. Шились платья, карета покрывалась новой позолотой, повсюду кипела работа. Дел хватало для всех. Мне очень хотелось, чтобы Принц Ален увидел, как хорошо живет и процветает мое королевство. Непонятно почему, при одной только мысли о Принце, у меня начинало колотиться сердечко. Мне так не терпелось увидеть его. Интересно, какого цвета у него глаза и волосы? Сколько ему лет? Эти вопросы постоянно крутились у меня в голове.

А добрая волшебница, читая мои мысли, только грустно улыбалась.

- Что тебя тревожит? Почему ты не радуешься? - удивлялась я. - Ведь мы едем на бал. Там будет играть музыка, и ты увидишь, как я умею танцевать.

Но Утренняя Роса в ответ только продолжала улыбаться и ничего не отвечала. Она внимательно читала волшебные книги и однажды, когда я сидела и вышивала, она воскликнула:

- Вот! Нашла!

- Что ты там прочла? - подбежала я к ней.
- Тут написано про одно колдовство. Тебе его знать и не надо, но оно нам может очень пригодиться.

Я больше ничего не спрашивала, так как на другой день мы собирались отправиться в гости к Принцу, и все мои мысли были связаны только с отъездом. Как я сейчас жалею, что тогда была так легкомысленна. Вдруг в книге рассказывалось и о других волшебствах, которыми можно расколдовать твоих братьев.

- Не расстраивайся, Принцесса. Ты бы не смогла им помочь, - вздохнул гном. - Колючая Ветка на них надела маску, и я уверен: только узнав тайну кинжала, мы сможем их расколдовать. Ведь лишь благодаря кинжалу, удалось помочь тебе, и из березки ты вновь превратилась в девушку. Продолжай свой рассказ, но нам не мешает чуть отдохнуть.

- Конечно, не помешает, - обрадовался Фырк. - Я очень устал и голоден.

- Вон, смотрите, там видно поваленное дерево. Около него сделаем привал и отдохнем, - подбодрил друзей Агат. - Но еды у нас нет. Придется тебе, Фырк, еще потерпеть.

- Вот и не придется, - засмеялась Принцесса. - Увидите, что у нас все будет.

- Откуда может взяться еда? - удивился гном. - Тут ничего не растет, кроме огромных деревьев. Нет ни ягод, ни грибов, ничего, чем можно поживиться.

Вскоре друзья уже сидели у ствола огромной, лежащей на земле сосны. Ветви дерева полностью их скрыли, и. даже проходя рядом, нельзя было заметить, что тут кто-то есть.

- Ну, вы готовы к завтраку? - улыбнулась Принцесса.

И тут перед ними появились разные фрукты,

ягоды, орехи, мед и вода. Фырк смотрел на это и не верил своим глазам.

- Откуда все это? - несказанно обрадовался он.

- Но я же умею немного колдовать, - засмущалась Принцесса. - Меня этому научила добрая фея.

Беглецы принялись за еду. Было видно, что Фырк проголодался не на шутку. Громко чавкая, он непрерывно жевал.

- Ты лучше ешь потише, - пошутил гном. - По всему лесу слышно, как ты чавкаешь, и сейчас сюда прибегут гоблины.

При упоминании о гоблинах у Фырка пропал всякий аппетит. Он перестал жевать и грустно опустил голову.

- Кушай, кушай, Ёжик, и не слушай гнома, - засмеялась Принцесса. - Он же пошутил.

- Нет, - тяжело вздохнул Фырк. - Как-то больше не хочется.

Гном с Принцессой дружно рассмеялись.

- Кушай, кушай, милый Фырк, - погладила его Принцесса. - Нам надо набраться сил. Еще неизвестно, когда сможем отдохнуть.

- Лучше доскажи нам, что потом произошло с тобой, Принцесса, - попросил Агат. - Раз уж мы решили сделать привал, стоит дослушать твою историю.

- Кажется, я остановилась на том, что мы должны были рано утром ехать на бал к Принцу, - начала Принцесса. - Я долго не могла заснуть. Все время представляла, как буду танцевать с Принцем Аленом, а остальные – смотреть на нас. И когда рассвет еще только начал разгораться, я уже была на ногах. Фея Утренняя Роса тоже была готова, и вскоре наша карета покатила по дороге.

Тут беглецы услышали какой-то шорох.

- Вы слышали? - испугался Фырк. - Что это

прошуршало?

- Не знаю..., - забеспокоился гном. - Но я тоже ясно слышал шорох. Может, это шишка упала с сосны. Если бы это была Колючая Ветка, шума было бы больше. Продолжай, - обратился он к Принцессе.

- Но я все же боюсь, - заерзал Фырк. - Ты же сам говорил, что у Колючей Ветки повсюду много слуг. Может, мы тут сидим, слушаем рассказ Принцессы, а кто-то уже мчится к колдунье, чтобы сообщить ей, где мы.

- Послушай, Фырк, - рассердился гном. - Я не меньше твоего боюсь ее. Но если мы в каждом шорохе будем видеть ее слуг, то никогда не сможем расколдовать моих братьев. Продолжай, Принцесса...

- Так вот. Мы ехали, ехали, и вскоре показался густой лес. Это уже были владения Принца Алена. Как только фея Утренняя Роса увидела огромные деревья, она перестала улыбаться.

В это время опять послышался шорох. Фырк от страха подскочил.

- По-твоему это опять шишка упала? - потянул он гнома за рукав. - Странные какие-то здесь шишки. Они падают не со стуком, а с шуршанием.

- Я не знаю, - проворчал гном. - Но Колючая Ветка и ее гоблины уж точно не шуршат. Ты сам видел: когда она появляется, раздается гром.

Фырк продолжал дрожать. Было видно, что слова гнома его вовсе не успокоили.

- Хорошо-хорошо, - просопел он. - Если кто-то хочет шуршать, пусть себе шуршит. Я ведь смелый.

Гном с Принцессой громко рассмеялись.

- Конечно, ты смелый, - погладила Фырка Принцесса. - Не будь тебя, я так бы и осталась

березкой, и Колючая Ветка погубила бы меня.
- Вскоре мы въехали в лес, - продолжила Принцесса. - Он был очень густым, как вот этот, и проезжать по нему было страшно. Вдруг меж деревьев мы увидели, будто кто-то гонится за нами.
- Кто это? - прижалась я к доброй волшебнице.- Что им от нас надо?
- Ты, главное, ничего не бойся. Нам никто не сможет причинить зла, - погладила она меня. Но я видела, что и ей все это не нравится. Лошади тоже нервничали и не слушались кучеров.
- Что-то здесь не так, - обернувшись, прокричал главный кучер.
Вскоре лошади остановились. Они фыркали и поводили ушами.
- Вон они, вон, смотрите! - показал хлыстом кучер.
И тут мы увидели, что из леса один за другим стали выходить волки. Они были огромны... Их глаза горели, а шерсть стояла дыбом.
- Ну вот, - грустно вздохнула моя добрая волшебница. - Этого и стоило ожидать. Но вы не бойтесь. Нам эти волки не страшны. Я давно готовилась к встрече с ними.

ГЛАВА 8 ФЕЯ ГОЛУБАЯ КАПЕЛЬКА

Тут она открыла свой сундучок, достала из него маленькие хлебцы, посыпала их каким-то порошком и стала бросать в сторону волков.
- Нам надо успеть, - спешила она. - Лошади могут понестись, и тогда все станет гораздо труднее.
Один из зверей подбежал к угощенью, обнюхал

и начал жадно есть. Как только Утренняя Роса это увидела, она радостно улыбнулась.

- Мы спасены! – захлопала она в ладоши.

Волки подходили один за другим и ели хлеб. Фея произнесла какое-то заклинание, вышла из кареты, подошла к дереву и сорвала ветку.

- Что вы делаете? – закричал кучер. – Они же сейчас набросятся на вас.

Но волшебница смело направилась к зверям. Те, распластавшись на брюхе, поползли к ней навстречу.

- Все! - опять крикнул кучер. - Сейчас они прыгнут и разорвут ее.

Но Утренняя Роса продолжала идти.

Тут вновь послышался шорох. На этот раз звук был отчётливым и раздавался совсем рядом. Фырк подскочил и прижался к Принцессе. Гном тоже встал и начал оглядываться. Было видно, что он очень обеспокоен.

- Странно, - прошептал он. - Я заметил, что как только ты, Принцесса, называешь фею по имени, раздается шорох. Продолжай свой рассказ и внимательно следи за звуками.

- Когда Утренняя Роса подошла к волкам и коснулась каждого из них веткой, все они превратились в людей, - тихо произнесла Принцесса.

Стоило ей произнести слова «Утренняя роса», как что-то опять зашуршало.

- Вот видишь, я был прав, - повернулся гном.

- Теперь и я в этом уверена, - шепотом ответила Принцесса.

- Кто ты? И почему нас боишься? - уже громко продолжила она. - Не бойся нас. Мы не причиним тебе зла. Фея Утренняя Роса – моя воспитательница, и мы с ней были большими друзьями.

Шуршание на мгновение стихло, а затем снова

возобновилось. Было слышно, как кто-то подползает к ним. Вскоре беглецы увидели красивейшую ящерицу. Она была словно из перламутра, а на голове красовалась маленькая золотая корона. Гном, Фырк и Принцесса с удивлением рассматривали ее.

- Кто ты? - спросила ящерицу Принцесса.

Но та только покачала головой.

- Ты не можешь разговаривать?

Ящерица покачала головой, как бы говоря: «Да».

- Ты знаешь фею Утреннюю Росу?

- Да, – опять кивнула головой ящерица.

Фырк сразу успокоился и перестал дрожать.

- А может, ты сама фея? - подошел поближе Ёжик.

Ящерица вновь кивнула.

- Теперь мне все понятно, - хлопнул себя по лбу Агат. - Эта ящерица была феей, и Колючая Ветка заколдовала ее. Я уверен, что она – одна из тех добрых фей, которые прилетали к тебе, Принцесса, когда ты познакомилась с Колючей Веткой. Видишь, она исполнила свое обещание и стала заколдовывать бывших подруг.

- Может, она и на Утреннюю Росу надела маску? - побледнела Принцесса.

Но ящерица отрицательно покачала головой.

- Ура! - запрыгал Фырк. - Если Колючая Ветка не смогла заколдовать твою фею, то Утренняя Роса сможет нам помочь. Мы победим злую колдунью и спасем гномов.

Ёжик кувыркался от радости.

- Поможет, поможет, поможет, - непрерывно повторял он. - Фея Утренняя Роса нам обязательно поможет.

Но тут ящерица приподнялась на лапках, и стала принюхиваться. Потом взмахнула хвостом, и Фырк, с гномом и Принцесой превратились в сухие сучья и ветку сосны.

Через мгновение раздался гром, и около дерева появилась Колючая Ветка с гоблинами. Увидев ящерицу, она стала громко и зло смеяться.

- Вот тебя-то я как раз и искала. Ну как, нравится быть ящерицей? Ты же была феей озера, и звали тебя Голубой Капелькой. А сейчас только твой перламутровый цвет и корона напоминают об этом. Если ты сейчас мне не поможешь, то и этого лишишься. Я ищу Принцессу. Ты должна ее помнить, ведь ты была у нее в гостях, когда эта паршивка прогнала меня. Ей удалось как-то снять маску и сбежать. Но я знаю, что с ней еще кто-то есть. Она не смогла бы справиться одна. Уверена, что вместе с замарашкой – этот отвратительно фыркающий ёж. Надо было с ним сразу разделаться!

Одна из сухих веток слегка качнулась, но колдунья этого не заметила.

- Отвечай мне, - злилась волшебница. - Что тебе известно о беглянке? Я на время верну тебе голос, так как меня раздражают эти глупые покачивания головой. Ты видела здесь Принцессу? И учти, не вздумай говорить неправду. Один раз ты уже поплатилась за это, предупредив Утреннюю Росу, что я заколдую ее. Если еще раз попробуешь обмануть меня, превратишься в летучую мышь или жабу.

- Я никого здесь не видела, - ответила ящерица.

- Ты же сама приказала мне вечно жить около этой упавшей сосны. Откуда мне знать, что с Принцессой? И я не сомневаюсь, что ты не пощадишь меня.

- А как же в тот раз ты узнала, что я собираюсь заколдовать Утреннюю Росу? Не могла же ты проникнуть в мой дворец и подслушать разговор. Может, кто-то из слуг предал меня?

- Твои слуги верны тебе. Мне рассказали об

этом капельки дождя. Когда ты говорила, что хочешь заколдовать фею, тучка как раз пролетала над твоим дворцом и все слышала. А ты знаешь, что капельки дождя – мои младшие сестры и братья.

- Да, - раздраженно проворчала Колючая Ветка.

- Пока я не в силах справиться с облаками и тучами, но и их черед настанет.

- Ты с ними непременно справишься, наша госпожа, - закивали гоблины. - Кто посмеет не подчиниться самой могущественной колдунье?

- Вот видишь, какие у меня верные слуги? - повернулась злая волшебница к ящерице. - А все потому, что они боятся меня, трепещут предо мной. Вы же надеялись на свою никчемную доброту. Страх: вот самое сильное оружие. Надо продолжить поиски Принцессы, - прикрикнула она на гоблинов. - Нам непременно надо ее поймать.

Опять раздался гром, и все исчезли. Колючая Ветка так спешила, что даже забыла лишить Голубую Капельку дара речи. Как только она растворилась в воздухе, ящерица опять взмахнула хвостом, и беглецы обрели свой прежний вид.

Ежик непрерывно оглядывался по сторонам. Ему казалось, что за деревьями прячутся гоблины и сейчас набросятся на них.

- Спасибо Вам, - благодарила фею Принцесса. - Вы нас спасли, рискуя собой.

- Я помню тебя еще совсем девочкой, - замахала хвостом ящерица, - и должна была защитить. В тот день мы, добрые феи, друг другу поклялись во всем тебе помогать.

- А где сейчас фея Утренняя Роса? - погладила ящерицу Принцесса. - Нам надо поскорее найти ее.

- Может, вы сумеете нам помочь? - вмешался в

разговор гном. - Вот, посмотрите, у нас есть волшебный кинжал. На нем нанесены письмена, которые мог читать только мой брат Топаз. Он – один из тех гоблинов, которые служат злой колдунье.

Ящерица посмотрела на надпись и покачала головой.

- Я не могу их прочесть, - горестно вздохнула она. – Может, об этом написано, но я даже и не знаю, где мои книги. Колючая Ветка могла их сжечь. Она такая злая, что уничтожает все книги, в которых написано про добрые чудеса. Вам непременно надо разыскать Утреннюю Росу. Она обязательно поможет.

- А где ее искать? - приуныл Фырк. - Мы и без того уже второй день скрываемся от Колючей Ветки.

- Вам лучше остаться и здесь переночевать - предложила Голубая Капелька. - Ночью опасно ходить по лесу. А я еще подумаю, чем можно вам помочь. Но будет лучше, если вас снова заколдую. Вдруг Колючая Ветка вспомнит, что позабыла лишить меня голоса и вернётся сюда. А так вы будете в безопасности. Раньше, когда я была феей, мне многое рассказывали и ветерок, и облака, и капельки дождя. От них мы сразу бы узнали, как найти Утреннюю Росу. А сейчас нельзя спрашивать их об этом, ведь слуги колдуньи могут подслушать и сообщить ей.

Солнышко уже начало садиться, и вскоре в лесу стало совсем темно.

Ящерица взмахнула хвостом, и наши странники опять превратились в сухие ветки, а сама она свернулась и задремала. Однако покой продолжался недолго. Вновь небо вспыхнуло огнем, и появилась Колючая Ветка.

- Кажется, я так спешила, что позабыла лишить

тебя возможности разговаривать, - сердито проговорила она. На этот раз с ней было очень много гоблинов.

- Видишь, как растет число моих слуг. Все они бывшие подданными Принцессы. Я разыскала их в лесу, где они прятались. Раньше они были ландышами и незабудками – никому не нужными цветами, а сейчас посмотри, какие из них получились красивые гоблины. А часть стала летучими мышами. И теперь мне известно, кто помог Принцессе снять маску. Знаю, что они с собой унесли и волшебный кинжал. Но им никогда не удастся прочесть, что на нем написано. Вскоре мы их разыщем, и тогда Принцесса умрет. А с ее помощником подумаю, как поступить. Этого противного ежа я превращу не в гоблина, а во что-нибудь ужасное. Пусть он только попадется мне в руки. Его ждет более страшное наказание, чем Принца Алена. Тот тоже надеялся, что ему удастся спастись, но от моих гоблинов никто не сможет уйти. Правильно я говорю?

- Конечно, наша госпожа, - хором ответили гоблины. - Мы всегда будем вашими верными слугами.

- Видишь, как они послушны и преданы мне. - Но я немного устала. Пора и отдохнуть.

Опять сверкнула молния, раздался гром, и Колючая Ветка исчезла.

Ящерица вновь взмахнула хвостом, и ветки превратились в Принцессу, гнома и Фырка. Фырк дрожал от страха, а Принцесса горько плакала:

- Бедные мои ландыши и незабудки, бедные мои подданные. Теперь они, превратившись в гоблинов и летучих мышей, должны служить злой колдунье. Что нам делать?

Ящерица только качала головой, и из ее глаз

капали слезинки.

- Все равно нам надо дождаться рассвета, - утешал всех гном. - И не надо плакать. Пока мы на свободе, а это главное. Но я понял, что Колючая Ветка про меня ничего не знает. Вот это и удивляет меня. Если твои подданные ей все рассказали, то почему забыли про меня?

- А ведь правда, - улыбнулась Принцесса. - Она про тебя ничего не знает, и ей кажется, что это Фырк снял маску.

Ёжик только дрожал и стучал зубами.

Тут Принцесса заметила, что ящерица хочет что-то сказать.

- Ты что-то знаешь об этом?

Ящерица утвердительно кивнула головой.

- Как бы нам узнать, что ты хочешь сказать?

Взгляд ящерицы остановился на гноме.

- Ты что-то знаешь про гнома?

- Да, - кивнула в ответ Голубая Капелька.

- Про меня? - удивился тот.

Ящерица взглядом показала на кинжал.

- Подожди, подожди..., - потёр лоб Агат. - Если я тебя правильно понял, именно кинжал не дает Колючей Ветке узнать, что есть я. Он как бы охраняет меня, и подданные Принцессы, рассказывая, как её расколдовали, не помнят, что там был гном?

Ящерица радостно закивала головой.

- Получается, что тот, у кого кинжал, находится под его защитой, - присел от удивления Агат. - И еще, если я все правильно понял, колдовство Колючей Ветки бессильно перед волшебной силой кинжала.

Ящерица опять закивала головой.

- Тогда он непременно нас спасет! - стал приплясывать гном. - Надо только суметь прочесть, что написано на нем.

- А может быть, он нам укажет и путь, куда

идти дальше, чтобы найти Утреннюю Росу? - обрадовалась Принцесса.

- Как я об этом сам не догадался, - недовольно проворчал гном. – Ведь в прошлый раз он привёл к запасному выходу.

- Давай прямо сейчас попробуем, укажет он нам дорогу или нет, - захлопала в ладоши Принцесса.

Агат прошептал заклинания, но кинжал лежал движения. Он опять повторил волшебные слова, но кинжал даже не шелохнулся.

- Странно..., - растерялся гном. - И в прошлый раз так же было, но ведь потом он поднялся в воздух.

- А ты уверен, что все правильно делаешь? - забеспокоилась Принцесса.

- Конечно, уверен, - проворчал Агат. – Я произношу те же самые слова.

Он вновь и вновь повторял заклинание, но кинжал оставался на месте.

ГЛАВА 9   ЧУДОВИЩЕ

- Эх, - вздохнул Фырк. - Был бы с нами твой брат Топаз, мы бы давно нашли фею Утреннюю Росу.

Как только он произнес имя Топаза, кинжал стал медленно подниматься в воздух. Его острие было направлено в сторону растущего неподалеку ясеня.

- Ура!!!!!!! - закричал Фырк. - Получилось!!!

- Подожди, нечего кричать, - одернул его гном. - Или ты давно не видел Колючей Ветки?

При одном только упоминании о колдунье Фырк сник, а в глазах у него появился страх.

- Кажется, я все понял, - облегченно вздохнул

Агат. - Кроме заклинания кинжалу необходимо, чтобы было произнесено имя Топаза. Только тогда он начинает выполнять желания.

- Конечно же, так! - обрадовалась Принцесса. - Ведь Топаз его хозяин, и кинжал подчиняется ему.

Уже начинало светать.

- Нам лучше снова тронуться в путь, - решил гном. - Чем скорее мы найдем Утреннюю Росу, тем раньше расколдуем моих братьев. Но я не понял, что говорила Колючая Ветка про Принца Алена. Получается, что она и его заколдовала? Тебе надо завершить свой рассказ, Принцесса. Пошли быстрее, в пути все и доскажешь.

Друзья поблагодарили ящерицу за помощь.

- Мы вас непременно расколдуем, - пообещала Принцесса. - И Вы опять станете прежней феей Голубой Капелькой.

Слезинки покатились из глаз ящерицы.

- Спасибо Вам. Если бы не Ваша помощь, Колючая Ветка давно бы нас нашла.

- Нам пора, - торопил Агат. - Мы еще встретимся, и тогда у нас будет время выразить свою благодарность фее.

Вскоре друзья вновь шли по лесу, а впереди, указывая дорогу, летел кинжал.

- Рассказывай, что же дальше приключилось, Принцесса. Ты прервалась на том, что фея Утренняя Роса коснулась веткой волков, и они превратились в людей.

- Так вот, Агат. Как только моя добрая волшебница подошла к волкам и коснулась их веткой, они превратились в людей. Это были те самые подданные Принца Алена, о которых рассказывали, что они исчезли.

- Теперь ты убедилась, что я была права? - обратилась ко мне фея. - Это Колючая Ветка их превратила в зверей в надежде, что они нас растерзают. Я прочла в книгах, как можно снять заклятье, но если бы не вспомнила, как она хвасталась, что зеленый цвет - цвет ее колдовства, и вместо ветки взяла бы что-то иное, они бы набросились и разорвали меня. А подданные Принца Алена не переставали благодарить фею, и по их лицам катились слезы. Они двинулись вслед за каретой, и вскоре мы выехали из леса.

Вдали уже виднелись очертания замка. Чем ближе мы подъезжали, тем сильнее билось мое сердечко. Ведь через несколько минут я встречусь с Принцем и увижу, какой он. Когда мы въехали в ворота королевства, нас встречало множество людей, но никто не улыбался.

- Почему они так печальны? - расстроилась я. – Может, не рады, что мы приехали?

Но тут все вокруг стали смеяться и веселиться. Это пропавшие и заколдованные подданные королевства появились в воротах замка. Как же радовались родные, увидев их. Ведь все были уверены, что людей растерзали волки. А те рассказывали, как их расколдовала фея, и указывали на нашу карету. Так, в сопровождении ликующей толпы, мы и подъехали к замку.

Принц Ален уже поджидал нас и, зная обо всем, стал благодарить фею, а я в это время рассматривала его.

Он был высок и строен. Волосы цвета ржи красиво оттеняли лицо. У него были голубые-голубые глаза, как два маленьких кусочка неба. И чем дольше я смотрела на Принца Алена, тем сильнее билось мое сердце. Тут я услышала, как кто-то тихо сказал: «Кажется, девочка выросла и превратилась в девушку».

И я поняла, что это мысли моей доброй

волшебницы.

Принц подошел и помог мне спуститься с подножки. Когда моя рука коснулась его, мне стало так радостно, будто я опираюсь не на руку, а на что-то очень доброе и волшебное. Принц, видимо, почувствовал это, и легкий румянец покрыл его щеки. Он заранее подготовил приветствие, которым должен был встретить нас, но тут позабыл все слова и только смотрел на меня.

- Нам не мешало бы отдохнуть, - обратилась к нему фея.

- Конечно, конечно, - засмущался Принц. - Для вас все уже приготовлено. Вы можете отдохнуть с дороги, переодеться. Потом нам подадут завтрак. А вечером будет бал.

Услышав слово «бал», я радостно улыбнулась.

- И если Принцесса даст свое согласие, я весь вечер буду танцевать только с ней.

- Конечно, согласна! - воскликнула я.

Фея Утренняя Роса рассмеялась.

- Принцесса очень красиво танцует. Вечером Вы сами сможете в этом убедиться.

Нас проводили в отведенные покои, и, когда мы остались одни, фея обратилась ко мне.

- Нам надо очень серьезно поговорить.

По ее тону я поняла, что она чем-то обеспокоена.

- Что тебя тревожит? - удивилась я. - Ведь все так прекрасно! Ты расколдовала людей, мы благополучно прибыли в замок, а потом нас ожидает бал. Ах, как хочется, чтобы уже был вечер, и я танцевала с Принцем Аленом.

- Вот это меня и тревожит, - еще больше заволновалась фея. - Я вижу, что Принц тебе очень понравился, а ты знаешь, что я умею читать мысли людей, как и тебе иногда удается понять мои. Но ты помнишь, что говорила

Колючая Ветка, когда покинула твой замок? Как только ты полюбишь, и кто-то станет тебе очень дорог, она наденет на тебя маску. А я чувствую, что ты можешь влюбиться, и я тут бессильна. Любовь не знает преград.

- Так вот, что тебя так расстроило, - расцеловала я фею. - Но я пока не люблю Принца, он просто очень нравится мне. У него красивые глаза, волосы, к тому же, он весьма забавен. Я чуть не рассмеялась, когда он засмущался, взяв меня за руку.

- Я чувствую, что для нас наступают трудные времена, - грустно вздохнула Утренняя Роса. Больше она ничего не говорила и принялась читать волшебные книги.

Вскоре нас пригласили вниз. Там был накрыт большой стол. Во время еды Принц Ален больше молчал и слушал фею, но я заметила, что он украдкой продолжает рассматривать меня, и когда наши взгляды встречались, мы оба опускали глаза.

- Мне все понятно, - прервал Принцессу гном. - Фея не зря опасалась. Все, что ты рассказываешь, и есть любовь.

Принцесса покраснела и ничего не ответила. Тут Фырк, который до этого молчал и смотрел по сторонам, спросил гнома:

- А что такое любовь? Я все слушаю, слушаю Принцессу, но вот этого не могу понять.

- Ты любишь белочек? - рассмеялся Агат.

- Конечно, люблю. Они такие добрые и веселые.

- А Крота любишь?

- И Крота люблю. И тебя, и Принцессу тоже люблю.

- Вот та любовь, о которой рассказала Принцесса, очень похожа на твою любовь, только она совсем другая.

- Как это? - изумился Фырк. - Очень похожа, но

совсем другая.

- Хорошо. Я тогда тебе иначе объясню. Ты боишься гоблинов?

Как только ежик это услышал, опять начал дрожать.

- Вот видишь, как ты испугался, - продолжил Агат. - А ты боишься Колючей Ветки?

Тут Фырк присел на землю.

- Что-то у меня с ногами. Они перестали меня слушаться.

- Теперь ты понял, в чем разница между твоей любовью к белочкам и любовью Принца и Принцессы?

- Я ничего не понял, - обиженно просопел Фырк.

– Но, прошу тебя, больше не говори ни про гоблинов, ни про их хозяйку.

- Хорошо, - улыбнулся гном. – Я тебе обещаю, что не буду про них вспоминать до тех пор, пока они сами о себе не напомнят.

Фырк не слушал гнома и постоянно оглядывался по сторонам.

- Хватит его, бедненького, пугать, - погладила ежика Принцесса. - Разве ты не видишь, как он начинает дрожать только при одном упоминании этой злюки и ее слуг. Они похожи вот на эти мухоморы. Посмотри, как их много на поляне растет. Такие же ядовитые и опасные. Лучше я продолжу свой рассказ, а то чувствую, что у Фырка совсем пропало настроение.

- Что это случилось с кинжалом! - вдруг воскликнул гном. - Посмотрите!!

Кинжал, который до этого спокойно плыл по воздуху, начал подрагивать, словно не мог найти правильной дороги, потом резко развернулся лезвием к земле и замер.

- Что-то тут не так, - всполошился гном. - Не может же фея Утренняя Роса жить под землей.

Он нас о чем-то предупреждает.

- О чем предупреждает? - засуетился Фырк. – Может, опять об этих чудовищах.

- Нам надо быстро спрятаться и переждать, - приказал гном. - Посмотрим, что обеспокоило кинжал.

- А где, где нам спрятаться? - запричитал Фырк.

- Вон, посмотри на то огромное дупло, - указал гном. - Уверен, что мы все сможем в нем поместиться.

Друзья бросились к дереву, но подняться на него было невозможно. Платье Принцессы, совсем обтрепалось. Один лоскуток, зацепившись за кору, оторвался и упал. А кинжал все сильнее и сильнее подрагивал.

- У нас совсем нет времени, - воскликнул гном.

- Придется мне колдовать.

Он подбежал, на бегу выкрикивая какие-то слова, и схватил кинжал. Потом топнул ногой, и трое друзей превратились в мухоморы. Один из них был очень ярким и чуть покачивался. В тот же миг на поляне появилась Колючая Ветка. На этот раз с нею были не только гоблины, но и летучие мыши. Целая стая летучих мышей, которые началиоблетать поляну. Одна из них подхватила оторванный кусочек платья Принцессы и поднесла его Колючей Ветке. Та, увидев лоскуток, начала злобно смеяться.

- Она была здесь, была! - повторяла Колючая Ветка, показывая обрывок одежды гоблинам. Ее радости не было предела.

- Замарашка не уйдет, никуда не уйдет от меня! - радовалась колдунья. - А летучая мышь за свою верность заслужила особую награду. Она ее сейчас и получит.

Колючая Ветка прошептала заклинание, сверкнула молния, и все вокруг потемнело. Летучая мышь тут же превратилась в ужасное,

четырехрукое чудовище с телом гоблина и головой жабы, усыпанной огромными лиловыми бородавками. Кроме двух рук по бокам, ещё одна располагалась на груди, а другая - на спине. Черный язык то высовывался изо рта, то втягивался и был похож на огромную змею. Все попятились при виде этого страшилища.
- Просто чудесно! - рассмеялась Колючая Ветка.
- Я и не думала, что ты будешь такой красивой. Когда и гоблины заслужат мою благодарность, я их так же награжу.

ГЛАВА 10   ВОЛШЕБНЫЙ КИНЖАЛ

Ужас застыл в глазах гоблинов от этих слов, но самый рослый из них поклонился колдунье:
- Госпожа, мы постараемся сделать все, чтобы удостоиться такой милости. Мне тоже по душе этот новый гоблин. Бесспорно, он красивее нас.
- Я вижу, что ты становишься все послушней, - усмехнулась Колючая Ветка, - и уже начинаешь забывать, что был гномом. Как тебя тогда звали? Кажется, Топазом?
- Да, госпожа, мое имя Топаз. И я очень рад, что теперь служу вам.
- Помнишь, я говорила, что придет день, когда ты сам поблагодаришь меня, что превратился в гоблина? Тогда ты никак не мог примириться и все мечтал стать опять гномом. А знаешь, за что я вас заколдовала?
- Нет, госпожа. Я только помню, как ты сумела проникнуть в подземелье, а дальше все было словно во сне. Когда я пришел в себя, то был уже гоблином.
- Хорошо, - злорадствовала Колючая Ветка. - Теперь мне известно, что эта гордячка

недалеко, и мы вскоре ее догоним. Пусть еще порадуется жизни, а я могу рассказать, в чем вы, гномы, провинились передо мной и за что наказаны.

Ты не знаешь, что в свое время я была одной из фей, тех самых фей, которые верят в добро и надеются, что смогут чего-то достичь. Я тоже до поры до времени старалась всем помогать, но однажды задумалась: для того, чтобы можно было познать и оценить добро, в мире должно быть зло. Причём такое, чтобы все дрожали от страха и преклонялись перед ним. Но оставалась феей и носила имя Зеленая Ветка. Однажды мне попалась волшебная книга, в которой я прочла про кинжал, обладающий огромной силой. Имея его, я могла бы стать самой могущественной злой колдуньей. Но где находится кинжал и как им овладеть, там не было написано.

Как-то я зашла в незнакомый лес. Он мне очень понравился, и я решила отдохнуть. Неподалеку от меня находился пригорок, весь усыпанный желудями. Надеюсь, что ты понимаешь, о каком пригорке идет речь? Вскоре к нему подошел гном и что-то прошептал.

Открылся ход, и гном исчез. Это меня очень заинтересовало. Я продолжала наблюдать. Через некоторое время гном вышел и вновь прошептал заклинание. На этот раз я его расслышала и запомнила. Это был как раз ты, Топаз. Тебя-то я тогда и видела. Теперь можно было самой спокойно войти в подземелье. Тут у тебя в руках я увидела кинжал. А заметив, что на нем есть какие-то надписи, сразу поняла, что это тот самый кинжал о котором было написано в книге. Я решила непременно завладеть им, подошла к тебе и попросила его показать. Сказала, что он мне очень понравился, что вы, гномы, великие мастера. Помнишь эти слова? «Подари мне этот кинжал, - попросила я, - и ты будешь награжден так, как сам того пожелаешь». Но ты не только отказал мне, но даже не позволил прикоснуться к нему и, сколько я тебя ни упрашивала, в ответ слышала только отказ.

- Ах, это были вы, госпожа? - поразился гоблин.
- Каким же я был глупцом, что так повел себя. Я даже и не знал, что кинжал обладает магической силой. Что-то слышал об этом, но обращаться с ним не умел. Не поленись я прочесть волшебные книги, знал бы все.
- Какие вы, гномы, глупые, - засмеялась Колючая Ветка. - Постоянно копались в земле, доставали оттуда богатства, а сами и не знали, что истинное сокровище давно находится в ваших руках.

Я вернулась к себе, опять взялась за книги, и в одной из них, очень старой, прочла о страшном колдовстве. Там описывалось, как можно, надевая на людей, гномов и даже фей маску, превращать их во что угодно. Я читала и читала до утра, а когда наступил рассвет, уже точно знала, что больше не буду прежней доброй феей. Мне не терпелось сразу же испробовать колдовство. Выйдя из дома, я увидела лягушку. Это была обычная лягушка, каких всегда много в траве, ведь мой дом находился невдалеке от речки. Прошептав заклинание, я надела на лягушку маску. Она сразу же превратилась в огромную змею и стала уползать. Но когда я повторила заклинание, змея вернулась и улеглась у моих ног, как бы ожидая приказаний. Я вернулась в дом и продолжила чтение, а змея свернулась кольцами у порога, охраняя вход.

Моей радости не было предела. Такой верности

и такого подчинения я никогда не встречала. Продолжив изучение книг, я опять увидела упоминание о кинжале. Там писалось, что он способен снять маску и вернуть прежний облик тому, на кого она была надета. Это очень огорчило меня. Тогда я решила вернуться за кинжалом и похитить его, так как была уверена, что ты, Топаз, мне его добровольно не отдашь. Кроме того, мне были нужны слуги. На следующий день я была у пригорка и наблюдала за вами. Увидев, что вы все собрались и исчезли в подземелье, я прошептала заклинание, земля раздвинулась и я спокойно вошла.

Вы все вместе, беседуя, сидели за огромным столом. Я хорошо помню удивление на ваших лицах, когда вы увидели меня. Но это продолжалось совсем недолго. Я быстро надела на вас маску и превратила в верных моих слуг.

- Мы все хорошо помним, госпожа, - дружно закивали гоблины.

- Потом я взяла кинжал, и мы навсегда покинули подземелье. Ты, по-видимому, не знал, что кинжал обладает волшебной силой, иначе смог бы тогда расколдоваться. Когда мы вернулись ко мне, мой прежний дом показался мне убогим и неказистым. Я поручила вам за ночь построить дворец. К утру он уже был готов, и я еще раз убедилась, что зло может творить настоящие чудеса.

Я продолжала день и ночь читать и нашла запись, где упоминалось о Принцессе, которую феи будут обучать волшебству. Там же было написано, что, благодаря своей доброте, Принцесса достигнет необычайной силы и сможет победить меня. Я решила выяснить, кто же эта Принцесса. Вскоре должен был состояться праздник фей, и мне всего лишь надо было прикинуться прежней, доброй феей Зеленой Веткой и все разузнать.

Когда феи съехались, я стала прислушиваться к рассказам о Принцессе Лотте, наставницей которой была фея Утренняя Роса. Там же феи договорились вскоре собраться в замке Принцессы, чтобы посмотреть, какими чудесами она овладела. И я поняла, что если Принцесса может достичь такого совершенства в добрых делах, то она способна подняться и на самую вершину злого колдовства. И я решила сама обучать эту замарашку.

Вскоре феи собрались в замке. Прибыла и я. Но оказалось, что Принцесса – глупая и вздорная девчонка, отказавшаяся подчиниться мне.

Из книг я заранее знала, что на нее тоже можно надеть маску, но колдовство будет осуществимо лишь тогда, когда Принцесса полюбит. Надо было, чтобы маску на нее надел именно тот, кто ей дорог, или кто-то другой, кого она приняла бы за своего любимого. Все остальное ты знаешь, Топаз.

- А что же произошло с кинжалом, госпожа, - пропищала одна из летучих мышей.

- Ты хочешь это знать? –улыбнулась Колючая Ветка, и в ее глазах заиграли недобрые огоньки.

- Подлети ко мне, чтобы я лишь одной тебе рассказала, что с ним было.

Та уселась на руку Колючей Ветке. Колдунья наклонилась к ней и что-то прошептала.

Летучая мышь замертво упала на землю, вспыхнула ярким пламенем, и от нее осталась только горстка пепла.

- Вот что случилось с кинжалом, - засмеялась Колючая Ветка. - Кто еще хочет узнать тайну? Увидев это, гоблины и чудовище с головой жабы задрожали от страха.

- Нас не интересует судьба кинжала, -

наперебой стали повторять они. - Ты – наша госпожа и большего нам не нужно.
- Вот такими вы мне нравитесь, - громко смеялась Колючая Ветка. - И эта поляна тоже очень хороша. Посмотрите, сколько здесь мухоморов. Особенно красив вон тот, самый яркий. Если бы мы не спешили, я взяла бы его с собой и посадила в моем саду.
Мухомор стал еще ярче и начал тихо покачиваться.
- Видите, как он радуется. Как только поймаем эту замарашку, я обязательно вернусь за ним. А сейчас нам пора продолжать погоню.
Раздался гром, и колдунья со слугами исчезла.

ГЛАВА 11 БАЛ

Через несколько минут три мухомора качнулись и стали гномом, Принцессой и Фырком. Ежик никак не мог прийти в себя.
- Вы слышали, что говорила Колючая Ветка? - без конца спрашивал он. - Она хотела взять меня к себе, и я бы навсегда остался мухомором. Нет, лучше тогда быть гоблином. Мухомор...
Он продолжал дрожать и бормотать себе под нос.
- Успокойся, - прикрикнул на него гном, - а то расшумелся на весь лес. Скажи спасибо, что мы опять спаслись. Не успей я произнести заклинание, – и ты был бы не гоблином, а во-от такой
горсткой пепла.
По–видимому, слова гнома подействовали на Фырка, и он умолк. Друзья подошли к сгоревшей летучей мыши.

- Это, видимо, кто-то из моих подданных, - плакала Принцесса. - А я не смогла его защитить.

Фырк уныло смотрел, потом просопел:

- Конечно, мухомор лучше пепла...

- Я постараюсь хоть чем-то помочь бедняжке, - совсем расстроилась Принцесса. – Оживить, конечно, не смогу, но кое-что сумею сделать.

Она прошептала заклинание, и на месте сгоревшей мыши появился большой куст боярышника.

- А ты молодец, - восхитился гном. - Тоже неплохо колдуешь.

Принцесса смущенно улыбнулась.

- Но нам надо быстро уходить отсюда, - волновался Агат. - Колючая Ветка может вернуться за полюбившимся ей мухомором... - и он многозначительно посмотрел на Фырка.

- Что ты так смотришь на меня, - возмутился Фырк.- Что это у тебя на уме?

Гном ничего не ответил, подошел в одному из мухоморов, прикоснулся к нему, и гриб стал ярко-красным.

- Теперь она и не заметит никаких изменений, - огляделся Агат. - А теперь быстро уходим, и по дороге нам есть о чем подумать. Колючая Ветка, сама того не подозревая, поведала много интересного.

- Что это она такого рассказала? – полюбопытствовал Фырк.

– А ты разве не слышал, что ежики в образе мухомора очень красивы, - рассмеялся гном. - И будут чудесно смотреться у нее в саду.

От этих слов Фырк чуть не расплакался.

- Вот, всегда ты меня пугаешь, - обиделся он. - Я себе спокойно жил в лесу, и все было у меня хорошо. А сейчас - то, как белка, лазаю по дуплам, то становлюсь веткой, то еще хуже -

мухомором.

- Хватит вам ссориться, - вмешалась Принцесса. - Поверь, Фырк, я очень благодарна тебе, что ты спас меня, - и она поцеловала ежика в мордочку.

Тот сразу повеселел и даже стал себе под нос напевать какую-то песенку.

- Ты только на него посмотри, - хитро улыбнулся гном. - Вот-вот появится колдунья, а он тут песенки распевает, будто опасность миновала.

Тот недовольно посмотрел на гнома, но петь перестал, и начал непрерывно фыркать.

- Что это с тобой? – удивилась Принцесса.

- Когда голоден, я всегда громко фыркаю, - пожаловался ежик. – А мы уже давно ничего не ели.

- На этот раз он прав, - согласился гном. - Нам всем не мешает немного отдохнуть и подкрепиться. Кроме того, я слышу плеск воды. Значит, где-то поблизости есть родник. Вот около него и сделаем привал.

Через пару минут они уже были на берегу небольшого ручейка, который весело журчал и, струясь, скрывался среди деревьев.

- Как здесь чудесно! – радовалась Принцесса. - Я никогда не думала, что есть такие красивые места.

Вскоре они сидели и кушали. На этот раз стол наколдовал гном. Фырк ел молча .

- Что на этот раз тебя беспокоит? – поинтересовался Агат.

Ежик ничего не ответил, только продолжал сопеть.

- Что тебя тревожит, Фырк? – обеспокоилась Принцесса. – Расскажи...

- Я тоже хочу научиться колдовать. Ты умеешь, гном умеет, а я ничего не умею.

Принцесса засмеялась.

- Хорошо, как только покончим с нашими приключениями, обещаю, что и тебя обучу чудесам.

Фырк сразу повеселел и снова принялся за еду.

- Так о чем ты хотел поговорить, Агат? - поинтересовалась Принцесса.

- Вы помните весь разговор на поляне? Вам там ничего не показалось странным?

- Нет! - хором ответили Принцесса с Фырком. - А что тебя удивило?

- Во-первых, когда Колючая Ветка рассказывала про первую встречу с Топазом, много чего специально пропустила. Но это не так важно. Я еще расскажу, как все было на самом деле.

Уверен, что и Топаз это заметил, но не сказал ни слова. А второе, и главное, в том, что колдунья не знает, где находится кинжал. Потому она так разозлилась, что сожгла летучую мышь. Получается, что кто-то похитил у нее кинжал, и она это скрывает от всех, так как знает, что с его помощью можно положить конец всему злу.

- А ведь ты прав Агат, - призадумалась Принцесса. - Колючая Ветка знает, что только с помощью кинжала с меня можно было снять маску, но она об этом молчит. Выходит, она уверена, что кинжал находится у меня, и она сможет вернуть его себе, если поймает нас.

- Все правильно, - кивнул гном. - Но ведь кто-то же похитил у нее кинжал и закопал под березкой. Кто бы это мог быть? Похититель, видимо, понял, что кинжал имеет огромную силу, но вот как заставить его слушаться и выполнять приказания, не знал.

- Я знаю, кто это! – воскликнул Фырк.

- И кто же, по-твоему, закопал кинжал? – с

интересом взглянул гном.

- Его закопала фея Утренняя Роса или какая-то другая фея, которая знала Принцессу. Кто, кроме них, еще может заботиться о ней?
- Возможно, ты и прав, ежик. Но зачем фее надо было бы закапывать кинжал? Она бы его просто где-то спрятала.
- А я знаю, кто закопал, - задумчиво произнесла Принцесса. - Кинжал закопал Принц Ален.
- Подожди-подожди... - прервал ее Агат. Тут опять что-то не так. Колючая Ветка ни разу не вспомнила Принца Алена. Такое ощущение, что она просто избегает о нем говорить. Видимо, надо, чтобы ты до конца рассказала всю историю, Принцесса. Как она смогла надеть на тебя маску. Ты в прошлый раз остановилась на том, что вы сидели втроем за столом и завтракали. Что же было потом?
- После завтрака Принц Ален показал нам свой дворец, - стала рассказывать Принцесса. – Он был великолепен. Одна комната была лучше другой. Такой красоты и роскоши я никогда не видела. А потом мы спустились в огромный зал, где собралось много людей, и все они были очень заняты.
- Здесь вечером и состоится бал, - улыбнулся Принц. - Сейчас все готовится к тому, чтобы вы, Принцесса, смогли им насладиться.
Он как-то особенно посмотрел на меня, и от его взгляда кровь прилила к моим щекам.
- Что-то я немного устала с дороги, - смутилась я - и не мешало бы отдохнуть.
Принц проводил нас до наших покоев.
- Вечером в зале я буду ждать Вас, Принцесса, - сказал он и, раскланявшись, удалился.
Все оставшееся время было потрачено на подготовку к балу, и когда наступило назначенное время, я была готова. На мне было

чудесное голубое платье со шлейфом, который поддерживали два пажа. Утренняя Роса смотрела на меня, и улыбка не сходила с ее лица.

- Как ты красива, - радовалась она. - Ты прекрасна, как настоящая фея.

Когда я появилась в зале, все замерли от восхищения. В глазах Принца читался восторг. Он подошел ко мне, заиграла музыка, и мы закружились в танце. Один танец сменялся другим. Казалось, чем дольше я танцую, тем больше у меня прибавляется сил. Все остальные пары перестали танцевать и смотрели на нас. Иногда я слышала тихий шепот:

- Как они оба красивы. Видимо, Принц скоро женится на Принцессе Лотте.

И от этих слов у меня замирало сердце.

- Мне все понятно, - проворчал гном. - Это уже любовь.

Принцесса покраснела и умолкла.

- Вот, всегда ты все говоришь не к месту, - рассердился Фырк. - Я представил, как же должно быть красиво на балу. Вот бы самому хоть раз все увидеть своими глазами.

- Только для этого надо избавиться от Колючей Ветки, или ты уже ее не боишься? Может, и гоблины тебе больше не страшны? – продолжал ворчать Агат.

При упоминании о гоблинах и их хозяйке Фырк погрустнел.

- Вот видишь, - смягчился гном. - Чтобы нам дойти до бала, надо избавиться от Колючей Ветки. Рассказывай, Принцесса. Что же было дальше?

ГЛАВА 12 РЫБКА

- Мы с Принцем все танцевали и танцевали. В зале было огромное количество роз, и воздух был пропитан их ароматом. Но один букет постоянно привлекал мое внимание. Приятная теплота исходила от него. Казалось, что розы говорят со мной.

- Как ты выросла, Принцесса, как ты прекрасно танцуешь.

Время летело незаметно, и только когда начало светать, я поняла, что бал длится уже несколько часов. Как ни печально, но надо было расстаться с Принцем. Я поблагодарила его за прекрасный вечер. Он проводил меня до моих покоев и спросил:

- Вы завтра уедете, Принцесса?

- Да, Принц, к сожалению, завтра нам пора возвращаться домой.

- Кто эта женщина, которая приехала с Вами? - поинтересовался он.

- Она очень добрая и заменила мне родителей.

- Мне кажется, что это не простая женщина. В ней есть что-то загадочное, и она временами бывает очень грустной. Что ее так печалит?

- Не обращайте на это внимания, Принц, - улыбнулась я. - У вас еще будет возможность пообщаться с ней, и вы убедитесь, что она бывает и очень весёлой.

Прощаясь, Принц грустно улыбнулся и, откланявшись, удалился.

Когда я вошла в свою комнату, фея не спала.

- Почему ты не присутствовала на балу? - огорчилась я.

- Я была там, - улыбнулась добрая волшебница,

- и все-все видела. Просто ты меня не заметила, так как постоянно танцевала.

- Нет, тебя там не было. Я повсюду искала тебя,

но так и не увидела.

- Хорошо-хорошо, - рассмеялась Утренняя Роса.
- Я была на балу, но не в том виде, в котором ты ко мне привыкла. Не хотела смущать тебя своим присутствием и превратилась в один из букетов роз, которых так много было в зале.
- Ты была красным букетом роз! - воскликнула я.
- Как ты это узнала? - удивилась фея.
- Все цветы молчали, а эти розы будто разговаривали со мной, и от этого танцевать было еще радостнее и легче.
- Ты становишься настоящей феей, - погладила мою руку Утренняя Роса, - и скоро уже повсюду сможешь меня замечать.

Мы еще долго обсуждали с ней, как прошел бал, и мне постоянно хотелось говорить про Принца Алена. Как только я начинала разговор о нём, по лицу феи пробегала грустная улыбка.

- Я все понимаю, что творится у тебя в душе, - вздыхала она. - Не будь Колючей Ветки, я была бы просто счастлива. С каждой минутой Принц становится тебе все дороже и дороже, но с этой же минутой все ближе и ближе та опасность, которая поджидает тебя. И как ее избежать никто не знает.

- Какая она добрая, - просопел Фырк. - Представляю, как ей было нелегко.

- Да, по твоему рассказу чувствуется, что она очень переживала за тебя, - кивнул гном. - Конечно, ей было трудно. Она отлично понимала, какая беда грозит тебе.

- Посмотрите! - вдруг закричал Фырк. - Вы заметили, что из воды постоянно выпрыгивают рыбки? Может, это слуги Колючей Ветки, и они подслушивают наш разговор?

- Не думаю, - возразил гном, - чтобы Колючая Ветка взяла себе в слуги рыб. Сначала она превратила бы их во что-нибудь ужасное. К примеру, в мухомор, - и он посмотрел на Фырка, - или страшную жабу, или еще в какое-нибудь чудовище.

Фырк опять засуетился.

- Что-то мне здесь не очень нравится. Как только ты, гном, вспоминаешь про эту колдунью, она непременно появляется. И причем тут мухоморы? Видишь, здесь растут только водяные лилии.

Гном с Принцессой рассмеялись.

- Не бойся ежик, - погладила его Принцесса. - Я уверена, что Колючая Ветка еще далеко, а вот то, что рыбки постоянно выпрыгивают из воды, и вправду странно.

- Ты говорила, что понимаешь язык цветов и животных, - напомнил гном. – Может, рыбка что-то хочет нам сказать?

Услышав это, водяные лилии тихо покачнулись, как бы подтверждая слова Агата.

- Видишь. Кажется, я не ошибся. Поговори с рыбкой и лилиями и узнай, что они хотят рассказать.

Принцесса прошептала заклинание и стала прислушиваться.

- Не может быть!.. - вдруг воскликнула она. - Ты уверена?

- Что, что такое? - заволновался Фырк. - Опять Колючая Ветка появится?

Но Принцесса улыбалась и продолжала слушать.

- Вряд ли Принцесса улыбалась, если бы речь шла о Колючей Ветке, - прервал ёжика гном. - Не мешай ей слушать, и мы все сейчас узнаем.

Вдруг Принцесса радостно засмеялась и захлопала в ладоши.

- Фея была здесь! Утренняя Роса тут проходила!

- Кто была здесь? - не веря ушам, переспросил гном.

- Мне рыбка и лилии рассказали, что недавно здесь проходила одна фея. Она была очень грустна, и рыбка с цветами решили узнать, что ее так расстроило. Фея им рассказала, что долгое время воспитывала одну Принцессу, которую потом заколдовали, и она никак не может ее найти. Волшебница спрашивала у лилий, не слышали ли они что-либо про Принцессу Лотту. Ее еще интересовало, не появлялась ли тут злая колдунья с гоблинами.

- А с ней не было Принца? - обрадовался Фырк. Принцесса вновь прислушалась.

- Нет, фея была одна. Она недолго здесь побыла, а потом ушла. А вот куда она направилась, никто не знает.

- Это понятно, - вздохнул гном. - Конечно, она не захочет, чтобы знали, где она скрывается от Колючей Ветки.

Но в это время он почувствовал, как кинжал начал шевелиться.

- Кажется, нам надо срочно прятаться! - воскликнул он. - Кинжал предупреждает об опасности.

- Что нам делать? - задрожав, засуетился Фырк. Все колючки на нем стали торчком от страха.

- Сейчас узнаешь, что нам делать, - оборвал его гном.

Он опять что-что прошептал, и в тот же миг вместо беглецов появились три трясогузки, которые перелетали с места на место. Но у одной из птиц хвост сильно раскачивался, и она никак не могла спокойно усидеть на месте. Тут же появилась Колючая Ветка. Гоблины принялись жадно пить воду. Было видно, что они очень устали.

- Ты поосторожней с ним! - прикрикнула колдунья. - Не поломай его, иначе и тебя постигнет участь летучей мыши.

У гоблина в руках был яркий мухомор.

- Нет, госпожа, я с ним очень осторожно обращаюсь, - поклонился тот. Лучше я его положу в тень возле воды.

- Хорошо, - согласилась Колючая Ветка. - Какой же он красивый. Такого мухомора я еще не видела.

При этих словах одна из трясогузок просто взвилась в небо.

- Кыш отсюда, - рассердилась колдунья и стала махать руками. - Иначе вам плохо придется. Птички спрятались за лилиями.

- Куда она могла исчезнуть? - как бы про себя рассуждала Колючая Ветка. - Мы постоянно опаздываем и не успеваем ее догнать. Вы просто ленивые твари, и от вас нет никакого толка, - накинулась она на слуг. - Не летите, а ползете, как пиявки. Как только ее поймаю, я превращу вас всех в улиток, потом сварю и съем, чтобы навсегда позабыть о вас. Будь вы порасторопней, замарашка бы давно была поймана. А еще тут эта паршивая рыба распрыгалась. Ей-то что надо?..

- Может, она хочет что-то вам сказать, госпожа, - подсказал один из гоблинов.

- Что интересного может мне, самой сильной колдунье, рассказать глупая рыба. А, впрочем, давай узнаем.

Она прислушалась.

- Ты просто молодец! - неожиданно засмеялась Колючая Ветка. И за это я тебя награжу.

Она что-то прошептала, и рыбка, превратившись в ворону, полетела прочь.

- Как мне нравится карканье ворон, - продолжала радоваться Колючая Ветка. - А эти глупые феи любят пение соловьев. Разве сравнимо громкое карканье с никчемными трелями этой малюсенькой птички? Но нам пора. Рыбка рассказала, что Принцесса с этим паршивым ежом недавно были здесь. Ну, ничего, я до него доберусь!!!.. Раньше я думала превратить его в гоблина, но теперь решила, что, когда поймаю, превращу его в жуткого, страшного тролля. Только вместо рук у него будут огромные черные черви. Я давно хочу иметь такого слугу.

Услышав это, одна из трясогузок, покачиваясь, полетела в сторону леса.

- Нам пора! - повторила Колючая Ветка. - И не забудьте взять этот чудесный мухомор. На этот раз им не удастся от нас уйти.

Раздался гром, вспыхнула молния, и Колючая Ветка исчезла.

Спустя несколько минут гном с Принцессой опять сидели на берегу ручья.

- А где Фырк? - стала оглядываться Принцесса.
- Ты его расколдовал, Агат?
- Конечно, - кивнул гном. - И вправду, где он?
- Фырк, - позвала Принцесса. - Фырк, где ты?

Тут из-за деревьев выглянул ёжик. Он был совсем растерян.

- Иди к нам, - поманила его Принцесса. - Колючая Ветка улетела вниз по ручью и сюда не вернётся.
- Мне и за деревом неплохо, - простучал зубами Фырк. - Там сыро, а тут и сухо и как-то поспокойней.

В это время, громко каркая, подлетела ворона и уселась на ветку дерева.

- Это бедная рыбка, которую наградила Колючая Ветка, указал гном. - Она нас спасла. Теперь и мы должны ей помочь. -

Он хлопнул в ладоши, произнес заклинание, и ворона, нырнув в ручей, опять превратилась в прежнюю рыбку.

- Спасибо тебе, - поблагодарили ее Принцесса с

гномом. Фырк осторожно выглянул из-за дерева и помахал лапкой.

- Пора в дорогу, - поднялся гном. – Посмотрим, куда на этот раз идти.

Он достал кинжал, произнес заклинание и громко добавил: «Топаз!»

Кинжал поднялся в воздух, качнулся и указал дорогу вниз по ручью.

- Ну, нет, - возмутился Фырк. - Я туда не пойду. Получается, что не Колючая Ветка гоняется за нами, а мы решили поймать ее. Вы видели тот мухомор, который нес гоблин? Ведь им мог быть я. А теперь колдунья решила превратить меня в тролля. Вы все сами слышали.

- Хорошо, - усмехнулся гном. - Мы с Принцессой пойдем дальше, а ты оставайся здесь. Посмотрим, что ты скажешь, когда колдунья вновь прилетит сюда. И, кроме того, никогда не увидишь бала и не научишься колдовать. Пошли, Принцесса.

- Ладно, - уныло просопел Фырк. - И я пойду с вами. Будь что будет. Только ты, гном, постарайся не вспоминать Колючую Ветку. Как только ты начинаешь говорить про нее, она тут же появляется.

- Хорошо, - засмеялась Принцесса.- Агат про нее больше никогда не скажет ни слова, если только она не вспомнит про нас.

- Эх, - проворчал Фырк, - как раз про нас она никак не забудет.

- А ты, Принцесса, продолжай рассказывать, - повернулся гном. - Теперь мы знаем, что фея Утренняя Роса избежала колдовства. Значит, она как-то сумела противостоять злу колдуньи и обязательно нам поможет.

- Конечно, она нам поможет, - сразу повеселел Фырк. - Вот только бы найти ее.

ГЛАВА 13 МАСКА

- Утром мы уехали из замка, - продолжила рассказ Принцесса.

- При отъезде я пообещала Принцу Алену, что мы вскоре увидимся. Подданные королевства, расколдованные феей, долго провожали нас и благодарили Утреннюю Росу за то, что она спасла их.

- Отныне на ваших землях все будет спокойно, - уверила их на прощание фея.

Когда мы приехали вечером домой, я сказала Утренней Росе:

- Надо отблагодарить Принца за оказанный нам радушный прием и пригласить в гости. Я тоже хочу устроить пышный бал, где все будут в нарядах сказочных персонажей. Бал-маскарад. Это так весело и интересно. Завтра же начнем готовиться к нему и вышлем приглашение Принцу Алену.

- Я вижу, что ты все уже решила, - грустно вздохнула фея. - Хотя мне не по душе твоя затея, но необходимо оказать честь Принцу и принять его в твоем дворце.

- Тогда ты мне поможешь? - обняла я Утреннюю Росу.

- Конечно, помогу, - улыбнулась она. - Я постараюсь все так устроить, чтобы это был волшебный бал.

- А давай на него пригласим и фей, - обрадовалась я и захлопала в ладоши.

- Непременно позовем, - согласилась Утренняя Роса. - Они могут нам очень понадобиться.

Со следующего дня началась подготовка к маскараду. Все чистилось и убиралось. Я хотела, чтобы великолепие моего замка ни в чем не уступало замку Принца Алена. Так, в заботах, прошли несколько дней. Но, наконец, все было готово, и к Принцу выехали гонцы с приглашением посетить мой замок. В послании говорилось, что в честь его приезда будет устроен большой костюмированный бал. С каким же нетерпением я ждала ответа.

- Вдруг Принц болен, или у него есть неотложные дела, и он не сможет приехать в назначенный день?

Я без конца приставала с вопросами к доброй волшебнице. А она успокаивала меня, говоря, что надо набраться терпения. Но, наконец, посланники вернулись и сообщили, что Принц с благодарностью принял мое приглашение и непременно приедет.

Услышав эту весть, я как бабочка, запорхала.

- Мы опять будем с ним танцевать до утра, - снова и снова говорила я фее. - Какое чудо. Принц так великолепно танцует.

Утренняя Роса ничего не отвечала, и с каждым днем становилась все грустнее.

- Ты не рада, что приедет Принц? - теребила я фею. - Поверь, бал будет великолепен.

- Ты же знаешь, какая опасность угрожает тебе, - вздыхала Утренняя Роса.

- Неужели злая колдунья еще помнит обо мне? – спросила я недоверчиво. - За столько лет она давно все позабыла.

- А тогда почему нас поджидали волки? - чуть не рассердилась фея. - Или ты не поняла, что их послала Колючая Ветка?

- Я все помню, - смутилась я. - Но ты же смогла их расколдовать, значит, и в этот раз сумеешь что-то придумать. Ты такая добрая и не позволишь, чтобы я попала в беду.

Утренняя Роса вновь тяжело вздыхала и грустно улыбалась.

- А феи прибудут на бал? - обняла я наставницу.

- Конечно. Они уже предупреждены и обещали приехать.

- Как это чудесно! - моей радости не было предела. - Я опять их увижу, и Принц Ален тоже с ними познакомится. Уверена, что они понравятся ему. Ведь феи такие красивые и добрые. Только очень прошу тебя на этот раз быть в зале. Не оставляй меня одну. Ты все эти годы оберегала меня и сумела заменить мне родителей. Я понимаю, в прошлый раз ты не хотела меня смущать, потому и превратилась в букет роз.

- Хорошо, хорошо, - засмеялась Утренняя Роса.

- Обещаю, что вместе со всеми феями я буду рядом с тобой, и ты сможешь постоянно видеть нас.

Наконец наступил долгожданный день. Я с раннего утра была на ногах и постоянно прислушивалась, не раздастся ли стук копыт. Когда я зашла к доброй волшебнице, раздалось знакомое жужжание - в комнату одна за другой стали влетать феи. Они были еще краше. Нет слов, чтобы передать, как они были красиво одеты. Мы были так рады встрече с ними.

- Пойдемте, посмотрим бальный зал, , - пригласила я гостей.

- Как ты выросла, наша девочка, - говорили мне они. - Теперь ты настоящая Принцесса.

Когда мы спустились вниз, феи все внимательно осмотрели. Потом фея Голубая Капелька повернулась ко мне:

- Ты не будешь против, если мы немного поколдуем?

- Конечно, нет! - обрадовалась я.

Тогда феи взмахнули руками, и весь зал заискрился и засверкал. Казалось, что прямо со стен льется волшебный свет, а я попала в сказочный дворец. Все вокруг блестело и переливалось.

- Вот теперь все на месте, - улыбнулась фея Голубая Капелька. - Как тут красиво. Теперь и Принц будет в восторге от твоего дворца.

Меж тем время шло, а Принц не появлялся. Солнце постепенно клонилось к закату.

- Что случилось? Вы же волшебницы и все знаете. Почему Принц Ален так опаздывает? - волновалась я.

Но они ничего не отвечали, только улыбались все реже и реже.

- Пора начинать бал, - обратилась ко мне Утренняя Роса. - Гости давно съехались, и Принц непременно приедет.

Спустившись в зал, я увидела, что все ждут меня. В этот миг раздался долгожданный стук копыт.

- Прибыл Принц Ален! - объявил распорядитель бала. Принц вошел в зал. Я направилась ему навстречу. Он был еще красивее, чем у себя в замке. На нем был прекрасный наряд зеленого цвета и длинный плащ.. Я подошла к нему, он поклонился и затем произнес:

- Принцесса, позвольте Вам преподнести мой подарок. Я знаю, что сегодня бал-маскарад.

С этими словами он достал из-под плаща маску и надел мне на лицо. После этого я и стала той березкой, которую вы расколдовали.

- Как это Принц надел маску?!!!! - Одновременно воскликнули гном и Фырк. - Ты хочешь сказать, что Принц и заколдовал тебя? Но, судя по твоему рассказу, он любил тебя.

Принцесса расплакалась.

- Я тоже думала, что Принц Ален любит меня, но получается, что он служил злой колдунье и ждал момента, когда сумеет надеть на меня маску.

- Нет, тут что-то не так, - присев, стал тереть

лоб Агат. - Не мог Принц так жестоко поступить с тобой. Для чего ему надо было приезжать к тебе и там надевать маску? Он мог все это сделать тогда, когда вы были у него в гостях. Здесь явно что-то не то. Вот именно это я и хотел выяснить из твоего рассказа. Если поймем, почему Принц надел на тебя маску, мы сможем победить Колючую Ветку.

- Ты опять вспомнил ее? - с дрожью в голосе проговорил Фырк. - Уверен, что она сейчас появится. И ее отвратительные гоблины тоже будут с ней.

- Будь спокоен, - возразил гном. - Она не появится.

- Посмотри, посмотри! - закричал Фырк. - И он, онемев от страха, показал на кинжал, который остановился и стал подрагивать.

- Пожалуй, ты прав, - всполошился гном. - Кажется, Колючая Ветка направляется сюда, и она уже совсем близко.

- Что на этот раз делать? - застучал зубами Фырк. - Мы пропали. Быстрее колдуй! - кричал он. Колючки на нем встали дыбом.

Ежик с Принцессой бросилась в сторону леса, и с ноги девушки упала туфелька. Гном подпрыгнул, и, хлопая в ладоши, прокричал заклинание. И в тот миг, как они превратились в улиток, появилась Колючая Ветка. Она сразу заметила туфельку Принцессы.

- Принесите мне ее, - приказала она. - Туфелька еще теплая. Значит замарашка где-то рядом. Надо ее разыскать.

Летучие мыши сразу полетели в сторону леса, гоблины стали обшаривать куст за кустом, а чудовище, с головой жабы, направилось в сторону улиток.

- Что тебя там привлекло? - придержал его гоблин.

Это был Топаз.

- Я голоден и хочу съесть этих улиток. Посмотри, какие они большие и жирные. Я никогда не видел таких. - Чудовище подняло одну из улиток и хотело положить в рот.

- Их нельзя есть! - крикнул гоблин. - Я знаю этих улиток. Они страшно ядовиты! Брось ее, иначе отравишься! И поскорей вымой лапы. Если ты сейчас же этого не сделаешь, умрешь в страшных муках.

Чудовище отшвырнуло улитку и побежало к ручью. Та, ударившись о камень, откатилась в сторону.

- Ищите ее! Ищите! - все громче кричала Колючая Ветка. - Она здесь. Я уверена в этом.

- Госпожа, позволь обратиться к тебе, - поклонился гоблин Топаз.

- Что на этот раз ты скажешь? - зло топнула Колючая Ветка. - Нам надо найти эту замарашку с ежом, а не слушать твои глупые советы.

Гоблин, уныло опустив голову, продолжил шарить в кустах.

- Хорошо, говори, о чем хотел, - позвала его колдунья. - Я ведь очень добрая. - Но знай, если скажешь что-то глупое, тебе не миновать смерти. Ты давно мне надоел.

- Госпожа. Эта замарашка не так уж и глупа. Я уверен, что она специально оставила здесь туфельку, чтобы отвлечь нас, а сама уже далеко отсюда. И еж с ней. Попадись он только мне, сам бы разорвал его на куски.

При этих словах одна из улиток тихо покатилась и упала в ямку.

- А тогда почему туфелька еще теплая, глупый гоблин? - рассердилась колдунья.

- Ну, вы же говорили, что она тоже умеет творить волшебства. Кроме того, туфельку можно чуть нагреть и бросить, чтобы нас сбить со следа.

- Подожди, дай подумать, - чуть успокоившись, уселась на камень Колючая Ветка. - Все, что ты говоришь, это глупость, - через минуту продолжила она. - Но, я так рада, что вскоре замарашка с этим вонючим ежом будут у нас в руках, что на этот раз не предам тебя смерти. Но в следующий раз не смей обращаться ко мне, если я того сама не пожелаю.

- Слушаюсь, госпожа, - склонился в поклоне гоблин. - Я больше не осмелюсь потревожить вас.

- А теперь быстро в погоню! - приказала Колючая Ветка.

Опять прогремел гром, сверкнула молния, и она со слугами исчезла.

Как только колдунья пропала, улитки превратились в гнома, Принцессу и ёжика.

- Вы видели, как меня чуть не съели, - причитал Фырк. – На голове у него была большая шишка от удара о камень.

- Ты просто глупый гном, - сердито сопел он. - Как ты мог заколдовать нас в улиток. Я был уже во рту этого чудовища. Оно сжимало меня своими зубами.

Ёжик дрожал и не мог успокоиться.

- Фырк - погладила его Принцесса. - Ты несправедлив. Не успей Агат нас заколдовать, ты сейчас был бы съеден, или разорван на куски, или превращен в чудовище. Гном и на этот раз нас выручил, и мы должны быть благодарны ему.

- Хорошо, - все еще причитая, согласился Фырк.

- Но меня чуть не съели. Я никогда не забуду эти страшные зубы, которые чуть не раздавили меня.

- Послушай Фырк, - рассердился гном. - Мы все

видели, что тебя никто в рот не клал. Это все твои выдумки.

- Может, скажешь, что меня и о камень не ударили? - еще сильнее запричитал Фырк, показывая на лоб.

- Вот об камень тебя сильно ударили, - погладил ежика гном. - Это мы все видели, и ты просто молодец, что терпишь такую боль.

Услышав это, Фырк повеселел:

- Я настоящий герой, правда, Принцесса?

- Конечно, ты герой, - поцеловала его в мордочку Принцесса. - Ты самый смелый ёжик в мире.

Фырк расплылся в улыбке.

- Ушиб не очень уж и болит.

- Ну, с этим я тебе помогу. Я могу снимать любую боль, - улыбнулась Принцесса.

Она сорвала с куста листик, приложила его к ссадине и что-то прошептала.

- Ну, Фырк, как сейчас?

- Сейчас уже совсем не болит, - весело ответил Фырк.

- Тогда нам пора в путь! - скомандовал Агат.

ГЛАВА 14   ДОЛГОЖДАННАЯ ВСТРЕЧА

Кинжал снова поднялся в воздух, указывая дорогу, по которой следовало идти. Беглецы быстро шли за ним. Фырк, уже совсем повеселев, беседовал с Принцессой, и только гном не произносил ни слова.

- Что это с тобой, Агат? - поинтересовалась Принцесса. - Почему ты все молчишь?

- Я думаю, - повернулся Агат. - Есть о чём поразмышлять.

- И что тебя беспокоит? - поинтересовался Фырк. - По мне, нам не мешало бы поесть.

- Да, не мешает подкрепиться, - согласился гном. - Вы помните, как чудовище хотело съесть улитку?

Услышав это, ежик начал дрожать. Агат, не замечая этого, продолжал: - И, не останови его Топаз, не миновать бы беды.

- А ведь ты прав, - сразу оживился Фырк. - Именно Топаз и сказал, что улитки ядовиты. Выходит, он знал, что это мы заколдованы в улиток. Но как он мог это понять? Я уверен, что и в прошлый раз Топаз знал, что трясогузки - это опять мы.

- Может, это кинжал ему обо всем рассказывает? - предположила Принцесса.

- Возможно, что и так, - кивнул Агат. - И еще никак не пойму, с чего бы Принцу Алену надевать на тебя маску? Я уверен, что это был не он.

- Как не Принц? Я сама его видела... - горестно вздохнула Принцесса. - Именно он и прибыл во дворец.

- А я согласен с гномом, - вмешался Фырк. - Не мог Принц так поступить с тобой. Ты ведь такая красивая.

- Тогда кто же это был? - задумалась Принцесса. - Неужели я ошиблась?..

- Это была либо сама Колючая Ветка, либо кто-то из ее слуг, - остановился гном.

- Ну вот, ты опять вспомнил ее, - рассердился Фырк. -сейчас она появится, - и он посмотрел на кинжал.

Но тот продолжал спокойно лететь вперед и не подрагивал.

- Посмотрите, посмотрите! - воскликнула Принцесса.

Фырк чуть не подпрыгнул от страха.

- Где она? - хрипло прошептал он, ища, куда бы спрятаться.

- Ты о ком говоришь? - удивилась Принцесса.
- Я о Колючей Ветке, - чуть слышно просопел ежик.
- А я вон про ту иву, - рассмеялась Принцесса. - Посмотрите, какая она красивая. Давайте присядем под ней и отдохнем.
- А заодно можно и поесть, - добавил Фырк.
Гном с Принцессой рассмеялись. Вскоре они уже сидели в тени дерева и отдыхали. Одна из веток прикоснулась к лицу Принцессы. Принцесса отвела ее в сторону, но та опять прикоснулась к щеке, как бы поглаживая. И тут Принцесса ясно услышала, как ей кто-то сказал: - Как я рада опять тебя видеть, мое дитя.
Голос был очень знакомым. Так могла говорить только Утренняя Роса.
- Кто это с тобой? Им можно доверять?
- Конечно можно, - радостно ответила Принцесса. - Это мои друзья: гном Агат и ежик Фырк. Как я счастлива, что встретилась с тобой, моя добрая волшебница.
Гном с Фырком уставились на нее.
- С кем это ты разговариваешь? - почти одновременно подскочили они.
- Я беседую с феей Утренней Росой, - продолжая радоваться, ответила Принцесса. - Не пойму, где она, но ясно слышу ее голос.
Ветви дерева склонились и вновь погладили Принцессу.
- Совсем рядом,- прошептала фея. - Я то самое дерево, под которым вы сидите.
Сказав это, ива превратилась в Утреннюю Росу. Принцесса бросилась обнимать ее и не могла сдержать слез. Гном стал сильно морщиться, а Фырк громко пыхтел и тер глаза.
- Вот мы и встретились, моя девочка, моя Принцесса, - обнимала Лотту фея. - Я давно

поджидала вас здесь и видела, как совсем недавно пронеслась Колючая Ветка. А сейчас познакомь меня со своими друзьями.

- Это ежик Фырк, - представила Принцесса. - А это гном Агат. Ежик с гномом расколдовали меня, когда я была березкой.

- Рада познакомиться с твоими друзьями, - улыбалась фея, - Но нам нельзя здесь долго оставаться.

- А куда мы пойдем? И как Вы узнали, что мы придем сюда? - удивлялись друзья.

- Мне рассказала рыбка, что вы спускаетесь вниз по ручью, - радуясь, рассказывала фея. - Вот и дожидалась вас. Но как вам удалось пройти такой дальний путь и не попасть в руки Колючей Ветки? А сейчас лучше поскорее уйти отсюда в надежное убежище, и там вы мне все расскажете. Я тоже должна много чего поведать. Подойди сюда и не бойся, - повернулась фея в сторону леса.

Из-за деревьев вышел гном. Он был больше Агата и постарше.

- Познакомьтесь, это Еловая Шишка, - представила гнома фея. - Он отведет нас к себе. Там мы будем в безопасности.

Еловая Шишка поздоровался со всеми и направился в сторону леса. Вскоре друзья подошли к большому пню. Гном прошептал какие-то слова, пень откатился в сторону, и они увидели хорошо освещенный проход. Как только все вошли в подземелье, пень снова возвратился на свое место.

- Здесь вас никто не найдет, - заверил путников Еловая Шишка и двинулся по коридору.

Вскоре они дошли до большой комнаты, стены которой были из чистого серебра, украшенного драгоценными камнями. Шкафы, тумбочки и стулья, стоявшие там, были сказочно красивы.

Гостей ждал накрытый стол, за которым сидели еще два гнома.

- Познакомьтесь с моими братьями - приветливо улыбался Еловая Шишка. - Это мой средний брат, Желудь, а это - младший брат, Орешник. Вы устали с дороги, подкрепитесь и отдохните. А потом мы вас отведем в ваши комнаты.

Фырк, Агат и Принцесса принялись за еду.

- Как хорошо, что можно спокойно есть, - урчал Фырк. - Меня самого сегодня чуть не съели.

- Обо всем этом мы потом поговорим, - погладила его фея. - Сейчас вам надо хорошенько отдохнуть.

- Да, совсем не помешает спокойно поспать, - зевнул Агат. - Мы уже несколько дней в пути и почти не отдыхали.

Принцесса часто подходила и целовала фею.

- Как я рада, что мы снова вместе, - повторяла она. - Теперь я уверена, что пришел конец нашим бедам.

Вскоре гнома, Фырка и Принцессу проводили в их комнаты.

- Как же приятно, что сегодня можно спать на кровати и не бояться, что вдруг появится Колючая Ветка, - засыпая, прошептала Принцесса.

Фырк с гном уже спали. Ежик постоянно подрагивал и перебирал лапками. Ему снился сон, что он убегает от Колючей Ветки.

Фея Утренняя Роса сидела рядом с кроватью Принцессы и гладила ее волосы.

- Ты еще больше выросла и стала еще красивее, - тихо шептала она, и слезы катились по ее щекам.

А Принцесса видела сон, будто она опять на балу и танцует с Принцем Аленом. Играет музыка, ярко горят люстры, и все феи улыбаются ей. Так хорошо и спокойно Принцессе не было давно.

- Где это я? - проснувшись, спросила Принцесса. - Нам надо опять бежать от этой злой колдуньи?

- Нет, теперь мы можем немного спокойно отдохнуть, - улыбался гном.

Он с Фырком встали давно и с нетерпением ждали, когда же проснется Принцесса.

- А где моя добрая волшебница? - забеспокоилась Принцесса.

- Она скоро вернется, - успокоил ее гном. - Утренняя Роса пошла посмотреть, что там делает Колючая Ветка.

- Как ты, Фырк? - улыбнулась Принцесса. - Больше не боишься Колючей Ветки?

- Боюсь, - тихо засопел Фырк. - Я все не могу забыть, что меня вчера чуть не съели.

Принцесса с гномом рассмеялись.

- А вот и я вернулась, - вошла в комнату Утренняя Роса. - Давайте позавтракаем, а потом обсудим, что же нам делать дальше. Хоть здесь мы и в безопасности, но времени у нас немного. Колючая Ветка может разозлиться на своих слуг и тогда им несдобровать. Сейчас она летает повсюду и разыскивает тебя, Принцесса. Но я уверена, что ее еще что-то очень интересует. Надо понять, что она так ищет.

- А мы знаем, что ее так волнует, - гном достал кинжал и протянул его фее. - Вот его она и пытается найти.

Увидев кинжал, Утренняя Роса очень обрадовалась.

- Как он попал к вам? Давайте, поскорее поешьте и все мне расскажете.

Гномы уже ждали своих гостей за столом. Они приветливоулыбались и тихо перешептывались, поглядывая на Принцессу. Было видно, что она им очень понравилась. Покончив с едой, все уселись и стали слушать Принцессу. Она подробно рассказала, как ее расколдовали, как они скрывались от Колючей Ветки, как встретили фею Голубую Капельку, которая помогла им.

- А меня чуть не съело чудовище, - время от времени повторял Фырк.

- Ты просто молодец, - гладила ёжика Утренняя Роса. - Не окажись тебя рядом, когда к березке приехала Колючая Ветка, Принцесса бы неминуемо погибла. Ты смелый, что не испугался и не убежал.

Когда она упомянула Колючую Ветку, то Фырк начал оглядываться по сторонам.

- Не бойся, колдунья сюда не придет, - успокоил его Еловая Шишка. - Она и не знает, что в этом лесу есть гномы.

- Покажи свой кинжал, - обратилась Утренняя Роса к Агату. Тот достал кинжал и протянул его фее. - Здесь какие-то надписи. Может Еловая Шишка нам поможет?

Гном взял кинжал и начал внимательно рассматривать, потом протянул его братьям.

- Нам незнакомы эти надписи, - приуныл Орешник, - и мы не можем прочесть, что тут написано. Мы слышали про твоего брата, Агат, и знали, что такой кинжал хранится у него. Топаз – великий волшебник.

- Сейчас он превращен в гоблина, - грустно вздохнул Агат. – Он и все мои братья. А случилось вот что. Как-то вечером Топаз рассказал нам, что днем встретил фею, которая просила его подарить ей этот кинжал.

«Я понял, что фея что-то знает про волшебные свойства кинжала, и неспроста просила его подарить ей, - объяснил Агат. - Он нужен не для добрых дел, я в этом уверен. Все феи сами

умеют отлично колдовать. Боюсь, что она постарается обязательно завладеть кинжалом и еще вернется сюда. Теперь нам надо быть очень осторожными, и будет лучше, если один из нас постоянно будет снаружи , чтобы предупредить об опасности, если фея опять появится. А завтра вечером я вам расскажу, как использовать волшебные свойства кинжала».
На следующий вечер все братья собрались, а я, как самый младший, остался снаружи, чтобы сторожить. Но решил немного прогуляться и пройти в гости к Кроту. Я был довольно далеко от пригорка, когда услышал раскат грома. Мне показалось это очень странным, так как небо было совершенно чистым. Я побежал обратно к дому, но опоздал. Вход в подземелье был открыт, а братья исчезли. Уверен, что Колючая Ветка подслушала, как надо обращаться с кинжалом, а потом их превратила в гоблинов. Вот почему Топаз и не успел этому помешать.
- Представляю, как им сейчас трудно, - вздохнул Еловая Шишка. - Мы обязательно должны им помочь.
- Но как мог кинжал оказаться под березкой? – задумался Орешник. - Ведь не сама же Колючая Ветка там его закопала. Значит, есть еще кто-то, кто мог спрятать его, и он знал, что березка – это Принцесса.
- Но Принцесса не помнит, что было с ней после того, как Принц Ален надел на нее маску, - ответил Агат.
- Но я все отлично помню, - горестно вздохнула Утренняя Роса. - Когда Принц подошел к Принцессе и достал маску, мы, все феи, бросились к нему, чтобы он не успел заколдовать Принцессу. Но вокруг все сразу потемнело, и ничего не было видно. Только сверкали молнии и гремели раскаты грома. А

когда вновь зажгли свечи, то ни Принцессы, ни Принца в зале уже не было.

ГЛАВА 15 ВОРОНА

И тут мы услышали смех Колючей Ветки и ее голос:

– Ну, что вы теперь скажете? – злорадствовала она. – Я выполнила свое обещание и надела на Принцессу маску. А теперь настал ваш черед. Всех вас заколдую, станете моими слугами. И первой будет Утренняя Роса. Жди меня очень скоро.

Все гости разбежались, и остались только феи. Но что было нам делать? Где искать Принцессу, мы не знали. Я направилась во дворец Принца Алена. Там, превратившись в мотылька, я заползла за картину и слушала все, о чем говорилось. Прошло два дня, и я увидела, что во дворце все чем-то очень взволнованы.

– Принц Ален пропал, – плакали его слуги. – Он не вернулся с бала. Исчезли и люди, сопровождавшие его.

Горе и траур царили во дворце.

– То есть, не Принц надел на меня маску?! – радостно воскликнула Принцесса.

– Конечно, не Принц, – погладила ее по голове Утренняя Роса. – Я уверена, что Принц полюбил тебя, и где сейчас он сам, никто не знает. Может, и его заколдовали в березку или гоблина.

– Нет, – возразил Агат. – Его нет среди гоблинов. Он любил Принцессу, а любовь – это то чувство, против которого бессильно любое колдовство. Но где он находится, знает только Колючая Ветка.

– Необходимо проникнуть во дворец Колючей

Ветки и там все разузнать, – кивнул, соглашаясь с Агатом, Еловая Шишка. – Но как туда попасть? Он же охраняется днем и ночью. Кроме того Колючей Ветки может и не быть в замке. Ты же сама видела, фея, что она повсюду ищет Принцессу.

– А я знаю, как пройти во дворец, – просопел, молчавший до этого, Фырк. – Надо стать вороной.

– Какой еще вороной? – удивился Агат.

– Ты видел, как она рыбку превратила в ворону? – напомнил ежик. – Вот пусть ворона прилетит и скажет, что хочет служить Колючей Ветке. Ведь колдунья не знает, что она опять стала рыбкой.

– Ты молодец, Фырк! – обнял ёжика гном. – Это, кажется, выход.

– А вдруг она рассердится на ворону, – забеспокоилась Принцесса, – и превратит ее в чудовище или сожжет, как ту летучую мышь. Ведь Колючая Ветка могла и догадаться, что рыбка ее тогда обманула.

– Не думаю, что она это поняла, – возразил гном. – И у нас нет иного выбора.

– Ты можешь превратиться в ворону? – спросила Принцесса.

– Будет лучше, если мы Фырка заколдуем, – улыбнулся Агат. – Это ведь он предложил стать вороной. И ежик к птицам ближе, чем гном. У него колючки, а у тех перья.

Услышав это, Фырк свалился со стула.

– Ну, нет, – раздался его голос из-под стола. – Я никогда не стану вороной и добровольно не полечу в замок Колючей Ветки. Я и летать не умею.

– Да никто из нас не умеет... – рассмеялся гном.

– Я не полечу, – просопел Фырк и спрятался поглубже.

– Хорошо, хорошо, – продолжал смеяться гном.

– Тогда Принцесса полетит.

– Нет, и она не полетит, – фыркнул ежик. – Она – Принцесса, и ей не положено быть вороной. Хватит с нее и того, что была березкой.

– Я пошутил, – уже серьезно продолжил Агат. – Конечно, в замок полечу я. Там мои братья, и они стали гоблинами из-за моей оплошности. Надо же было мне тогда пойти к Кроту...

– Но это же очень опасно! – в один голос воскликнули гномы.

– Опасно или нет, а другого выхода я не вижу, – вздохнул гном. – Вот только я не умею колдовать, чтобы стать вороной.

– Небось, в мухоморы и улиток мог нас превратить, – сопел Фырк. – Даже в трясогузок, а простой вороной стать не можешь.

– Я сумею, – пришла на помощь Утренняя Роса. – Правда, не подобает фее кого-то превращать в ворону, но тут ничего не поделаешь. К тому же пора опять взглянуть, что там делает Колючая Ветка.

– Как ты ее не боишься? – удивился Фырк.

– Но ты же не боялся ее, когда встретил около березки, – улыбнулась фея.

– Я тогда не знал, кто она, – проворчал Фырк, – А впрочем, я так любил березку, что в тот момент и не думал о страхе.

Фея превратилась в божью коровку и вылетела из комнаты.

– Какая она хорошая, – подошел к Принцессе гном. – Зная об опасности, все равно хочет нам помочь.

Божья коровка полетела в сторону ручья. Там, сев на дерево, притаилась и стала ждать.

Вскоре появилась и Колючая Ветка.

– Тут что-то не так, – кричала колдунья. – Когда мы здесь были в прошлый раз, на этом месте росла большая ива. А сейчас ее нет. Эта негодница опять умудрилась меня обмануть. Но если она была ивой, то кем же тогда был этот еж? Здесь что-то не то.

– Кажется, я поняла! – радостно воскликнула она. – Это Утренняя Роса превратилась в иву и ждала здесь беглецов. Уверена, что они теперь все вместе. Если я их не найду, – обратилась она к своим слугам, – вы все умрете. Я вас всех сожгу молнией. Мне надоело целый день летать. Пора вернуться в замок и прочесть, что об этом говорится в волшебных книгах. Вы поняли, что я сказала? – крикнула она гоблинам и летучим мышам. – Если я до завтрашнего вечера не поймаю всех, вам не миновать смерти. А теперь быстро во дворец!

И она исчезла со своими слугами.

Божья коровка полетела обратно, в комнате она превратилась в фею.

– Кажется, у нас совсем нет времени, – рассказывала она. – Колючая Ветка так зла, что пообещала всех гоблинов и летучих мышей сжечь. А мы уже убедились, что она выполняет свои обещания. Нам нельзя терять ни минуты. Услышав это, Агат совсем помрачнел.

– Если не успеем помочь, то она убьет моих братьев, – горестно приговаривал он. – Но теперь мы знаем очень важную новость. Колючая Ветка находится в своем замке.

– Но она сейчас так зла, что может и тебя сжечь, – подошел к Агату Желудь. – Тебе надо быть очень осторожным и, главное, чтобы она поверила тебе.

– Заколдуй меня, – обратился Агат к фее. – Я постараюсь не оплошать.

Утренняя Роса произнесла заклинание, и вместо гнома появилась ворона, которая сразу стала громко каркать.

Еловая Шишка три раза хлопнул в ладоши, прошептал магические слова, и выход из подземелья открылся. Все вышли провожать гнома. Ворона несколько раз облетела вокруг друзей, помахала им крылом и направилась в сторону владений Колючей Ветки.

Вскоре показался и сам замок. Он был огромным, мрачным, у входа стояли гоблины и повсюду кружили летучие мыши. Увидев ворону, они набросились на нее.

– Вы не узнаете меня? – удивилась та. – Я – ворона, которая раньше была рыбкой и прилетела сюда, чтобы поблагодарить фею. У меня есть важные сведения, так что скорее проводите меня к ней.

– Кто это там каркает? – рассердилась колдунья.

Один из гоблинов выглянул в окно.

– Там какая-то ворона прилетела.

Тут в комнату впорхнула летучая мышь и что-то прошептала Колючей Ветке на ухо.

– Зови ее скорей! – приказала Колючая Ветка.

Ворона влетела в окно и уселась на спинку стула.

– Что тебе надо от меня? – сверкнула глазами колдунья.

– Я прилетела сюда, чтобы поблагодарить тебя, волшебница, прокаркала ворона. – Кроме того, мне есть, что рассказать.

– Если твои новости не окажутся важными, я прикажу гоблинам зажарить тебя.

– Я видела Принцессу, ежа и с ними еще была одна женщина. Мне кажется, что это фея. Они направлялись в сторону холмов и очень спешили.

Колючая Ветка радостно рассмеялась.

– Теперь мне все понятно. Конечно же, это была Утренняя Роса, паршивый ёж и эта замарашка.

Ну, теперь им от меня не уйти. Спасибо тебе, что ты прилетела сюда. Если ты пожелаешь, я в благодарность превращу тебя в гоблина или вот в такое чудовище.

– Конечно, хочу, – радостно каркнула ворона. – Но уже темнеет. Лучше я завтра стану таким чудесным гоблином, – и указала на самого большого из них. – А сейчас, если не трудно, пусть меня накормят. Я долго летела, устала и мне хочется есть.

– Накормите ее! – приказала Колючая Ветка гоблинам. – Вот такие преданные, благодарные слуги мне и нужны. А вы, если уже забыли, что я говорила вам у ручья, то напомню. Если завтра не поймаем Утреннюю Росу, замарашку и ежа, вы все превратитесь в пепел. Я знаю, куда направляются эти трое. Они бегут во владения Утренней Росы и надеются от меня скрыться. Вот только дочитаю, что написано в волшебной книге, и мы погонимся за ними. С каким удовольствием я надену маску на эту гордячку Утреннюю Росу. Теперь ей уже ничто не поможет. Здесь, – и она указала на книгу, – есть достойное для нее колдовство. А теперь все уходите и не мешайте мне. Накормите нашу гостью.

ГЛАВА 16 НОВАЯ БЕРЁЗКА

Как только ворона вылетела из комнаты, она уселась на плечо гоблину.

– Это я, Агат, – тихо прошептала она. – Ты меня узнал Топаз?

Но гоблин как будто и не слышал, что ему шепчут. – Ну-ка быстрее бегите на кухню, – прикрикнул он на других слуг. – Пока мы дойдём, чтобы там все было готово для угощения нашей гостьи. Иначе я скажу госпоже, чтобы она вас наказала.

Гоблины и летучие мыши бросились вперед, толкая друг друга.

– Я узнал тебя, Агат, – погладил ворону Топаз, – но у Колючей Ветки есть верные слуги и нам надо быть очень осторожными. Если они догадаются, кто ты, нам обоим не избежать смерти.

– У меня есть волшебный кинжал, – прошептала ворона.

– Он с тобой?

– Нет, я оставил его в надежном убежище.

– Тогда слушай меня внимательно.

Топаз рассказал Агату, как надо пользоваться кинжалом.

– Но как он попал к тебе?

– Я потом тебе все расскажу, – пообещал Агат. – А сейчас нельзя терять ни минуты.

Ворона вылетела в окно.

– Ворона улетела, ворона улетела, – стал кричать Топаз. – Ее надо поймать!

С этими криками он бросился обратно в сторону комнаты Колючей Ветки. – Ворона улетела, – вбежав, закричал он.

– Как улетела? – оторвавшись от чтения, бросила книгу Колючая Ветка.

– Госпожа, как только мы вышли отсюда, она села мне на плечо. Я послал всех остальных слуг на кухню, чтобы пока мы дошли, все было готово. А ворона, как только оказалась у открытого окна, улетела.

– Немедленно в погоню за ней! – кричала Колючая Ветка. Глаза ее метали молнии. – Это была Утренняя Роса. Я должна была об этом сразу догадаться. И, если вы ее не догоните, я не буду ждать завтрашнего дня. Этот день будет для вас последним.

Ворона изо всех сил летела обратно. Вот и знакомый пень. Как только она приземлилась, пень отвалился, и она влетела в подземелье. Через мгновение на месте птицы стоял Агат. Он тяжело дышал и от усталости еле держался на ногах. Гном быстро произнес необходимые слова заклинания, которые ему сказал Топаз.

– Теперь вы все оставайтесь здесь, а я выйду встречать Колючую Ветку, – улыбаясь, сказала Утренняя Роса. – Пришло мое время поквитаться с ней.

Проход открылся, и фея вышла наружу. Тут же в небе блеснула молния, прогремел гром, и перед ней явилась Колючая Ветка.

– Вот мы и встретились, Утренняя Роса, – зло рассмеялась колдунья. – На этот раз тебе от меня не скрыться. Скажи, пусть эта гордячка и еж тоже выйдут. Где они там скрываются? Вам уже не уйти от меня. Сейчас я надену на вас ужасную маску.

Утренняя Роса ничего не отвечала, и только улыбка пробегала по ее губам.

– Я вижу, что ты улыбаешься, – сверкнув глазами, топнула Колючая Ветка. – Посмотрю на тебя, когда станешь чудовищем. Подведите ее ко мне! – приказала она гоблинам.

Гоблины и летучие мыши бросились к Утренней Росе, но фея прошептала заклинание, и все они превратились кто в гномов, кто в придворных и подданных принцессы.

– Ты узнаешь это? – и Утренняя Роса показала Колючей Ветке кинжал. – Мне кажется, он тебе хорошо знаком. Именно его ты так и искала. Но он принадлежит своему законному владельцу.

И она протянула кинжал Топазу.

– Возьми его, Топаз. Он – твой и должен находиться у тебя.

Топаз подошел к фее и взял кинжал. Ему еще не верилось, что он опять гном, а не гоблин.

– Выходите, – махнула рукой Утренняя Роса. Пень отвалился, и из подземелья вышли Принцесса, Фырк и гномы. Агат бросился обниматься с братьями, а подданные Принцессы окружили ее, и плакали от радости.

– А этот гном откуда? – увидев Агата, воскликнула Колючая Ветка.

– Это мой младший брат, – выступил вперед Топаз. – Благодаря ему мы и спаслись. Это он прилетал в твой замок в образе вороны.

– Значит, я не всех вас тогда заколдовала? – вскрикнула Колючая Ветка. – Ну ничего, я еще не потеряла своей силы. Я опять надену на всех вас маску.

И она бросилась к Топазу. Но тот кинжалом в воздухе начертил волшебный знак, и когда Колючая Ветка прикоснулась к нему, он по-прежнему остался гномом.

– Сила твоего колдовства закончилась, – усмехнулся Топаз. – Отныне ты не сможешь ни на кого надеть маску.

– Но вы не знаете, где Принц, – зло рассмеялась Колючая ветка. – И без моей помощи вам его не найти. А я никогда, слышите, никогда вам не помогу. На нем – не маска, а колдовство еще сильнее маски. И спасти его могу только я.

– Ты помнишь меня? – подойдя к Колючей Ветке, спросил один из подданных Принцессы. Я – та самая летучая мышь, которую ты превратила в чудовище. И если ты не скажешь, где Принц Ален, я попрошу Топаза, чтобы он превратил тебя в еще более страшное чудовище.

– Вы не посмеете так поступить со мной, – воскликнула Колючая Ветка. – Я фея!

Фырк, который все это время прятался, и

только сейчас убедился, что Колючая Ветка
потеряла всю свою власть, вышел вперед.

– Еще как посмеем, – громко сопел он.– Ты же
хотела меня превратить в гоблина.

– Это была моя самая большая ошибка, что там,
около березки, я сразу не разделалась с тобой, –
зло посмотрела Колючая Ветка. – Это твоих рук
дело, что с замарашки смогли снять маску.

Тут послышался шорох крыльев, и появилась
карета. Из нее вышла фея Голубая Капелька.

– И ты здесь? – удивилась Колючая Ветка. –
Тебя тоже расколдовали?

– Да, – улыбнулась Голубая Капелька. – Я, как
видишь, больше не ящерица, а прежняя фея
озера.

– А теперь выбирай, колдунья: или ты
говоришь, где спрятала Принца Алена, или я
прошепчу заклинание, и ты превратишься в
чудовище, – взмахнул кинжалом Топаз.

– Вы не посмеете меня заколдовать. Я же фея, –
опять повторила Колючая Ветка.

– Ты была феей, – возразил Топаз. – Но тебе
этого показалось мало. Ты решила всех
заколдовать и сделать своими слугами. А теперь
веди нас и покажи, где Принц Ален.

– Хорошо, – кивнула Колючая Ветка. – Я отведу
вас, но дайте мне слово, что не превратите
меня в чудовище.

Фырк подошел к Топазу и что-то прошептал ему
на ухо.

– Я даю слово, что ты не будешь чудовищем, –
положил руку на клинок Топаз. – А теперь веди
нас.

– Здесь, неподалеку, есть маленькое озеро, –
указала Колючая Ветка. – Нам надо туда.

Вскоре все стояли на берегу.

– И что теперь? – спросила Утренняя роса. – Где
же Принц?

– Он под водой, на самом дне озера – махнула рукой Колючая Ветка.

– Ты утопила Принца?! – воскликнула Принцесса и горько заплакала.

– Нет, он жив, – сверкнула глазами Колючая Ветка. – Только надо, чтобы вода раздвинулась. Топаз произнес волшебные слова, нарисовал кинжалом на воде магические знаки, и озеро раздвинулось. На самом дне лежал Принц Ален. Казалось, что он спит. Колючая Ветка что-то прошептала, и Принц открыл глаза.

Он тяжело вздохнул, увидев Колючую Ветку.

– Я все равно не скажу тебе, где я спрятал кинжал. Ты можешь убить меня.

– Кинжал у нас, Принц, – подошел к нему Топаз и помог подняться. – А вот и Принцесса Лотта. Принцесса подбежала к Принцу и обняла его.

– Я люблю Вас, Принцесса Лотта, – приклонил колено Принц. – И прошу стать моей женой. Слезы радости катились из глаз фей, Фырка и подданных принцессы. А гномы постоянно морщились, чихали и отводили взгляд. И только Колючая Ветка смотрела на встречу Принца с Принцессой без радости. Прежние, злые огоньки пробегали в ее глазах.

– Что с тобой случилось? – обнимая, спрашивала Принца Принцесса. – Расскажи нам, как кинжал попал под березку.

И Принц Ален поведал, что когда он направлялся к Принцессе, на пути его встретила Колючая Ветка. Она выхватила кинжал, но, видимо, спешила, и он упал перед Принцем.

– Я поднял кинжал, но тут прогремел гром, и Колючая Ветка исчезла. Затем я снова сел на коня, быстро доскакал до дворца Принцессы, но там никого уже не было. Было понятно, что с Принцессой приключилась какая-то беда. Мое сердце просто обливалось кровью и я постоянно шептал:

– Принцесса, где ты? Откликнись. Я так тебя люблю.

И тут почувствовал, что кинжал движется. Я достал его, а он вырвался из рук и поплыл по воздуху. Я бросился вслед за ним. Так и следовал за кинжалом около часа. Вдруг он остановился около березки и замер. По листикам березки струились капельки. Она как бы плакала. Сердце мне подсказало, что это Принцесса. Я зарыл кинжал под березкой и направился обратно в сторону дворца. Но по дороге вновь раздался гром, и появилась Колючая Ветка.

– Отдай мне кинжал! – приказала она. – Я знаю, что он не при тебе. Пока он находился у тебя, я не могла разыскать и заколдовать тебя. Скажи, где ты его спрятал, или будешь очень жестоко наказан.

– Я не отдам тебе кинжал, – был мой ответ. – Никогда не скажу, где он спрятан.

– Я могла бы сейчас убить тебя, – пригрозила Колючая Ветка. – Но тогда не узнаю, где кинжал. Рано или поздно ты все равно расскажешь мне, где он. А пока я погружу тебя на самое дно озера, где и пробудешь, пока не одумаешься.

Колючая Ветка часто приходила, пробуждала меня ото сна и требовала, чтобы я сказал, где искать кинжал. Но в ответ только слышала, что никогда не узнает, где он, ведь я знал, что лишь с его помощью удастся расколдовать Принцессу.

Когда Принц Ален завершил свой рассказ, Утренняя Роса хитро улыбнулась:

– А теперь нам всем пора во дворец! Надо все подготовить к свадьбе, и тот бал, который так ужасно прервала Колючая Ветка, состоится сегодня вечером.

Когда начало темнеть, заиграла музыка и Принц с Принцессой закружились в танце. Так хорошо, как сегодня, они никогда не танцевали. Казалось, что они не танцуют, а просто летают по воздуху. Все феи были на балу, и даже Месяц со звездочками спустились с неба, чтобы полюбоваться на танцующих. По всему залу стал разливаться волшебный серебристый свет, отчего дворец превратился в настоящую сказку. Праздник продолжался до самого утра.

Колючая Ветка тоже была на балу, но по ее губам постоянно пробегала злая улыбка.

– Я еще расправлюсь с вами – тихо шептала она.

Фырк все это слышал и подошел к Топазу.

– Нам пора, – потянул он гнома за куртку. – Иначе не миновать беды.

– Видимо, ты прав, – вздохнул Топаз. – Так и сделаем, как ты говоришь.

Он взмахнул кинжалом, прогремел гром, и Колючая Ветка исчезла.

Березка тихо шелестела своими листиками. Это был очень грустный шелест. Казалось, что это не шелест, а плач. Иногда к березке приходил ежик и долго смотрел на нее.

– Вот видишь, к чему привело тебя зло, – тихо сопел он. – А ведь ты могла быть доброй феей и приносить всем счастье.

И тогда на листиках березки появлялись капельки, похожие на слезы. И там, куда падала капелька, вырастал яркий малиновый мухомор.

КОНЕЦ

БЕРЁЗКА часть 2

Вторая часть сказки «БЕРЕЗКА» посвящается прекрасной семье, прекрасным людям, с которыми мне посчастливилось познакомиться. Благодарю их за доброту и душевность, проявленную ко мне.

ГЛАВА 1   ТЮЛЬПАНЫ И МАКИ

Сегодня Фырк проснулся как обычно – рано. Но, как только он открыл глаза, его что-то начало сильно беспокоить.

– Что это со мной? – подумал Ёжик. – Кажется, для волнения нет никаких причин. С Колючей Веткой всё покончено, и она больше никому не сможет причинять зла.

Но, чем больше он старался себя успокоить, тем все тревожнее становилось ему.

– Лучше пойду, прогуляюсь, – недовольно фырнул ёжик. – Заодно и навещу Березку, а то уже дня три не был у нее. Вдруг она сбежала.

– Как это сбежала? – Чуть не подпрыгнул Фырк от своего сказанного. – Никуда она сбежать не сможет. Топаз неоднократно говорил, что обратно в фею Березку может только он превратить, а этого он никогда не сделает. Очень уж все хорошо помнили, сколько страхов пришлось натерпеться от Колючей Ветки. И Фырк вспомнил все приключения, которые пришлось пережить ему, Агату и Принцессе. Как они постоянно убегали и прятались от злой колдуньи.

Так, разговаривая сам с собой, Фырк шел по лесу. Белочки, заметив ёжика, присоединились к нему, и начали рассказывать о том, что нового в лесу. Но Фырк и не слушал их. Все его мысли были заняты Колючей Веткой.

А вот и Березка показались вдали. Увидев её, ёжик сразу повеселел и стал переговариваться с белочками. Он даже слегка подпрыгивал и кувыркался. Белочки смеялись, глядя на него. Давно Фырк не был в таком хорошем настроении.

Когда они дошли до полянки, то подул легкий ветерок, и Березка опять зашелестела своими листиками. И вновь что-то стало тревожить ёжика. Вроде бы на полянке ничего не изменилось, а, меж тем, что-то резко поменялось.

– Что же тут произошло? – никак не мог понять Фырк.

– А где мухоморы? – воскликнула одна из белочек. – Посмотрите, все мухоморы исчезли, нет ни одного гриба!

– Видимо их кто-то собрал, – растерялся Фырк, хотя сам он и не верил в это.

– Послушай, ёжик, – вмешалась другая белочка. – Кому могут быть нужны мухоморы, да еще в таком количестве? Вспомни, сколько их здесь раньше росло. Все такие большие, бордовые.

– Да мало ли кому могут быть нужны мухоморы, – как бы убеждая самого себя, продолжал Фырк. – Может быть, они кому-то пришлись по вкусу, и он их все съел.

– Это кому могут понадобиться эти отвратительные, ядовитые мухоморы, – наперебой стали возмущаться белочки. Все в лесу знают, что их нельзя трогать. Даже маленькие бельчата.

– Тогда куда они все подевались? – обратился к ним Фырк. – Не могли же грибы сами по себе исчезнуть.

– Конечно, не могли, – опять зашумели белочки.
– Остается только спросить про это Колючую Ветку, но она никогда бы не рассказала, даже если смогла бы говорить.

Тут ветерок еще сильнее зашелестел в ветвях Березки, они начали качаться, и по листикам опять потекли капельки. Они падали вниз, но, если раньше на месте их падения вырастало по мухомору, то сейчас ничего подобного не происходило.

– Вы видите? – удивленно спросил Фырк у белочек.

– Что видим, ёжик? – спросила одна из них.

– Мухоморы больше не растут, – еще больше растерялся Фырк.

– Правда не растут, – громко зацокали зашумели белочки и начали скакать с ветки на ветку.

– Что-то Колючая Ветка снова придумала, – тихо подрагивая и заикаясь, произнес Фырк. – Надо срочно позвать сюда Топаза.

– Топаза, конечно, надо позвать Топаза. Он сразу разберется, что же тут происходит, – засуетились белочки. – Ведь умнее Топаза никого в лесу нет.

И, громко шумя на весь лес, белочки и Фырк бросились бежать к пригорку гномов.

– Я говорил...

– Я так и знал...

– Колючая Ветка...

– Она что-то снова задумала... – Только и успевал на ходу выкрикивать ёжик.

– Опять гоблины...

– Мы пропали...

– Что случилось? – окликнул Фырка Крот. – Что за шум вы подняли на весь лес?

– Колючая Ветка... – только и успел прокричать ему в ответ Фырк.

– Так ведь она давно превращена в Березку, – удивился Крот, но его никто уже не слышал. Несколько гномов спокойно отдыхали у подножия пригорка.

– Что это? – вдруг приподнялся Агат. – Вы ничего не слышите?

– Да, что-то слышно, – приподняв голову, произнес Топаз. – Опять видимо белочки что-то не поделили, вот и расшумелись на весь лес.

– Нет, тут совсем другое, – встревожился Агат. – Да, вроде и голос Фырка слышен. Видимо что-то случилось. Надо поскорее узнать.

А Фырк ещё издали, завидев гномов, начал кричать:

– Колючая Ветка... Колючая Ветка...

Услышав это имя, Топаз сразу вскочил и схватился за кинжал. Теперь он всегда его держал при себе.

Подбежав, Фырк только и делал, что непрерывно повторял:

– Колючая Ветка..., Колючая Ветка..., – и лапкой указывал в сторону поляны. – Там... Там исчезли мухоморы...

– Что, Колючая Ветка? – заволновался Топаз. – Какие мухоморы?

Но ёжик только подрагивал и непрерывно повторял имя колдуньи.

– От него теперь ничего не добьешься, – рассердился Агат. – Разве не видите, как он испуган.

Все гномы сбежались и пытались понять, что же произошло.

– Мухоморы больше не растут, – произнесла одна из белочек.

– Ну, и пусть не растут, – махнул рукой один из гномов. – Вам-то зачем нужны мухоморы? Они же несъедобны.

– Подожди, – вмешался Топаз. – О каких это

мухоморах идет речь?

Белочки наперебой начали рассказывать о том, что видели.

– Прекратите шуметь. Так никто ничего не поймет, – вмешался Агат. – Пусть только одна из вас говорит.

Но белочки продолжали говорить хором, скакали с ветки на ветку, отчего всё становилось ещё непонятней.

– Кажется, я догодался, – успокоился Топаз. – Исчезли мухоморы, которые росли под Березкой.

Услышав это, Фырк быстро закивал головой. Он уже немного пришел в себя, и, отдышавшись, начал рассказывать, что под Березкой больше нет ни одного мухомора, но самое главное, что Березка, как и прежде, плачет, слезинки капают, а новых грибов не растет.

– А что растет вместо мухоморов? – спросил ёжика один из гномов.

– Ничего не растет.

– Ну и пусть не растет, – уже спокойно ответил гном. – Главное, что Березка на месте и все в порядке. Зря ты такой шум подняли.

– Ничего не в порядке, – одернул брата Топаз. – Если не растут мухоморы, значит, что-то поменялось в колдовстве. – Он достал кинжал, произнес заклинание, и тот опять повис в воздухе. Но он как-то странно подрагивал.

– Отчего он так подрагивает? – удивился гном Оникс. – Раньше такого не бывало.

– Что-то изменилось в колдовстве, – как-то неуверенно ответил Топаз. – Кинжал об этом говорит.

– Ты хочешь сказать, что Березка снова превратится в фею Колючая Ветка? – Ужаснулся Фырк.

– Я пока ничего не могу ответить,– погладил

ёжика Топаз, - но я знаю точно – что-то поменялось в колдовстве. И это станет ясно, только когда мы будем около Березки.

– Тогда вы идите, а я здесь вас подожду, – тихо просопел Фырк. – У меня лапка сильно болит, и я не могу идти.

Агат начал громко смеяться.

– Ничего у тебя не болит ёжик. Ты просто боишься.

– Никого я не боюсь, – обиделся Фырк, – просто лапка болит и все. Она у меня и вчера болела.

Тут Агат вдруг закричал: – «Вон она, вон, Колючая Ветка!», – и указал пальцем в сторону большой, поросшей густым мхом сосны.

Не успел он это произнести, а Фырк уже летел вглубь леса.

– Посмотрите, как у него быстро прошла боль, – громко смеялся Агат. – Трусишка, не бойся, я же пошутил!

Но Фырк уже скрылся за деревьями.

– Подождите, я пойду за ним, – засмеялась одна из белочек и поскакала вслед за ёжиком.

Вскоре она вернулась с Фырком. Он все еще подрагивал и озирался по сторонам.

– Теперь у тебя лапка не болит? – улыбался Агат.

– Нам надо спешить, – торопил всех Топаз. – Скорее на полянку...

Гномы, белочки и Фырк опять направились к Березке. Фырк тихо что-то бормотал про себя, и, если бы кто-то прислушался, то услышал, как он говорил:

– На этот раз она точно меня превратит в гоблина, в отвратительного, страшного гоблина.

Вскоре показалась и сама Березка.

– Видишь, она опять стоит там же, где и стояла, – повернувшись к Фырку, показывал Агат. – Так что прекрати там бормотать. Никто тебя в гоблина не превратит. Правду я говорю, Топаз?

Но тот ничего не ответил, а еще более ускорил шаг. Он почти бежал.

А вот и знакомая поляна. Но что это случилось с ней? – Она вся была покрыта алыми тюльпанами и маками. Ветер по-прежнему шелестел ветвями Березки, опять по листочкам струились слезки, но когда они капали, ветерок подхватывал их, и там, где они падали на землю, вырастал либо огромный мак, либо прекрасный тюльпан. Цветов становилось все больше и больше, а Березка продолжала шелестеть.

ГЛАВА 2 МЕТАМОРФОЗА

Все, как завороженные, стояли и смотрели на это прекрасное, волшебной красоты, зрелище. Даже Фырк и тот перестал подрагивать и не мог оторвать глаз.

Первым молчание нарушил Агат.

- Что ты обо всем этом скажешь? - повернулся он к Топазу. - Как прикажешь понимать, брат? Может объяснишь нам, что происходит с Березкой?

- Пока что я тебе ничего не могу сказать,- развел руками гном. - Надо пойти и посмотреть, что об этом пишется в волшебных книгах. Подобного в жизни мне еще не встречалось.

- А не могла Колючая Ветка придумать что-то такое, чтобы обмануть всех нас? Может это новое колдовство, и она теперь хочет надеть маску на поляну или на весь наш лес? - продолжал Агат.

Как только Фырк услышал про маску, он опять начал подрагивать, и даже его голос изменился:

- Надо обо всем рассказать Утренней Росе. Я

уверен, что она сможет нам помочь разгадать, что на этот раз придумала Колючая Ветка.

- А как нам найти Утреннюю Росу и сообщить ей обо всем? - белочки, как всегда, засуетились и начали перепрыгивать с ветки на ветку.

- Надо об этом подумать, - обратился к друзьям Топаз. - Но, пока, я особой беды не вижу, а опасаться маков и тюльпанов не следует. Это всего лишь красивые цветы.

Пока обитатели леса обсуждали новость, вся поляна заиграла яркими красками.

- Не мешало бы перекусить. Кто знает, что еще нас ждет, - грустно вздохнул Топаз. - Пусть белочки и Фырк останутся здесь и понаблюдают за деревцем, а мы вернемся в подземелье. Я постараюсь отыскать в своих волшебных книгах, как нам вести себя дальше. Хорошо, что Колючая Ветка их тогда не уничтожила.

- Ну, нет, я здесь не останусь, - возмущенно вмешался Фырк. - Я тоже пойду с вами. Думаю, что белочки сами смогут за всем проследить, и я тут совсем лишний.

Агат ничего не ответил, только хитрая улыбка заиграла на его губах.

- Что это ты так развеселился, - подбежал к нему ёжик. - Забыл, как меня тогда чуть не съели? А я хорошо помню это чудище, и как у меня болела голова, когда ударили о камень. Тебе же не пришлось побывать во рту, и никто не собирался скушать.

- Хорошо-хорошо, только не надо сердиться, - продолжал улыбаться гном. - Ты пойдешь с нами, если тебе так лучше и спокойней. Только перестань все время подрагивать и причитать. Ты же смелый и сильный ежик.

Услышав это, Фырк сам начал широко улыбаться и гордо посмотрел на белочек.

- Я - смелый ежик, я ничего не боюсь, - громко

проговорил он и, согнув лапку в кулак, погрозил Березке. - А ты себя смирно веди, а не то...
- А то что? - рассмеялся Агат.
Фырк засмущался и пошел в сторону леса.
- И нам пора идти, - произнес Топаз. - Скоро наступит вечер, а мы пока ничего не знаем.
Вскоре гномы дошли до норы Крота. Тот стоял и поводил носом из стороны в сторону, пытаясь хотя бы что-то понять из происходящего.
- Что случилось? - спросил он Агата. - Чего это сегодня Фырк так расшумелся?
- Вот опять все Фырк, да Фырк, - обиделся ежик. - А, не будь меня, кто бы узнал, что творится на полянке. А там такое...
- А что творится на полянке? - полюбопытствовал Крот. – Все говорите и говорите, однако ничего не понятно.
Агат начал рассказывать своему другу, что отныне вся полянка покрыта большими, алыми цветами, и с каждым мгновением их становится все больше и больше.
- Ты не представляешь, как это красиво, Крот, - восторженно говорил он.
Тот только внимательно слушал гнома и тяжело вздыхал.
- Жаль, что я не могу всего этого увидеть, - жалобно произнес он. - И почему мы - кроты слепые? Все только по нюху и определяем. Вот бы хоть раз увидеть мак или тюльпан. Ты так красиво рассказывал, Агат.
- Надо бы обо всем этом рассказать фее Утренней Росе, - продолжал Агат. - Только где ее сейчас найти?
Гномы, рассевшись на поваленном дереве, отдыхали. Было видно, что они все встревожены, и каждый думает, чтобы могли означать эти маки и тюльпаны.
Топаз был особенно задумчив. Он понимал, что

все надеются на него и ждут, что он скажет. Тут сверху раздалось уханье.

- Вечно ты, Филин, некстати начинаешь шуметь, - недовольно поморщился Агат. - Не мешай думать и помолчи.

- А вот и очень даже кстати, - снова громко проухал Филин. - Ты же сам говоришь, что необходимо найти фею Утреннюю Росу. А я вчера ночью видел фею Голубую Капельку на берегу ручья. Она разговаривала о чем-то с лягушками. А она-то уж точно будет знать, где может находиться ее подруга, Утренняя Роса.

- Прости, Филин, кажется, я неправ, - смутившись, извинился Агат. - Конечно, Голубая Капелька быстрее всех найдет Утреннюю Росу. Феи всегда друг о друге все знают.

- Вот, ты всегда такой, - повернулся к Агату Фырк. - Тебе бы только подтрунивать и посмеиваться над другими. Или уже позабыл, как мы убегали от злой колдуньи?

- Ладно-ладно, я же сказал, что неправ, - обиделся Агат. - А ты забыл, сколько раз я спасал тебя от Колючей Ветки?

- Хватит вам тут ссориться, - прикрикнул Топаз. - Сейчас совсем не время выяснять кто из вас прав. Филин, когда ты сможешь полететь к Голубой Капельке?

- А если Голубой Капельки не будет на берегу ручья? - приуныл Фырк. - Что тогда будем делать?

- Лягушки точно будут знать, где она, - ухнул Филин. - Я уже не в первый раз там вижу фею.

- Тогда скажи ей, чтобы и она пришла с Утренней Росой, и пусть феи постараются принести свои волшебные книги. Чем больше мы прочтем, тем лучше поймем, что же происходит с березкой.

Так, за разговорами и обсуждениями незаметно стало темнеть, а, вскоре, наступил вечер.

- Что-то в животе урчит, - тихо просопел Фырк и посмотрел на Топаза. - Ты что-то говорил про еду.

- Правильно, давно всем пора перекусить, - засуетились гномы. - А то со вчерашнего вечера ничего не ели.

Топаз взял кинжал, произнес заклинание и в тот же миг появились орехи, мед и прочая вкуснятина.

Все сразу принялись за еду.

- Ты опять чавкаешь на весь лес, Фырк, - засмеялся Агат. - Смотри, Колючая Ветка не любит этого... Того и гляди прибежит сюда, чтобы поглядеть, как ты жуешь.

Фырк ничего не ответил и стал недовольно сопеть.

- Ну, я полетел к озеру, - проухал Филин и скрылся в темноте.

Наступала ночь. Повсюду свой свет зажигали разноцветные светлячки, а в воздухе появились летучие мыши и ночные бабочки.

- Не люблю я летучих мышей, - поморщился Фырк. - Как только вижу, так сразу вспоминаю Колючую Ветку.

***

Филин плавно парил в воздухе и все ближе подлетал к ручью. А, вот и вода озера вдалеке засверкала. Луна ярко светила, и казалось, что это не ручей течет, а расплавленное серебро играет и переливается на земле. Филин выбрал удобный сук старой ивы, и присел на него. Увидев его, все лягушки попрыгали в воду и попрятались.

- Не бойтесь, - успокоил их Филин. - Я ищу фею Голубую Капельку. Вчера она была здесь.

Услышав это, лягушки высунули любопытные мордочки из воды, но все же, как обычно, не стали подниматься на листья, покрывавших весь берег,

водяных лилий

- А для чего тебе понадобилась наша фея? – Чуть осмелев, поинтересовалась самая большая из лягушек. - Зачем тебе, Филину, нужна Голубая Капелька?

- Меня к ней послал гном Топаз. Я должен ей сообщить очень важную новость, - загадочно проухал Филин.

- Я слышала про этого гнома, - квакнула лягушка. - Это он смог расколдовать нашу добрую фею и снять с нее маску. - Если ты говоришь правду и не собираешься нас есть, то тогда тебе придется немного подождать. Голубая Капелька скоро будет здесь. Она неподалеку отсюда, на соседней полянке, и любуется светлячками. Ведь это феи им дарят волшебный свет.

Лягушки, совсем осмелев, вылезли из воды и, через несколько мгновений, не обращая внимания на Филина, продолжали ловить мошек и, как всегда, громко квакать.

Вскоре раздалось легкое шуршание, и на берег ручья приземлилась маленькая, золотая карета, запряженная ночными мотыльками. Дверца открылась, и стала видна фея Голубая Капелька.

Увидев фею, лягушки стали наперебой громко квакать.

- А у нас гость, Филин. Он принес тебе очень важное известие. Его послал к тебе гном Топаз.

Услышав имя Топаза, фея сразу же подлетела к Филину.

- Что случилось? - встревоженно спросила она. - Опять что-то Колючая Ветка задумала?

Лягушки, усевшись на берегу, приготовились слушать, что же им расскажет ночной гость. Кваканье прекратилось и наступила тишина. Филин рассказал, что его к фее послал Топаз, и гном очень просит Голубую Капельку поскорее найти Утреннюю Росу, взять с собой волшебные книги и прилететь к ним в лес.

- А что случилось, почему такая спешка? - Еще больше забеспокоилась Голубая Капелька. - Ведь у Топаза есть волшебный кинжал, который может во всем гному помочь.

- Я не знаю, что особенного произошло, - проухал Филин. – Пока что, я только понял, что все события связаны с Березкой, которая растет у нас на поляне.

- Значит что-то очень серьезное, если Топаз послал за нами, - как бы про себя сказала Голубая Капелька. Затем, повернувшись к Филину, продолжила:

- Передай гному, что я сейчас же отправлюсь на поиски Утренней Росы, и мы вскоре прилетим к нему.

- И не забудьте захватить свои волшебные книги, - напомнил Филин.

Фея села в карету, мотыльки взмахнули крылышками, и карета вскоре исчезла.

- И мне пора, - ухнул Филин, после чего плавно взлетел и направился в сторону лесу.

- Передай Топазу от нас приветы, - громко заквакали вслед ему лягушки, но птица уже не слышала их.

***

Топаз с Агатом сидели у входа в подземелье. Все остальные гномы, уставши за день, давно спали. Рядом с Топазом, свернувшись в клубок и сладко посапывая, спал Фырк. Лапки его постоянно подрагивали. Видимо он видел сон, как, в очередной раз, убегает от Колючей Ветки.

Филин тихо присел на ветку дуба.

- Я нашел Голубую Капельку. Она уже отправилась на поиски Утренней Росы и, как только найдет ее, то они прилетят сюда. Я тоже с вами посижу и подожду, когда феи появятся. Может надо будет помочь и еще куда-нибудь слетать.

- Спасибо тебе, Филин, - помахал рукой Агат. – Ты настоящий друг.

Фырк от голосов проснулся и, не понимая, где он, только тихо спросил:

- Где она?

- Кто она? - переспросил его Агат.

- Как это кто? Колючая Ветка...

- Спи спокойно, - погладил его Агат. - Нет никакой Колючей Ветки. Пока нет...

Фырк снова свернулся в клубок, но заснуть уже не мог.

- Как ты думаешь, Топаз, что сейчас делается на полянке? - спросил ежик. – Она не сбежала?

- А давайте пойдем и посмотрим, - предложил Агат. - Белочки давно уже спят в своих дуплах, а оставлять Берёзку надолго без присмотра нельзя. Мы же не знаем, что это за маки и тюльпаны. Мухоморы тоже красивые, но какие ядовитые. Может и эти цветы только снаружи так хороши, а на самом деле быть похуже поганок?

- Всё равно придется не спать и ждать прилета фей, так что можно и прогуляться, - согласился Топаз. – Уже давненько я не бродил по ночному лесу.

Все направились в сторону полянки. Повсюду раздавался тихий шорох и писк. Это лесные мышки и крысы, суетясь под опавшими листьями, создавали еле уловимый шум.

Несколько любопытных мышей, увидев гномов и ежика, присоединились к ним.

- Куда это вы, ночью, идете? - пискнула самая смелая из них. – Может вам составить компанию?

- Хотим проверить, на месте ли Березка, - тихо просопел в ответ Фырк. – Это очень важно...

Мышки ничего не поняли, но больше вопросов задавать не стали. Они хорошо знали гномов, и, если те идут куда-то, значит так и надо.

Ночью родной лес было и не узнать. Казалось, что деревья стали еще толще и выше. А лунный свет, пробиваясь через высокие и пышные кроны, делал его волшебным и загадочным. Повсюду что-то летало, изредка вскрикивала какая-то птица, раздавались незнакомые, загадочные звуки.

Фырк шел, и все время озирался по сторонам. Ему казалось, что Колючая Ветка спряталась за стволами деревьев и сейчас выскочит оттуда, схватит его и превратит в страшного гоблина.

- Не озирайся постоянно, - приободрил его Агат.

- Пока кинжал у Топаза, Колючая Ветка не сможет никого превратить в чудовище. Я правду говорю, Топаз?

Но гном вновь ничего не ответил. Было видно, что он о чем-то размышляет и не слышит разговоров..

Вскоре показалась и Березка. Увидев ее, Фырк облегченно вздохнул и перестал оглядываться. Но казалось, что на тропинку откуда-то начинает струиться мягкий, волшебный свет.

- Вы видите, что все вокруг как-то странно освещено? - забеспокоился Фырк. - И чем ближе мы подходим к деревцу, тем сильнее становится это излучение. Откуда оно струится?

Когда перед взором друзей открылась полянка,

то они застыли от удивления: маки и тюльпаны парами танцевали под ритмичный стрекот кузнечиков и звуки сверчков. Это даже был не стрекот, а тихая, нежная музыка. И все вокруг сверкало и искрилось от огромного количества светлячков. Миллионы разноцветных звездочек притаились в траве и освещали это волшебное зрелище. Даже Топаз застыл от изумления. Такой красоты никто никогда не видел.

А ветки березы раскачивались в такт музыке. Казалось, что они так же танцуют, а листочки своим тихим шелестом подыгрывают музыке кузнечиков и сверчков.

Тысячи разноцветных ночных мотыльков порхало в воздухе, который искрился и сверкал, переливаясь цветами радуги.

Первым нарушил молчание Агат.

- Что это такое, Топаз? – Восторженно прошептал он. - Ты когда-либо видел, чтобы цветы танцевали? И откуда такое количество светлячков и мотыльков? Будто их кто-то пригласил сюда на праздник. Посмотри, как изменилась наша полянка. Кажется, что даже звездочки и месяц на небе пританцовывают.

- Ну и красотища, - проухал подлетевший Филин. - Мне глаза слепит весь этот блеск.

- Ничего не понимаю, - растерянно оглядывался по сторонам Топаз. - Он достал кинжал, но тот вырвался из его рук и начал, пританцовывая, кружиться в воздухе.

- Посмотрите-посмотрите, - тут же запищали мышки, - даже волшебный кинжал танцует с мотыльками!

- Все это проделки Колючей Ветки, - фыркнул ежик. - Она что-то задумала и сейчас хочет нас обмануть, отвлечь наше внимание, а потом опять всех превратить в гоблинов.

- А кто такие гоблины? - Запищали мышки.

- Как, вы не видели гоблинов? - Поразился Фырк. - Это такие страшные, мохнатые существа, с длинными, отвратительными языками, сверкающими глазами и огромными клыками. Однажды я чудом уцелел не превратился в гоблина, а одно чудовище даже хотело меня съесть. Страшнее злых гоблинов ничего нет на свете.

Мышки от страха еще громче запищали.

- Помолчал бы ты, - прервал его Агат. - Посмотри, какая красота вокруг, а ты тут мерзких гоблинов вспоминаешь.

Фырк недовольно запыхтел:

- Тебе никак не угодишь, Агат. А я говорю, что все это Колючая Ветка придумала, чтобы нас обмануть.

Меж тем танцы на поляне продолжались, а искрящийся свет становился все ярче и ярче.

- Что ты молчишь Топаз? - недовольно пробурчал Агат. – Может скажешь, как все это понимать?

- Не мешай мне думать, - ответил старший брат. - Я пересмотрел все свои волшебные книги, но там нет ничего не сказано ни про танцы цветов, ни про мотыльков и светлячков. Даже мой кинжал танцует и радуется, что больше всего смущает меня. Он что-то знает, но я не понимаю, что хочет мне сказать.

Тут в воздухе раздался шелест и на полянку одна за другой стали прилетать феи. Это были не только феи Утренняя Роса и Голубая Капелька, а еще и другие феи, которых никто никогда не видел.

- Что тут происходит? - Утренняя Роса подошла к Топазу. - Как здесь красиво, как прекрасно танцуют цветы! Что это за праздник?

- Рада вас видеть, Фырк и Агат!

Феи с восторгом смотрели на полянку и не

132

могли оторвать глаз.

- Это все Колючая Ветка... Ее затея, я уверен в этом... - пыхтел Фырк.

- Что ты на это скажешь, Воздушное Облачко? - обратилась к незнакомой фее Утренняя Роса. - Ты же среди нас лучшая волшебница.

- Сейчас посмотрю, - взяла книгу Воздушное Облачко.

Она долго перелистывала страницы и вдруг начала улыбаться. - Кажется, я нашла то, что нам надо! - воскликнула она. - Вот что здесь написано: «Если цветы начинают танцевать, и с ними вместе танцуют мотыльки, значит злое колдовство ушло в прошлое, и родилась новая добрая фея».

- Ты хочешь сказать, что Колючая Ветка перестала быть колдуньей и снова стала прежней, доброй феей? - недоверчиво спросила Утренняя Роса. – Я правильно поняла тебя?

- Никогда Колючая Ветка не станет доброй феей, не поверю, - возмутился Фырк. - Она злая, злая!

- Подожди Фырк, - попросил Топаз. - Я знаю, сколько страха ты натерпелся от нее, но не забывай, что это я, а не ты, был гоблином и служил ей. Так что все надо тщательно проверить.

- А как это можно узнать? - Фырк непонимающе смотрел на Топаза. – О чем ты говоришь?

- Подождите, я посмотрю, что об этом написано, - вновь улыбнулась Воздушное Облачко.

Перелистывая страницы, она что-то тихо читала, потом повернулась к Утренней Росе. - Кажется, я что-то нашла, но мне не все здесь понятно.

Утренняя Роса взяла книгу и начала громко

читать: «Если злая фея заколдована и превращена в дерево, то колдовство можно снять волшебным кинжалом.

Если на дереве сделать насечку и на этом месте появится репейник, заколдованная фея продолжает оставаться злой колдуньей. Однако, если на месте насечки появится красная роза, злая колдунья превратилась в добрую фея. Необходимо три дня подряд, на рассвете, как только первый луч солнца коснется верхушки дерева, делать по одной насечке. Когда будет нанесена первая насечка, то должна распуститься красная роза, при второй насечке должна распуститься желтая роза, а при третьей насечке распустится белая роза. После этого колдовство будет снято».

- Вы хотите сказать, что Колючая Ветка перестала быть злой колдуньей и теперь она добрая фея? - Произнёс Фырк и от изумления даже присел. – И вы в это поверите?

- По крайней мере, в книге так написано, и нам не стоит сомневаться, - ответила Утренняя Роса.

- Теперь я понял, что хотел сказать мне кинжал, - промолвил Топаз. - Он танцует от радости, что злое колдовство исчезнет и готов помочь нам во всем.

- А я не верю, что Колючая Ветка стала доброй феей, - опять вмешался Фырк. - Ей надо, чтобы ее расколдовали, и она немедленно на всех нас наденет маску.

- Ты забываешь, Фырк, чтобы надеть маску, необходим кинжал, а он находится у Топаза, - возразил Агат.

- Все равно, находится кинжал у Топаза или нет, я не верю Колючей Ветке, - запричитал Фырк. – Хотя, как вы говорите, она и стала доброй феей, но пусть так и остается Березкой.

Это надежнее.

- Что вы нам скажете? - обратился к феям Топаз. – Даже не знаю, что сейчас решить

- Никто нам не мешает сегодня, на рассвете, нанести первую насечку на Березке, и посмотреть, что произойдет, - предложили феи.

- Тогда много прояснится. А у нас еще останется два дня, чтобы все хорошенько продумать и решить, как поступать дальше.

- Феи правильно говорят, - кивнул Агат. - Так хоть мы будем знать, что же происходит в нашем лесу.

- Ждать оталось совсем недолго, скоро уже рассвет, - согласился Топаз. - Дайте мне волшебную книгу, я сам ещё раз все внимательно прочту. Нам нельзя ошибаться.

ГЛАВА 3   РОЗЫ

Гном внимательно читал, что-то тихо шептал, как бы сам с собой совещаясь, и все ждали, что же он решит, так как волшебный кинжал подчинялся только ему. Наконец Топаз закрыл книгу и произнес:

– Надо попытаться расколдовать Березку. Я сам много натерпелся от Колючей Ветки, но, если мы сможем расколдовать ее, и она станет прежней доброй феей, то это необходимо сделать.

– А я против, я против этого!!! – Воскликнул Фырк. – Вот увидите, что из данной затеи ничего хорошего не получится. Может Колючая Ветка сейчас и стала добрая волшебница, но кто ей помешает вновь превратиться в злую колдуньей?

– Мой друг - прав, – кивнул Агат. – Тут нечего возразить. Кто может обещать, что на самом деле такого не будет?

– Давайте перестанем спорить и так решим, – предложил Топаз. – В первую очередь посмотрим, что появится после начальной насечки, а потом снова, внимательно посмотрим в книгах, как можно Березку так расколдовать, чтобы она не могла превратиться в злую колдунью.

– Солнышко восходит, надо поторопиться, – проухал Филин. – Потом не успеете.

Топаз произнес заклинание, и кинжал плавно подлетел к нему.

Как только первый луч коснулся вершины березки, он нанес на ней глубокую насечку.

Все ждали, что же произойдет.

На месте удара появился маленький росток, который начал сразу увеличиваться.

– Это роза, – улыбнулся Агат. – Я знаю.

– Откуда ты знаешь? – Со слабой надеждой потянул гнома за рукав ежик.

Но он и не успел договорить, а на стволе Березке распустилась дивной красоты красная роза.

Цветы сразу же прекратили свой танец, стихла и музыка, а на ветку деревца сел соловей и стал заливаться волшебными трелями.

Все еще долго разглядывали розу. Не верилось, что такой прекрасный цветок может расти на Березке.

А ее ветки опустились, как бы прикрывая розу от палящих лучей летнего солнца.

– Нам надо пойти домой и там все хорошенько обдумать, – обратился к феям Топаз.

– Мы останемся здесь, – почти хором ответили Утренняя Роса, Голубая Капелька и Воздушное Облачко.

– Мы будем этому очень рады, – улыбался Топаз. – Нам надо всем вместе подумать, что делать дальше. Но прежде стоит немного отдохнуть и перекусить.

Остальные феи стали прощаться. Утренняя Роса пообещала им сообщить – расколдуют Березку или нет.

Волшебницы сели в свои кареты и вскоре растворились в воздухе, а Березка ласково шелестела листьями, и ее ветки, как бы, гладили розу.

Феи с гномами и Фырк направились к пригорку.

Весть о Березке распространилась по всему лесу. Белочки друг другу рассказывали и вновь пересказывали эту новость. Каждая из них отдельно все передавала Кроту. Тот внимательно выслушивал рыжих болтуний, будто эту историю слышит впервые, а в конце уже в сотый раз изумлялся: «Неужели на березке распустилась красная роза? Даже не верится, что такие чудеса возможны.»

А Филин только ухал сверху, как бы подтверждая, что все рассказанное, правда. Было видно, что он очень доволен происшедшим.

Повсюду, и, особенно на полянке, летало множество красивых бабочек. Таких ярких тут никогда не бывало. Весь лес как бы украсился и принарядился в ожидании чего-то волшебного и радостного. Даже шелест листвы казался иным, а стрекот кузнечиков стал особенно звонким. Казалось, что даже малая травинка и букашка радуются тому, что на Березке распустилась красная роза.

Перекусив и отдохнув, феи, гномы и Фырк собрались в большой комнате у гномов.

– Как тут красиво, – восторгались феи. – Какие же вы умельцы, что так все чудесно отделали.

А те только смущенно улыбались, и было видно, что они очень довольны похвалой.

Резные дубовые шкафы почти до самого потолка, и множество различных полок прикрывали стены комнаты. А в самой середине стоял большущий дубовый стол со стульями. Все это было украшено накладками из чеканного серебра.

– Вот в этой самой комнате мы с Принцессой и сидели , – показывал Фырк. – И, не предупреди нас Крот, что Колючая Ветка совсем близко, не находиться бы всем нам сейчас здесь. На нас была бы надета маска и стали бы слугами злой колдуньи.

При упоминании Принцессы, Утренняя Роса радостно улыбнулась.

Она стала рассказывать, что часто гостит у Лотты с Аленом, что они оба счастливы, здоровы, чуточку повзрослели и стали еще прекрасней, а их королевство процветает.

– Надо и Принцессе рассказать про деревце, – предложила фея, – но сейчас необходимо решить, что же делать дальше. Расколдовывать Березку до конца или нет?

Всем были хорошо памятны проделки злой колдуньи.

Топаз принес свои волшебные книги, и все принялись искать ту запись, в которой было бы сказано, как избежать того, чтобы Березка, став феей, не смогла бы вновь превратиться в злою колдунью.

Фырк, который не умел читать, только постоянно подходил к гномам и феям и спрашивал:

– Ну, что не нашли? А может и не надо ее расколдовывать?

Ему никто не отвечал и только Агат изредка посматривал на него и улыбался.

– Перестань с ухмылкой глядеть на меня, – обиделся Фырк. – Вы все такие смелые и добрые, а я хорошо помню, как был и сухой веткой, и мухомором, и улиткой.

Агат еще шире улыбался. Наконец Фырк умолк, и, устало вздохнув, пристроился в углу и принялся есть орехи. Комната наполнилась тихим чавканьем и сопением.

– Вот послушайте, что здесь написано, – прервал молчание Топаз. – Если при нанесении последней насечки прочесть вот это заклинание, то фея никогда не сможет стать злой колдуньей. А если прочесть другое заклинание, и в воздухе трижды нарисовать волшебный знак, то фея станет самой сильной и злой колдуньей, против которой невозможно будет бороться.

– Что ты предлагаешь, Топаз? – Стали интересоваться феи и гномы. – Как поступим на рассвете?

Фырк оторвался от еды и тоже внимательно слушал. Сейчас его ушки от напряжения даже подрагивали.

– Я предлагаю расколдовать Березку, – прекратив чтение, поднял голову Топаз. – А вот эту волшебную книгу и кинжал так спрятать, чтобы только я один знал, где они находятся. Тогда Колючая Ветка никогда не сможет стать злой колдуньей.

– Посмотрите, что я нашла! – Обрадовалась Голубая Капелька. – Если к заклинанию, которое прочел Топаз, при нанесении последней насечки добавить еще вот это заклинание, то добрая фея, всего может месяц оставаться злой колдуньей, после чего она навсегда превращается в отвратительную жабу.

– Но за месяц она сможет нанести столько вреда, что потом будет и неважно, станет она жабой или нет, – проворчал Фырк.

Но его никто не слушал. Все решили, что непременно стоит расколдовать Березку.

– Вы еще пожалеете, что не слушаете меня, – повторял Фырк. – Еще есть два дня, зачем торопиться?

– Помолчи Фырк, – обратилась к нему Утренняя Роса. – Вот представь, если бы ты стал березкой, тебя можно было бы расколдовать, а мы бы этого не сделали.

– Но я бы никогда не стал Колючей Веткой, – возразил ежик. – и никого не превратил бы в гоблинов и чудовищ.

– Мы знаем, что ты добрый и смелый ежик, – засмеялась Голубая Капелька. – Но я почему-то уверена, что, в конце концов, ты подружишься с Колючей Веткой.

Никогда я с ней не подружусь с этой злюкой, - проворчал Фырк. – Пусть она с другими общается, а мне лучше с белочками водиться. От них никогда не ждешь подвоха.

Так в разговорах и воспоминаниях о прошедших приключениях прошел весь день.

Когда наступила ночь, вход в подземелье открылся и все отправились на полянку. Она была еще нарядней, чем вчера. Тюльпаны с маками танцевали новые танцы, и месяц со звездочками снова спустились, чтобы любоваться этим зрелищем.

На этот раз на полянке собрались все белочки и мышки леса. Даже Крот пришел сюда. И, так как он ничего не видел, ему постоянно рассказывали, что происходит вокруг.

Фырк ни с кем не разговаривал. Было видно, что он на всех страшно обижен. Белочки несколько раз пытались было с ним завести беседу, однако, видя, что он не в настроении, потом и вовсе отстали от него. Даже лягушки с ближайшего озера пришли смотреть на танец цветов и от восторга непрерывно квакали и высоко подпрыгивали.

Гномы с феями сидели под Березкой, любовались прекрасным зрелищем и о чем-то тихо переговаривались. Все ожидали рассвета. Только Агат изредка поглядывал на Фырка. Он видел, что его друг расстроен и переживал из-за этого. Ведь во время приключений он очень полюбил ежика и теперь чувствовал себя неловко, что Фырк, даже его, избегает и сторонится.

Ночь пролетела совсем незаметно, и вскоре горизонт начал светлеть, показывая, что уже совсем скоро взойдет солнце. Месяц со звездочками давно покинули полянку и все с нетерпение ждали, когда же проглянет первый луч солнца.

Вот горизонт совсем заалел, и Топаз подошел к Березке.

Как только первый луч коснулся ее кроны, он произнес заклинание и нанес вторую насечку. Опять появился росток, но он был значительно больше вчерашнего и еще быстрее рос. А через несколько мгновений на Березке распустилась благоухающая желтая роза. Казалось, что в глубине цветка спрятан кусочек солнышка. Роза была словно сделана из янтаря и вся переливалась. Она была так прекрасна, что даже Фырк не выдержал и решил стать ближе, чтобы полюбоваться ею.

Когда ежик подошел к Березке, то одна из веточек протянулась к нему и ласково зашелестела. Фырк начал громко сопеть, засмущался, потом протянул лапку. Листочки еще радостней зашелестели, и веточка погладила ее.

– Вот видишь, какая она добрая, – тихо проговорил Фырку Агат. – Зря ты так боялся.

Тот ничего не ответил гному, только еще громче стал сопеть. В его глазках заблестели слезы.

– Я просто очень боюсь, Агат, – тихо прошептал он. – Ты же все хорошо понимаешь.

Агат только кивнул, потом погладил друга, взяв его за лапку, они подошли к гномам и феям.

– Видишь, Фырк, как Березка тебя любит, – улыбнулась Утренняя Роса. Теперь я совсем уверена, что вы подружитесь.

Колючий клубок вновь громко засопел, потом распрямился, встал на задние лапки, подошел к белочкам и, сам того не замечая, взял одну из них за хвост и начал пританцовывать.

Вскоре вокруг Березки кружился веселый хоровод. Танцевали и феи, и гномы, и лягушки, и мышки. А кузнечики и сверчки еще громче стрекотали в такт танцам. В воздухе носились бесчисленные стайки мотыльков и бабочек, и даже пчелки прилетели и очень осторожно садились на розы, боясь их потревожить.

– Сегодня последний день, когда фея еще остается Березкой, – произнес Агат. – Надо обязательно пригласить Принцессу с Принцем. Пусть и они посмотрят, как родится новая, добрая фея.

– Я сейчас же полечу к ним, – откликнулась Утренняя роса. – Думаю, что к вечеру мы будем уже здесь.

– Я тоже хочу к Принцессе, – обратился к фее ежик. – Ведь мы так давно не виделись и уверен, что и она будет рада, если я навещу ее.

– Ты лучше оставайся здесь, – обратился к другу Агат. – У нас с тобой сегодня еще очень много дел. Кроме того, будет лучше, если ты пойдешь на озеро и все расскажешь рыбкам. Ты ведь не забыл, как они нам тогда помогли, а сейчас ничего не знают про Березку.

А вечером Принцесса Лотта с Принцем Аленом будут здесь, на полянке, и ты сможешь сам обо всем рассказать им.

– Хорошо, – совсем повеселел Фырк. – Только я еще немного побуду около Березки, а потом пойду к озеру.

Агат хитро улыбнулся...

ГЛАВА 4 ТАРТУХ – КОРОЛЬ ТРОЛЛЕЙ

Вскоре на полянке никого не осталось. Феи и гномы, не спавшие уже второй день, пошли отдыхать, а белочки ускакали в лес, чтобы еще раз все события пересказать Кроту.

Увидев, что он остался один, Фырк, оглянулся по сторонам, подошел к Березке и нежно погладил ее.

- Ты обещаешь, что не превратишь меня в гоблина? Я так тебя боюсь, Колючая Ветка.

Ветки березки опустились и нежно погладили ежика. А он, обняв ствол березки, что-то тихо шептал, и лепестки роз, слушая его, радостно подрагивали.

Утренняя Роса в карете летела в сторону дворца Принца и Принцессы. Мотыльки весело махали крылышками, и казалось, будто экипаж никто и не тянет, а он сам, как большой мотылек, порхает в воздухе.

Вскоре показались высокие башни замка, а через несколько минут карета феи плавно влетела в открытое окошко.

Принцесса сидела и вышивала, а Принц Ален, сидя рядом, читал ей вслух какую-то книгу.

Увидев карету феи, от восторга, Принцесса захлопала в ладоши. Рада была встрече и Утренняя Роса. Она очень любила свою воспитанницу и многому успела ее научить. Сейчас Лотта уже умела разговаривать с птицами и животными, знала язык цветов и еще множество различных способов доброго волшебства. Королевство, где она жила с мужем, процветало, а подданные буквально боготворили своих коронованных господ. Покой, благополучие и счастье царило во всех домах. Это был поистине райский уголок, и ничто не нарушало его размеренную жизнь.

И Принц Ален был очень рад приезду феи. Он хорошо помнил, как Утренняя Роса вызволила его из долгого плена на дне озера. И, хотя с самого начала ему было трудно привыкнуть к обществу настоящей феи, но сейчас, по прошествии времени, он об этом перестал задумываться.

Фея сразу начала рассказывать, как на поляне неожиданно стали расцветать тюльпаны и маки, как они ночью танцевали, и, как на Березке расцвели две прекрасные розы. Принц с Принцессой внимательно слушали Утреннюю Росу, радостно улыбались и не могли поверить своим ушам.

- Неужели Колючая Ветка перестала быть злой колдуньей? - постоянно переспрашивали они фею. - Теперь она станет прежней, доброй феей?

- Вы даже не представляете, какой дивной красоты розы распустились на Березке, - рассказывала волшебница. - Я прилетела к вам, чтобы вы поехали со мной и сами посмотрели на эти чудеса. Кроме того, ведь так интересно посмотреть, как Березка превратится в фею, и как теперь будет выглядеть Колючая Ветка.

- Конечно, мы поедем, обязательно поедем! - В один голос радостно воскликнули Принц с Принцессой. - Мы непременно должны быть вечером на полянке.

- Как я соскучилась по Фырку, Агату, гномам и Кроту. Я же так давно их всех не видела, - то и дело приговаривала Принцесса. - Нам надо сейчас же начать собираться в путь, чтобы к вечеру успеть доехать до леса. Так интересно посмотреть, на танцы цветов и мотыльков, при волшебном сиянии звездочек и светлячков. Представляю, какое веселье веселье будет этой ночью на полянке. Видимо соберутся все зверюшки с окрестных лесов.

Но, стоило только Лотте произнести последнее слово, как поднялся сильный ветер, окошко хлопнуло, и все стекла разбились.

- Откуда налетел такой сильный порыв!? - Возмутилась Принцесса. - Сейчас же не осень!

Принц хотел было подойти и закрыть окно, но Утренняя Роса удержала его за руку.

- Мне все это очень не нравится, - заволновалась она. - Это не простой ветер...Что-то в нем есть зловещее...

- Посмотри, ветра уже больше нет, - рассмеялась Принцесса, обнимая фею. - Это был просто сильный порыв, и ничего более. Все уже прошло, ты зря так обеспокоилась.

Но ее слова не успокоили Утреннюю Росу.

- Я чувствую что-то неладное, - тихо произнесла она. - Что-то тут не то... Тревожно, очень тревожно...

В это время налетел еще более сильный ветер. Он оторвал ставни, и те с грохотом упали вниз.

- Надо поскорее уходить отсюда, - совсем разволновалась Утренняя Роса. - Нам всем угрожает страшная опасность. Очень страшная... Не хочу даже верить в это...

Услышав это, Принц Ален выхватил саблю и стал озираться в поисках невидимого врага.

- Сабля тут не поможет, - горестно вздохнула Утренняя Роса. - Кажется, я уже начинаю понимать, что тут происходит, но, как бы мне хотелось, чтобы я ошибалась.

- Опять Колючая Ветка? - Расстроился Принц Ален. – Неужели она обманула Топаза?

- Это не Колючая Ветка, а значительно хуже, - с ужасом произнесла добрая волшебница

- Что может быть еще хуже? - Испугались Принцесса с Принцем. – О чем ты говоришь?

- Кажется, нас решил навестить Король троллей, - Утренняя Роса была сильно встревожена. - Тут не поможет то доброе волшебство, которым обладаю я и мои подруги. Феи бессильны и беззащитны против этих чудовищ. Король - страшный и злой колдун, про которого я много читала в волшебных книгах. Он не знает жалости и пощады, и после себя оставляет пустыни.

- Что же нам делать? Где от него можно нам всем спрятаться? - Заплакала Принцесса. - Ты же добрая фея, моя наставница. Помоги нам, выручи из этой беды. Я боюсь троллей, они такие страшные.

146

- От них никуда не спрячешься, - присела на стул Утренняя Роса. - Тролли всюду сумеют разыскать нас и схватить. Бессмысленно надеяться, что нам удастся скрыться.

- И что тогда будет с нами? - отходя от окна, повернулся к Утренней Росе Принц.

- Не знаю, я никогда не встречалась с троллями, - совсем сникла фея. - Но я чувствую, что они уже совсем близко. Нам остается только ждать. Хоть бы я ошибалась!...

Фырк радостно шел к озеру и тихо напевал себе под нос. Он уже представлял, как будет сидеть на берегу озера и рассказывать рыбкам, что произошло с Березкой, а те, высунув головы, внимательно его слушать и от восторга, ударяя хвостиками, выпрыгивать из воды, отчего кругом будет разлетается фонтан искрящихся брызг.

Вскоре показалось и само озеро. Под яркими лучами солнца оно было особенно красиво, а вода в нем была такой прозрачной, что можно было разглядеть каждый камушек на дне, каждую маленькую песчинку. Весь берег, куда ни глянь, был покрыт огромными, желто-белые цветы водяных лилий, которые особенно прекрасны в это время года, а на другом берегу, как свечки на стеблях, поднимались камыши.

Ежик поудобней уселся на берегу, а лягушки, увидев его, стали наперебой громко квакать. Они давно дружили с Фырком и всегда радовались, когда он навещал их.

Рыбки, заслышав шум, сразу высунули головы из воды. Всем было так интересно послушать, что же сейчас расскажет смелый ежик, которому пришлось пережить столько опасных приключений. И хотя лягушки уже многое успели рассказать, рыбкам все равно было интересно еще раз обо всем послушать.

Фырк стал рассказывать, как танцевали цветы, как на Березке распустились прекрасные розы, как кружились и танцевали в воздухе мотыльки. Он так интересно и красочно все описывал, что лягушки совсем перестали квакать и, рассевшись на больших, зеленых листьях лилий, с разинутыми пастями, старались уловить каждое слово. Они даже перестали ловить мошек, которые роем носились над поверхностью озера. Рыбки от восторга то и дело радостно выпрыгивали из воды и сверкали под солнцем.

В это время легкая рябь подернула поверхность озеро. Лягушки тут же испуганно попрятались. Более сильная рябь вновь пробежала по воде, и, через несколько минут, темные, пенистые волны неслись по озеру. Такого не бывало даже поздней осенью.

Пока Фырк размышлял, откуда взялись порывы ветра, и что это предвещает, в воздухе послышалось странное, непонятное жужжание, как будто неподалеку пролетает огромный рой пчел. Он поднял голову и ужаснулся. Все небо было покрыто громадными жуками. А впереди этой живой тучи летел гигантский жук, который был гораздо больше как самого Фырка, так и гномов.

Как только жуки приземлялись, мгновенно превращались в страшных чудовищ с рогами. Их тело покрывала густая, черная щетина, они имели шесть рук, красные глаза, расплющенный нос. Морды страшилищ непрерывно искажали страшные, злобные гримасы, отчего становились видны большущие клыки и длинный, черный язык. Монстры жадно лакали воду, и из их пасти текла отвратительная, фиолетовая слюна, которая тут же замутила воду.

Огромный жук тоже приземлился. Он был самым страшным. Голову великана украшали огромные, кривые, золотые рога, между которыми размещалась невиданных размеров золотая корона с рубинами.

У предводителя чудовищ было восемь рук, очень злые глаза, красно-бордового цвета, и, в отличие от других, тело покрывал сверкающий, золотой панцирь. На ногах гиганта были кожаные сапоги, богато расшитые золотом и украшенные висящими в оправах рубинами.

Чудовища непрерывно злобно смеялись, дрались друг с другом, плевались и их отвратительная слюна разлеталась повсюду. Падая на землю, она вспыхивала зеленым и фиолетовым пламенем.

Пока Фырк с изумлением смотрел на страшилищ и пытался понять, что ему делать, раздался громкий голос:

- Схватите этого глупого ежа и зажарьте для меня. Я очень голоден. Быстрее выполняйте, бездельники.

Фырк бросился было бежать, но два чудовища тут же его схватили и поволокли в сторону.

- Подведите эту колючке ко мне, - закричал главарь с короной. – Я хочу на него взглянуть.

Фырка подтащили к гиганту.

- Ты знаешь кто я? - Злобно расхохоталось чудовище.

В ответ ежик быстро закачал головой.

- Тогда знай, что тебе оказана великая милость. Тебя съест сам Тартух, Король троллей. Мы, тролли, самые злые и могущественные существа. Против нас все бессильны, - и

великан вновь разразился отвратительным
смехом.

ГЛАВА 5 НА ОЗЕРЕ

Фырк ничего не отвечал. Ежик только и делал,
что дрожал каждой иголочкой, а слезы
непрерывным ручейком струились по его
унылой мордочке.

- Посмотрите, как он забавно плачет, ничего
более смешнего мне не доводилось видеть, -
продолжал веселиться Тартух. - Отведите его и
привяжите. Я немного отдохну, а потом его
быстренько зажарим. Уже представляю, как
будут похрустывать его иголки во рту.

Тролли еще громче начали смеяться, обнажив
огромные клыки.

- После еды мы полетим к Принцессе. Я давно
хочу встретиться и с ней, и ее подругами
феями. Не сомневаюсь, что они будут очень
рады моему визиту... Я им покажу, на что
способны мы, тролли, - и Король захлебнулся от
смеха. Все вокруг начало гореть зеленым
пламенем. Неожиданно смех резко оборвался.

- Уберите его отсюда, - закричал Тартух. -
Сейчас мне не до вонючих ежей. И привяжите
покрепче, чтобы не сбежал.

Фырка поволокли к неподалеку растущей
осине, и его тельце опоясали крепкие путы.

- Теперь он от нас не убежит, - зло улыбнулся
один тролль другому. - А мы давай пойдем и
наловим лягушек. Вон их здест сколько. Я тоже
очень проголодался.

Тролли ушли, а ежик продолжал плакать.

- Зачем я только послушал Агата и пришел
сюда? – Тяжело вздыхал он. - Остался бы лучше
в лесу и игрался с белочками. А вдруг и в лесу

тоже тролли, и они уже успели съесть и гномов, и фей, и белочек, и Крота. Тогда Березка никогда не сможет стать доброй феей. Неужели наступил и ее, и нашего леса конец?

От этих горьких мыслей Фырк заплакал еще сильнее.

В это время непонятно откуда начал подниматься густой туман. Он быстро застилал все вокруг, так что даже с двух шагов нельзя было что-либо разглядеть.

- Откуда этот туман? - Услышал ежик крик Тартуха. – Сейчас лето, а не осень.

И тут он почувствовал, как кто-то быстро развязывал его, потом взял на руки и куда-то понес. От страха ежик лишился сознания. Когда Фырк пришел в себя, то увидел, что лежит на кровате в какой-то комнате. Ему показалось, что он как-то раз уже был здесь, и он начал громко сопеть и чихать.

- Кажется Фырк пришел в себя, - услышал он тихий голос и над ним склонилось чье-то лицо.

Оно тоже показалось ему знакомым.

- Ты не узнаешь меня, это же я, гном Орешник, - погладил Фырка наклонившийся. – Представляю, как ты перепуган.

- Как Фырк? Он пришел в себя? - Услышал он второй голос.

Это был гном Желудь.

- Да, брат, он сейчас глаза открыл. Ему чуть получше, - кивнул Орешник. - Но ежику необходимо поесть и хорошенько отдохнуть. А, что делает Еловая Лапа?

Он смотрит книги, - вздохнул Желудь, - хотя вряд ли это что-то даст. - Против армии троллей мы все бессильны.

Это было последнее, что услышал Фырк. Он опять провалился в глубокий сон.

- Пусть поспит, - укрыл ежика Орешник. - Побывать в лапах у троллей и остаться живым. Вот это настоящее чудо..

- И не говори, - поддакивал Желудь. - Опоздай мы немного, Тартух бы съел его. Хорошо, что Еловая Лапа умеет напускать такой туман. Но Король поймет, что туман не случайно опустился и начнет искать тех, кто это сделал и кто похитил ежика. Рано или поздно он непременно найдет нас. Разве ты не знаешь, какой у троллей нюх. Они чувствуют запах даже того, что спрятано глубоко под землей. Надо во что бы то ни стало постараться узнать, что замышляет Тартух.

Так, разговаривая, гномы, выйдя от Фырка и пройдя длинный коридор, вошли в большую комнату.

За огромным столом, заваленным книгами, сидел гном Еловая Лапа, и внимательно читал.

- Ты что-нибудь нашел? – обратился к брату Орешник. – Неужели нас скоро поймают?

- Всюду написано, что любое колдовство бессильно против троллей, - горестно вздохнул Еловая Лапа. - Что теперь делать, я даже и не знаю. А, как там Фырк?

- С ним все в порядке, - усаживаясь, ответил Желудь. - Хорошо, что ты успел вовремя его спасти.

- О том, что здесь тролли, надо поскорее предупредить Топаза,- продолжал вздыхать Еловая Лапа. - Может его волшебный кинжал чем-то сможет помочь.

Куда подевался Фырк? - Сам себя спрашивал Агат. - Не мог же он весь день провести на берегу озера. Да, сейчас, в это время года, оно особенно красиво, но не сидеть же там с раннего утра.

Кроме того ему же было сказано, что у нас много дел. А может он все еще обижен на меня и потому не появился?

Пойду спрошу Крота. Белочки ему обо всем рассказывают, так что он-то будет знать о Фырке.

Так, размышляя, Агат дошел до норы своего друга. Тот, как обычно, сидел на бугорке.

- Это ты, гном? – повел ноном Крот.

- Конечно я, - недовольно буркнул Агат. - А ты Фырка не видел? Куда он мог деться?

- А правильно, где ежик? - засуетились и зацокали белочки. - Что-то его давно не видно. Он же должен был пойти к озеру, все рассказать рыбкам и быстро вернуться.

- Солнце уже в зените, - начал беспокоиться Агат. - За это время уже раз десять можно было все пересказать. Куда пропал этот ежик? Вечно с ним возникают проблемы.

- Давайте пойдем на озеро и сами посмотрим. Может Фырк еще там, - стали громко цокать белочки.

- Выбора нет, придется идти, - поморщился гном. – Как же не хочется в такую жару тащиться.

Белочки, по веткам, быстро поскакали в сторону озера. Агат тоже встал с поваленного дерева, на котором он так любил сидеть и, недовольно ворча, последовал за ними. Но, чем дальше он шел, тем все тревожнее ему становилось.

- Что-то с ежиком случилось, - тихо приговаривал он. - Не мог Фырк на меня так обидеться, чтобы пол дня не показываться.

Гном ускорил шаги, а вскоре показалось и само озеро. Однако уже издали Агат заметил что-то неладное. Вода как-то поменяла свой цвет, и по берегам не было видно буйно цветущих лилий.

- Что-то случилось, - встревожился гном и побежал.

Весь берег был покрыт скелетами рыб, то тут, то там виднелись куски кожи лягушек и косточки.

- Что это? Что тут произошло? - Растерянно смотрел на белочек гном. - Кто так разорил наше озеро?

Рыжие попрыгуньи молчали и только покачивали головками. Ужас застыл в их глазах от увиденной картины,.

- Может быть тут еще кто-то остался в живых? Отзовитесь! – Позвал Агат. - Кто – нибудь слышит меня?

Из за обрывков лилий показалось несколько лягушек.

- Что тут произошло? – Бросился к ним Агат. - Где Фырк? Как могло такое произойти.

- Мы не знаем, где ежик, - грустно проквакала одна из лягушек. - Здесь недавно побывали тролли. Они схватили Фырка, и их король, Тартух, велел зажарить его себе на обед.

Как зажарить? - Подскочил от удивления гном. – Нашего Фырка зажарить?

- Да, именно Фырка, - квакнула другая лягушка. - Я сама видела, как его схватили, повели вон к той осине, и накрепко привязали. А тролли стали ловить рыб, лягушек и есть. Вот только мы и уцелели. Потом поднялся сильный туман. Тартух очень рассердился. Он носился по берегу, громко кричал, плевался, повсюду горел страшный, зеленый огонь, и туман постепенно рассеялся.

- А что было потом? Где же наш Фырк? – зацокали белочки. – Вы видели, как ежика съели?

- Мы больше ничего не знаем, - заплакали лягушки. - Потом тролли снова превратились в больших жуков и улетели. Может они и колючку забрали с собой...

Белочки услышав это начали причитать:

- Бедный Фырк, бедный наш друг. Он был такой славный и веселый, с ним всегда было интересно играть. Он умел рассказывать такие увлекательные истории.

- Перестаньте плакать! - Прикрикнул Агат. - Я уверен, что ежик жив. Но вот где он сейчас? Если его с собой взяли тролли, то тогда ему плохо придется. Но зачем троллям брать его с собой?

- А может Тартух все же его съел... - квакнула одна из лягушек. – Этот король такой страшный.

- Не мог же Тартух его съесть целиком, - возразил гном. - Хоть какая-то косточка или иголка, но остались бы. Да и костра не видно, где могли зажарить ежика. Нет, Фырк жив и его надо найти. Я уверен, что Топаз сможет разыскать его. Нам нельзя терять времени... Надо срочно сообщить брату, что здесь были тролли. Это страшные злодеи, от них можно ждать только больших бед. Бедный Фырк, где ты теперь...?

- Что это за странное жужжание? – Испугалась Принцесса. – У нас нет стольких пчел.

- Они уже совсем близко, от того и идет этот звук, - тихо произнесла Утренняя Роса.

- О ком это Вы говорите? - Обратился к волшебнице Принц. - Это видимо пчелы роятся, в этом году их так много в садах.

Но жужжание все усиливалось и усиливалось.

- Посмотрите, посмотрите, какие страшные жуки сюда летят! - Воскликнула Принцесса. - А тот, что впереди, он просто огромный. Как нам спастись от них?

И, пока она это договаривала, насекомые стали тучей влетать в разбитое окно. Как только они касались пола, сразу же превращались в отвратительных троллей.

- Кто это? – Еле шепча спросила Принцесса фею. – Ты про них говорила, когда в первый раз налетел ветер?

- Это тролли, милое дитя, самые злые и непобедимые чудовища на свете. Нет никакой надежды спастись от них. Посмотри на это бесчисленное войско. Их тысячи. Против него мое колдовство бессильно. Тут нам никто не сумеет помочь.

- Но ты же смогла расколдовать и усмирить волков! - Заплакала Принцесса. – Постарайся и в этот раз что-нибудь придумать.

- Что волки перед троллями... - горестно промолвила Утренняя Роса. – Тут даже нечего сравнивать...

В это время в комнату влетел самый огромный жук с темно-красными глазами и в золотом панцире.

Конечно же это был предводитель троллей Тартух.

ГЛАВА 6   ФЫРК

- Вот вы все и попались, - закричал Король и начал громко хохотать. – Больше никуда не денетесь.

Сразу же запахло горелым. От слюны злодея начал тлеть, расстеленный на полу, ковер

- Как я понимаю, ты и есть та самая Принцесса Лотта, о которой мне столь много рассказывали? Отныне тебе уже ничего не поможет, ни твои друзья гномы, ни добрые феи. Посмотри вниз.

И Тартух вновь зло рассмеялся.

Принц с Принцессой подбежали к окну.

Все дома горели, зловещим ярко-зеленым огнем, повсюду, куда ни бросишь взгляд, бегали тролли и, при свете пожара, эти чудовища казались еще более ужасными.

Люди же, которые находились на улице, превратились в бесформенные глыбы стекла, глядя на которые трудно было поверить, что еще несколько мгновений назад, это были живые и веселые подданные королевства, которые спешили куда-то спешили по своим делам.

- Ну, как тебе нравится, Принцесс? - Закричал Тартух. – Согласись, что красиво?

Услышав это тролли, которые находились в комнате, начали гримасничать и смеяться.

- Видишь, какие мы сильные и непобедимые ?
- Подойдя к Принцессе, зло улыбался Тартух.

Принц Ален выхватил саблю, но Тартух мгновенно отнял ее, разломал на куски, засунул ссбс в рот и начал жевать. Из пасти его вырывался огонь, и он стал еще ужасней.

- А ты кто и что делаешь в замке? - Обратился к фее Тартух. – По виду не похожа на поданную.

- Я фея Утренняя Роса, - гордо ответила волшебница. – И прилетела к своей воспитаннице.

- Фея…, вот не ожидал…, - и Тартух опять стал смеяться. – Сделай милость, покажи нам, что же ты умеешь? Может мы испугаемся твоего колдовства и улетим.

Тролли схватились за животы от смеха.

- Давненько я не встречался с феями, даже не помню когда в последний раз, - улыбался Тартух. - Думал их уже и не осталось. Посмотри, что я сделаю с тобой.

Тартух высунул язык, который, извиваясь, как змея, опутал ноги Утренней Росы. Фея тут же стала стекленеть и через несколько мгновений по пояс была превращена в глыбу стекла.

- Как же это красиво выглядит, я прав? – Обратился король к Принцессе и Принцу.

- О повелитель! - Воскликнули тролли. - Это самое прекрасное, что ты мог сделать. Поскорее всю ее преврати в стекло. Так она будет еще лучше смотреться.

- Нет, - зло улыбался Тартух. - Для фей у меня припасен особый, щедрый сюрприз.

Он опять высунул язык, который обвился вокруг стекла и оттуда начали медленно выползать несколько толстых, разноцветных змей, которые, шипя, кольцами обвивались вокруг тела волшебницы и в любой момент готовы были искусать ее.

- Стоит мне им приказать и они на части разорвут твою фею, - радовался Тартух.

Принц и Принцессой с ужасом смотрели на отвратительные события, которые происходили замке.

- Теперь вы убедились, какие мы, тролли, могущественные. Никая фея вам не сможет помочь и вам остается только повиноваться мне и выполнять все, что я прикажу.

Отныне здесь больше нет Принца и Принцесса, теперь тут новый властелин дворца, король троллей Тартух. С этого момента вы мои слуги и будете выполнять все, что я прикажу. А если вздумаете не подчиниться или сбежать, погибнет и фея, и вы. Поняли или нет?

Принцесса тихо плакала, а Принц старался как-то утешить ее. Они уже смирились со своей участью.

- А теперь принесите мне еды, - закричал Тартух. - Я долго летел и очень голоден. И, смотрите, чтобы на этот раз не получилось, как с тем ежом. Его я еще найду, как и тех, кто помог ему бежать. Они горько пожалеют о содеянном. Никто не сможет уйти от меня.

Тролли бросились врассыпную.

- А вы чего здесь стоите? - Прикрикнул Тартух на Принца с Принцессой. – Или не поняли, что должны прислуживать своему господину? Идите и принесете мне вина.

- Уберите ее отсюда указав на фею,- приказал он троллям. – Нечего ей здесь стоять.

Когда тролли подняли фею, змеи шипели и кусали этих чудовищ, вырывали из тела куски мяса, но раны тут же закрывались и зарастали еще более густой шерстью.

Это зрелище повергло Принца и Принцессу в такой ужас, что они не могли и шагу ступить.

- Что вы стоите? - Закричал на них Тартух. - Сколько мне ждать вина? Может и вас прсвратить в кусок стекла? Знайте. Стоит вам прикоснуться к стеклу, как сами начнете стекленеть, а тот, кто уже превращен в стекло, рассыпется на мелкие осколки. Король довольно оглянулся по сторонам и вновь злобно рассмеялся.

Принц с Принцессой выбежали из комнаты, и, пробежав коридор, начали спускаться в погреб.

- Здесь есть тайный выход, - прошептал Принц. - По нему мы можем выйти в рощу, что находится неподалеку от замка, и убежать. Находиться в замке крайне опасно.

А что будет с феей, с Утренней Росой? - Расплакалась Принцесса. - Как мы ее оставим здесь?

- Теперь ей уже не поможешь, - обнял Лотту Принц Ален. - А оставаясь здесь, всего можно ожидать от Тартуха. Этот злодей никого не пожалеет. Ты же видишь, как он жесток.

- А куда мы убежим? Где спрячемся? - Растерялась Принцесса. - Тролли повсюду нас найдут.

- Отправимся к Топазу, - продолжал уговаривать Принц Аллен. - Я уверен, что в их глубокое подземелье тролли не смогут легко и быстро проникнуть. Кроме того, ты разве позабыла, у Топаза есть волшебный кинжал. Он сможет нам помочь.

- А, если и кинжал бессилен против троллей, то мы должны будем вечно жить под землей, - еще сильнее заплакала Принцесса. - Что будем есть, как дальше жить? Мы же не кроты, Ален, чтобы всю жизнь провести в сырой земле.

- У нас нет другого выбора, - подбодрил ее Принц. – Сейчас надо постараться поскорее убежать от Тартуха, а там уже будет видно. – Потом такого шанса у нас не будет. Тролли отыщут и замуруют этот ход.

- Видимо ты прав, - подумав, вздохнула Принцесса. - Тартух не оставил нам выбора. Кроме того я не могу видеть, как мучается добрая фея, не могу смотреть на этих ужасных змей. Бежим скорее!

Принц с Принцессой открыли потайную дверь и устремились в подземный лабиринт.

Агат еще раз внимательно оглянулся по сторонам в надежде, что вот сейчас появится Фырк, его друг, и все страхи останутся позади. Но конечно же ежика не было.

- Нам надо возвращаться домой, - поворачиваясь к белочкам, грустно произнес гном. - Будем надеяться, что с Фырком все в порядке, и он объявится в лесу.

- Это ты Агат? - Вдруг послышался тихий шепот. - А где тролли, они уже улетели?

От неожиданности гном даже завертелся.

- Кто это? - Перейдя на шепот, спросил он.

- Это я, Желудь. Еловая Лапа превратил меня в сойку. Подними голову и увидишь.

Только тут Агат заметил птицу.

- А ты не знаешь, где Фырк?

- Фырк у нас. Я и Орешник похитили его у Тартуха. Опоздай мы немного, так этот злодей съел бы твоего друга.

Фырк жив, ежик жив, - стал пританцовывать гном. - Я чувствовал, что что этот колючка жив. Его не могли съесть.

Белочки, услышав радостную новость, тут же прослезились и начали обниматься.

- Быстрей веди нас к нему, - обратился к Желудю Агат. - Я хочу поскорее увидеть Фырка.

Все устремились в сторону соседнего леса. Сойка летела впереди, показывая дорогу.

Как только они достигли пня, прикрывавшего вход в подземелье, сойка села на землю и превратилась в гнома. Агат начал обниматься в Желудем, он не мог скрыть своей радости, что Фырк жив.

Гном произнес заклинание, пень отвалился в сторону, и друзья вошли в укрытие.

- Ну, что там, тролли еще на берегу или улетели? - Спросил Желудя Еловая Лапа? - А это кто?

- Это же Агат. Ты разве не помнишь его? - удивился Желудь. – Младший брат Топаза.

- Конечно же помню, - заулыбался Еловая Лапа. - Я просто не ожидал его тут увидеть.

- Ведите меня поскорее к ежику, - взмолился Агат, - а потом обо всем поговорим.

Фырк продолжал спать, когда гномы вошли к нему.

- Вставай соня, - тихо позвал Агат. – Нечего столько спать. День скоро завершится.

Ежик сразу вскочил и стал озираться.

- Это я Фырк, не бойся, - и гном обнял ежика. - Как же я рад тебя видеть, дружище.

- Агат, это ты? - Еще не веря своим глазам несколько раз переспросил Фырк. - Меня тролли хотели зажарить и съесть.

- Я все знаю, ежик, мне Желудь уже успел рассказать, - растроганно повторял Агат. - Представляю, что тебе пришлось претерпеть. Но, главное, ты уцелел, и мы снова вместе.

Ежик радостно обнимал гнома. Казалось, что он еще не верит, что рядом с ним его друг.

Когда ежик с Агатом вошли в большую комнату, стол там уже был накрыт всякой снедью, и гномы ждали гостей.

Как я проголодался! - Воскликнул Фырк и по обыкновению начал громко чавкать.

На этот раз Агат ничего не говорил. Он только радостно смотрел на друга и постоянно улыбался.

- Интересно, куда теперь направились тролли? - задумчиво произнес Еловая Лапа.

- А я знаю, где они сейчас, - грустно вздохнул Фырк.

- Откуда ты можешь это знать? - Удивились гномы.

- А Тартух мне сам сказал, что они полетят к Принцессе Лотте.

- К Принцессе?!! - В один голос воскликнули гномы.

- Бедная Принцесса..., бедный Принц... - прошептал Агат. - Представляю, что они с ними сделают.

- Сейчас мы ничем не сможем помочь Принцессе Лотте и Принцу Алену, - расстроился Еловая Лапа. - Нам надо побыстрее уходить отсюда. Я уверен, что Тартух постарается наказать похитителей ежика и пришлет сюда троллей. Они по нюху узнают, что мы прячемся под землей. А проникнуть в подземелье им не составит особого труда.

- Ты прав, брат, - согласился Орешник. - И чем раньше мы уйдем отсюда, тем больше у нас шансов спастись от этих чудовищ. Король отомстит нам за Фырка.

- Давайте пойдем к нам, - предложил Агат. - Я уверен, что Топаз что-нибудь придумает. Кроме того у него хоть есть его волшебный кинжал. Может он сможет и на этот раз нас выручить.

- Тогда поскорее в путь, а то уже темнеет, - стал торопить братьев Еловая Лапа.

Гномы вышли из подземелья. Орешник прошептал заклинание, и огромный пень опять встал на свое место.

- Вернемся ли мы еще сюда...? - горестно промолвил Еловая Лапа. - Что здесь найдем...? Я уверен, что тролли проникнут в подземелье и все там разорят и сожгут.

В руках он держал несколько волшебных книг.

- Они могут нам очень пригодиться. Я не успел прочесть все, что в них написано.

Гномы осторожно, озираясь по сторонам и постоянно прислушиваясь, тихо шли в сторону большого леса.

Уже стемнело и на небе одна за другой загорались звездочки. Когда взошла луна, то идти стало гораздо легче. Лунный свет слегка озарял путь, и путники перестали постоянно цепляться то за острые сучки, то за, вылезшие наружу, корни деревьев.

Неожиданно по земле пронеслась темная тен. Все замерли и стали прислушиваться.

- Это тролли, - задрожал Фырк. - Это они прилетели.

- Нет, если бы это были чудовища, сразу бы стало слышно их отвратительное жужжание, - шепотом возразили гномы

Тогда кто это? - Еще сильнее дрожа, еле вымолвил Фырк.

Но тут раздалось знакомое уханье.

- Это ты Филин? – Поднял голову Агат.

- Конечно я - раздалось сверху. - Меня Топаз послал тебя и Фырка разыскать.

Где это вы так загуляли?

- Мы не гуляли, - жалобно произнес Фырк. - Меня чуть страшные тролли не съели.

Услышав про этих страшилищ, Филин высоко взмыл в темное небо. Было видно, что он крайне испуган.

- Не бойся, - закричал ему во след Агат. Они уже улетели. Лети к Топазу и передай ему, что мы скоро будем дома.

Филин совершил еще круг, помахал крылом и полетел в сторону родного леса.

Гномы ускорили шаг, так как никто не знал, чем сейчас заняты тролли. Они могли появиться в любой момент.

Фырк все время шепотом рассказывал Агату, какие страшные эти монстры, как они из жуков превращаются в мохнатых, злобных существ. Как из их рта брызжет фиолетовая сюна, которая, падая на землю, загорается зеленым пламенем. Рассказывал и про Тартуха, какой тот огромный, рогатый, злой и одет в золотой панцирь. Как страшно Король кричит, изрыгая во все стороны огонь.

Агат ни слова не говорил и только слушал ежика. Он понимал, что над ними всеми нависла большая опасность и опять придется спасаться. Но удастся ли и на этот раз остаться целыми и невредимыми? О могуществе и непобедимости троллей, а так же о том, что их не счесть, всем было хорошо известно. Кроме того их Король Тартух великий, злой колдун, и, как с ним бороться и победить, никто не знал.

ГЛАВА 7   ПОБЕГ

Филин вскоре долетел до леса и присел на ветку дуба, растущего на пригорке гномов.

- Ты нашел Агата и Фырка? - спросил его Топаз.

- Они вскоре будут здесь, - проухал филин. - Им повезло, что они спаслись от троллей.

- Как троллей!? Каких троллей? - Воскликнули гномы и фея Голубая Капелька. - Может ты что-то путаешь, Филин?

- Ничего я не путаю, - обиделся Филин. - Мне Агат сам сказал. Скоро он будет здесь и сам все расскажет. А еще мне Фырк сказал, что его чуть не съели.

- Против троллей мы все бессильны, - тихо, как бы про себя, проговорил Топаз. - Никому и никогда не удавалось победить их бесчисленное войско. Но что этих чудовищ привело в наши края? Зачем они покинули свое королевство и, преодолев такой долгий путь, прилетели сюда. Значит им что-то понадобилось, иначе эти волосатые страшилища не оказались на берегу озера. Но что? Что они здесь ищут?

- А ты когда нибудь видел троллей? – Повернулась к Топаза Голубая Капелька.

- Видеть не доводилось, но очень много читал про них. Их король, Тартух, бессмертен, так написано в книгах, и самый великий, злой колдун. От него и его слуг нельзя спрятаться. Они, без труда по запаху, могут узнать, где под водой прячется малюсенькая рыбка или головастик. Так что разыскать нас им будет вовсе нетрудно. А у Тартуха такой язык, что перед ним любые скалы бессильны. Он их крошит в мелкий песок. Так что войти в наше подземелье ему не составит особого труда.

- Что же нам делать? – услышав эти слова, забеспокоились гномы. - И твой кинжал бессилен, брат?

- Никакой кинжал, даже волшебный, не поможет против троллей, и что нам делать, я не знаю, - вздохнул Топаз. Подождем, пока подойдут Агат с Фырком. Послушаем, что они расскажут про троллей. Может поймем, что их привело в наши края.

- А что мы теперь будем делать с Березкой? – Совсем загрустила Голубая Капелька. - Ведь сегодня, на рассвете, она должна превратиться в добрую фею.

- Березку мы конечно превратим в волшебницу,- успокоил гостью Топаз. - Только я не уверен, что ей долго оставаться вашей подругой. Рано или поздно, но Король Тартух всех нас найдет и погубит. Для этого злодея и гномы, и феи – его лютые враги.

Принц с Принцессой бежали по подземному коридору. Им казалось, что тролли уже гонятся за ними и вот-вот схватят. Вскоре показался спасительный выход, и они выбежали на волю, в кленовую рощу, которая росла неподалеку от замка.

- Теперь куда нам бежать? В какую сторону направиться? - Спросила Принцесса. - Ты знаешь дорогу к гномам, Ален? Я не помню, как добраться до их леса.

- Сейчас нам надо убежать как можно дальше, - осматривался по сторонам Принц, - а потом ты спросишь у зверушек или цветов, как найти дорогу к Топазу. Уверен, что птицы точно будут знать, как нам отыскать убежище гномов.

Беглецы и говорили, и постоянно бежали вперед, так что уже миновали одну рощу, небольшой лесок и сейчас продвигались по густым зарослям. Была глубокая ночь, повсюду темно, и лунный свет почти не проникал сквозь густые кроны деревьев.

- Я устала, Ален, у меня страшно болят ноги, - заплакала Принцесса. - Давай присядем и отдохнем.

Принц видел, что Лотта совсем выбилась из сил. Платье на любимой было повсюду изодрано и висело клочьями, башмачки разорвались, и девушка еле ступала.

- Хорошо, будь по-твоему, - согласился Принц. – Нам не помешает немного передохнуть, а потом снова тронемся в путь. Пойми, Лотта, чем скорее мы дойдем до Топаза, тем больше у нас шансов спастись. Ты только представь, что с нами будет, если нас поймают. Я уже вижу злорадное лицо Тартаха и слышу его смех.

Король сидел за столом и жадно ел. Он часто смотрел на дверь, и его глаза его сверкали от злости.

- Где эти паршивые Лотта и Ален? - Прорычал он. - Долго еще я буду мучиться жаждой? Пойди и посмотри, что они там возятся, - обратился он к одному из троллей.

Тот пулей вылетел из комнату. Не прошло и нескольких мгновений, как слуга вернулся обратно.

- Их нет в погребе мой повелитель, - доложил тролль. – Я обыскал каждый закоулок.

- Как это нет? - Закричал Тартух. - Они никуда не могли деться из замка. Все ворота охраняются, и никому не удастся убежать. Пойди и еще раз все внимательно осмотри.

Тролль опять исчез, а когда он вернулся, то весь был покрыт обрывками паутины.

- Они сбежали мой повелитель, - дрожал от страха тролль. - Там, в погребе, есть дверь ведущая в потайный лабиринт, который видимо выходит за стены замка.

- Ах, они сбежали, - начал громко смеяться Тартух. - Они видимо не поняли, что от меня нельзя просто так скрыться. Что ж, это даже хорошо, очень хорошо. Я их примерно накажу за неповиновение. Будут вечно помнить, как поступает с непокорными их повелитель.

Быстро найдите и приведите их ко мне, - закричал король. - Я посмотрю на этого Принца и Принцессу, когда вы приведете их сюда. Они будут еще горько плакать и молить меня о пощаде.

- Что вы стоите? - Обратился он к двум троллям. - Немедленно найдите беглецов и приведите их ко мне. Сколько раз мне повторить приказ, чтобы вы бросились в погоню?

Тролли бросились к окну, выпрыгнули наружу и сразу же превратились в огромных жуков.

- Ты слышишь, опять это отвратительное жужжание раздается, - вскочил Принц Ален. - Злодей Тартух послал за нами погоню. Что делать? Нам негде скрыться от этих чудовищ.

Мы пропали Принцесса... Скоро и нас превратят в кусок стекла.

А жужжание становилось все сильнее и с каждым мгновением приближалось.

- Подожди Ален, - дрожа от страха воскликнула Принцесса. - Нам лучше умереть здесь, чем вернуться к Тартуху.

Она стала читать какие-то заклинания и, когда жужжание стало совсем уже близко, вместо Принцессы и Принца стояли две большие, цветущие липы. Вскоре подлетели и страшные жуки, которые начали непрерывно кружить вокруг деревьев.

- Какой отвратительный запах, - громко жужжал один из жуков. - Я просто задыхаюсь, дышать совершенно нечем. Давай приземлимся и спалим эти ужасные деревья.

- Сейчас не время, - ответил ему другой жук. – Знай, если мы быстро не найдем беглецов, то не миновать нам страшного гнева Тартуха. А во что он нас тогда превратит даже и не знаю.

Жуки еще покружились и полетели дальше.

- Что это там белеет? - Снова прожужжал жук. - Давай подлетим и посмотрим.

Они сели на землю и превратились в троллей.

- Это лоскуты от платья Принцесса, а вот и пояс Принца. Видишь тот темный лес? Видимо волки утащили их в свое логово и съели. Так им и надо. Нечего было ночью бежать из замка.

Тролли подпрыгнули, вновь превратились в жуков и полетели обратно в замок.

- Ну, где они, поймали? - Зарычал Тартух, как только жуки влетели в комнату. - Почему я не вижу этих двух беглецов? Сейчас увидите, как я их заколдую.

Жуки превратились в троллей. Один из них, держа в руках обрывки платья Принцессы и пояс Принца, подошел к Тартуху.

- Их съели волки, наш повелитель. Вот это все, что осталось от Принца с Принцессой.

Тартух вырвал у него пояс и начал внимательно разглядывать и что-то тихо шептать.

- Что ж, это еще лучше, что их съели волки. Представляю, как они кричали и мучались. Жалко, что я не увидел этого. Все равно, их побег не помешает мне завладеть кинжалом.

- Каким кинжалом? – удивился тролль. - У повелителя и без того есть много разного оружия.

- Если ты еще хоть один раз задашь мне вопрос, - подскочив к троллю, закричал Тартух, - то я превращу тебя в земляного червяка, которого на рассвете съедят птицы.

Тролль задрожал, щетина на нем встала дыбом.

- Прости меня о, повелитель, - жалобно заверещал он. - Я больше никогда не задам тебе вопросов. Во всем виноват этот ужасный запах деревьев. Он затуманил мой разум.

Каких еще деревьев? - Разгневался Тартух. - Что еще ты решил выдумать, что бы обмануть меня.

- Разреши мне все объяснить, король, - вмешался второй тролль. - Когда мы летели за беглецами, то по пути встретили две большие, цветущие липы. А ты знаешь, как отвратителен их запах. Позволь нам вернуться и сжечь эти деревья.

- Две цветущие липы? - Чуть не подпрыгнул от злости Тартух. - Даже самая глупая жаба и та знает, что в это время года никакие липы не цветут. Это и были беглецы. Как вы не поняли? Сейчас же летите и сожгите деревья. Иначе я сам вас немедленно сожгу.

И изо рта Тартуха высунулся страшный язык, который чуть не обхватил троллей.

Те бросились к окну, и, превратившись в жуков с огромной скоростью направились в сторону лип.

- Ну, теперь эта Принцесса с Принцем попляшут у нас, - визжал один из жуков. - Сейчас они узнают, как поджариваться на нашем огне. Чтобы из-за них на меня сердился корол?...

И он еще быстрее полетел вперед.

Как только тролли скрылись из вида, Принц с Принцессов мгновенно приобрели свой прежний вид и сразу же бросились бежать в сторону небольшой рощи.

- Как хорошо, что Утренняя Роса научила тебя волшебствам, - радовался Ален. - Иначе бы нам никогда не спастись.

- Еще лучше, что тролли ненавидят запахи любых цветов, - отвечала ему Принцесса. - Я сначала подумала нас прекратить в осины, но в последний момент вспомнила, что хуже запаха цветущих лип для троллей нет. На этот раз мы спаслись, но я уверена, что Тартух разгадает нашу хитрость и опять пошлет погоню.

Кто это? - Вскочил на ноги Топаз, услышав тихий хруст ветки. – Кто идет сюда?

- Не бойтесь, это мы, друзья, - тихо прошептал ему Агат. – Не надо волноваться.

Братья бросились радостно обниматься. Все знали, что опасность очень велика, и как безжалостны тролли.

- Расскажи нам Фырк, что ты видел, - погладил ежика Топаз. – Знаю, что тебе пришлось вытерпеть...

Ежик, сбиваясь, поведал, как налетела огромная стая гигантских жуков и тучей закрыла солнце, как потом они превратились в отвратительных троллей и насколько страшен их король Тартух.

- Конечно это чудо, что ты спасся, - слушая рассказ Фырка, то и дело качали головами гномы. - Молодец Еловая Ветка, что не испугался и напустил такой густой туман.

Гному было приятно слышать похвалу. Он широко улыбался, а затем начал рассказывать Топазу, что был неподалеку от озера, когда услышал громкое жужжание.

- Сразу было понятно, что это тролли, - вздыхал Еловая Лапа. - Я много читал про них в волшебных книгах и в них всюду написано, что тролли путешествуют по воздуху либо в виде огромных жуков, либо в виде жалящих шершней.

- Как они не заметили тебя? - Удивлялся Топаз. – Тебе просто повезло, что остался цел.

- Видимо они так были настолько голодны и так заняты Фырком, что на меня и не обратили внимания. К тому же я превратился в ужа, - продолжал Еловая Лапа. - А тролли не трогают змей.

Они сами часто превращаются в огромных ядовитых змей и пожирают все, что им попадается на пути. Всех мышей и крыс.

Услышав это мышки засуетились и жалобно запищали. Они очень боялись змей, так как в лесу жило несколько гадюк и ужей, и те не раз охотились за ними.

- Перестаньте шуметь, - прикрикнул на них Агат. - А то от вашего писка звенит в ушах. Вас сейчас услышат тролли, тут же прилетят сюда, схватят и скушают.

От страха мышки попрятались в норках.

- Вот мои волшебные книги, - протянул их Топазу Еловая Лапа. - Надо еще раз все внимательно прочесть. Ведь должно же быть что-то, что может нас спасти от троллей. И твой кинжал Топаз. Он такой сильный. Может быть есть какие-то волшебные слова, благодаря которым он может противостоять Королю Тартуху.

Скоро начнет светать, - прервал гнома Топаз. - Нам надо пойти на поляну и расколдовать Березку.

Нам Агат уже обо всем рассказал, - закивал головой Орешник. - Я бы никогда не мог подумать, что злая колдунья снова сможет превратиться в добрую феею. Ты помнишь ее Желудь? Как сверкали, при последней встрече, ее глаза . Она готова была спалить нас своим взглядом. Даже не верится, что такое может пройти.

- У меня и сейчас мурашки пробегают по коже, когда я ее вспоминаю, - поежился Желудь. - Как она тогда злилась, что бессильна против нас. Готова была растерзать...

- Давайте пойдем на полянку, вы тоже посмотрите, как танцуют цветы. Это прелестное зрелище, - улыбаясь, обратилась к гостям Голубая Капелька. Ничего красивее в своей жизни я не видела. Даже месяц и звездочки танцуют с ними.

- Да уже пора, - встал Топаз. – Скоро наступит последний рассвет. Сегодня черед третьей насечки.

Все направились в сторону полянки, но почти не разговаривали. Только Агат с Фырком, время от времени, тихо перешептывались. Даже белочки, которые постоянно шумели и переговаривались друг с другом, теперь молча скакали с ветки на ветку.

ГЛАВА 8   ФЕЯ БЕРЕЗОВАЯ СЕРЕЖКА

Вскоре показалась и полянка.

- Посмотрите, сегодня нет ни одного светлячка, - тихо прошептала Голубая Капелька. – И кузнечиком со сверчками больше не слышно и цветы, как в прошедшие дни не кружатся в танцах. Как печально, что все так резко поменялось.

Когда же гномы с феей вышли на полянку, то увидели, что головки тюльпанов и маков поникли. Они, как бы грустили о чем-то, только им одним известном. Унылая картина стояла перед глазами. Ничто не напоминало праздник.

Даже Березка, и та, как обычно, не шелестела листочками, хотя легкий ветерок постоянно их ласкал и теребил.

- Видимо она уже знает, что появились тролли , - приуныл Фырк и подошел к Березке.

Ветви деревца, как и раньше, наклонились и стали нежно гладить и ласкать ежика.

Небо уже начало освещаться рассветом, и вот первый луч солнца коснулся пышной кроны.

Топаз прошептал заклинание и нанес третью, последнюю насечку. Опять, как и прежде показался росток, и вскоре, сверкая своей белизной, взору всех ожидающих, предстала, огромная роза.

Неожиданно Березка как бы глубоко вздохнула, потом сильно вздрогнула, розы оторвались от нее и быстро- быстро закружились вокруг ствола. Их кружение все более и более убыстрялось, вспыхнул яркий, слепящий свет, и перед всеми присутствовавшими на полянке, во всей своей красе предстала Колючая Ветка.

Увидев ее, Фырк немного попятился, но, посмотрев фее в глаза, он стал улыбаться.

Конечно это была Колючая Ветка, однако, как она не походила на ту злую волшебницу, которую все хорошо помнили.

Первой к Колючей Ветке подошла Голубая Капелька.

- Здравствуй Колючая Ветка, - улыбнулась фея. - Я очень рада тебя видеть. Ты превратилась в прежнюю Зеленую Ветку, ту добрую волшебницу, которая была моей подругой.

- Я больше не Колючая Ветка – смутилась та, кто еще недавно был деревцем. Отныне я - Березовая Сережка.

Услышав это все начали радостно улыбаться.

- С Колючей Веткой покончено - продолжила фея. - Я сожалею, что так нескладно получилось и прошу, чтобы все, кому я в, свое время, причинила неприятности простили меня.

Фырк, услышав это, подошел к ней.

- Мы рады тебя видеть Березовая Сережка. Ты стала еще красивее, еще прекрасней.

Было видно, что Березовая Сережка еще больше смутилась, и ей очень приятно слышать слова Фырка.

- В нашем лесу, начиная с гномов и кончая зверюшками, все хотели, чтобы тебя удалось расколдовать, - подходя к фее, проговорил Топаз. - Однако наша радость омрачена тем, что поблизости находятся тролли. Они в любой момент могут появиться здесь.

- Я знаю, что чудовища почти рядом, - грустно вздохнула Березовая Сережка. - Деревья и цветы все гораздо лучше чувствуют. Но нам надо непременно придумать, как их заставить уйти отсюда. Не может быть, чтобы мы, все вместе, были бессильны, даже если наш враг тролли.

- Я сегодня много читал, - обратился к фее Еловая Ветка. - Но повсюду написано, что эти монстры непобедимы, а их король, Тартух, необычайно силен, бессмертен и очень жесток. В настоящее время он самый страшный и злой колдун на земле. Никто не в состоянии противиться его воле. Любой, вступивший с ним в схватку, будет побежден.

- Но я тоже была злой колдуньей, - возразила Березовая Сережка. - А сейчас, как видишь, стала прежней доброй феей. Потому и уверена, что и Тартуха можно победить.

- Нам лучше вернуться домой, - предложил Топаз - и уже там, спокойно сидя за столом, поговорим о том, что делать дальше. - В любом случае нельзя ждать, когда тролли нагрянут сюда. У них такой нюх, что никой лабиринт нас не спасет. Времени у нас остается все меньше и меньше.

- А где Утренняя Роса, почему ее не видно? - Удивилась Березовая Сережка. - Я была бы так рада встретиться с ней.

- Фея сейчас находится у троллей, и что с ней, Принцессой и Принцем никто из нас не знает, - грустно вздохнул Агат

- Кажется я кое что придумала, - задумчиво произнесла Березовая Сережка. Мы найдем выход, непременно найдем... Я не сомневаюсь... Пойдемте скорей к пригорку, а я, по дороге, все еще раз хорошо обдумаю - и загадочная улыбка заиграла на ее губах.

Принц с Принцессой продолжали бежать все дальше и дальше. Было видно, что Лотта еле держится на ногах, и Принцу приходилось постоянно поддерживать ее. Неожиданно она резко остановилась.

- Ты не слышишь это отвратительное жужжания, Ален? - обратилась она. – Я уверена, что не ошибаюсь.

Принц тоже остановился и стал прислушиваться.

- Нет Лотта, ничего не жужжит. Вероятно это от усталости у тебя звенит в ушах. Бедненькая, ты совсем выбилась из сил. Но мне кажется, что уже осталось совсем немного идти.

- Никакой это не звон, а жужжание троллей. Как ты их не слышишь? – Стала настаивать Принцесса.

Принц вновь прислушался.

- Кажется ты права, - тихо проговорил он. – Скорее всего Тартух обо всем догадался и послал за нами новую погоню. Нам надо скрыться, если хотим уцелеть.

- Что же нам делать? - Чуть не заплакала Принцесса. - Где спрятаться? Вокруг все голо!

А жужжание все более приближалось.

Лотта начала быстро шептать заклинание, и она с Принцем превратились в два валуна, покрытых густым, старым мхом. Казалось, что они вечно находились здесь.

Вскоре появились и огромные жуки, которые пролетели дальше, однако вскоре вернулись и начали кружить над камнями.

- Я устал, - прожужжал один жук другому. - Давай приземлимся и немного отдохнем.

Жуки сели на землю и превратились в троллей.

- Посмотри какие удобные валуны, - обрадовался тролль. - Присядем на них и передохнем.

- Я тоже не прочь отдохнуть, - еле переводя дыхание ответил ему другой тролль. - Но, что нам делать дальше? Нельзя возвращаться к

Тартуху и сказать, что мы не поймали беглецов. Властелин в таком гневе, что ничего хорошего ждать нельзя. Он может в одно мгновение нас превратить в червяков.

- А я кажется знаю, как нам поступить, – хитро улыбнулся его товарищ. – Посмотри, видишь ту рощу. Давай там вырвем с корнем пару деревьев, сожжем их, а королю доложим, что спалили липы.

- Ты это отлично придумал, - отвратительно улыбнулся другой тролль. Еще чуточку отдохнем и примемся за дело. Послушай, а о каком кинжале говорил Тартух? Что это за оружие, из-за которого мы прилетели сюда? Оставили свою родину, дома и совершили такой дальний перелет. Ничего не понимаю... Вот бы узнать.

- Ох, доиграешься ты со своим любопытством, - прикрикнул на него товарищ. - Какое тебе дело до кинжала? Смотри, спалит нас обоих Тартух, или того хуже, заколдует во что-нибудь ужасное, например превратит в подснежник.

- В подснежник? Какой ужас! - Затрясся от страха тролль. - Нет, лучше быть червяком, съеденным воробьем, чем стать подснежником. Какая мерзость... Подснежник... Я не могу прийти в себя. Как ты мог до такого додуматься? Нам, лучше, приняться за дело.

Тролли встали и направились к роще. Вскоре каждый из них тащил огромное дерево, вырванное с корнем.

- Давай побросаем деревья на эти валуны и спалим, - еле дыша проговорил тролль.

- Тут нельзя их жечь, - возразил ему другой тролль. - Тартух непременно поймет, что это не липы, а деревья из рощи. Ты же знаешь, какой король умный и хитрый.

Тролли, кряхтя, потащили деревья дальше.

Вскоре небо озарили языки зелено - красного пламени.

Но Принц с Принцесса этого уже не видели. Они со всех ног бежали вперед и вперед.

- Как мне было противно, что этот мерзкий, дурно пахнущий тролль так расселся на мне, - плакала Лотта. - Я еле вытерпела, что бы не расколдоваться.

- Ничего, все уже позади, - всячески утешал ее Принц. - Главное, мы знаем, что Тартух больше не пошлет за нами погони. Он не станет сомневаться, что мы сгорели.

Вскоре, впереди показался большой, темный лес.

- Я уверена, что это тот самый лес, где живет Топаз! - Радостно воскликнула Принцесса. Гном непременно сможет нам помочь, - и она побежала еще быстрее.

Тартух раздраженно ходил по комнате, постоянно подходил к окну и выглядывал наружу.

- Где они? - Сам себя спрашивал он. - Пусть прилетят, я с ними расправлюсь. Какие липы могут цвести в это время года?

Вскоре послышалось жужжание, и, через мгновение, два тролля стояли перед ним.

- Мы выполнили твой приказ и сожгли их, наш повелитель, - заискивающе доложил один из троллей. - Ты бы только видел, как горели Принц и Принцесса. Жалко, что не слышал их воплей и криков от боли.

Улыбка заскользила на губах Тартуха.

- Они громко кричали и молили о пощаде ? – Потирал от удовольствия руки король. – Рассказывайте, рассказывайте скорее. Мне не терпится узнать все подробности.

- Они страшно кричали, умоляли пожалеть их и просили отвести к тебе, но мы их сожгли, как ты и приказал.

- Тогда я доволен вами и пощажу на этот раз. Вы хорошо выполнили мой приказ, я доволен вашим усердием. Даже можете пойти и немного передохнуть, - продолжал улыбаться Тартух.

От радости король постоянно подпрыгивал, разражался смехом и было видно, что он бесконечно доволен.

- Приведите сюда эту фею! - Скомандовал он. – Пусть узнает, что случилось с ее воспитанницей.

Вскоре Утренняя Роса вновь предстала перед ним.

- Я велел привести тебя, чтобы рассказать, как мои верные тролли сожгли твою любимую Принцессу. Говорят, она кричала и молила в тот момент о пощаде. Но никто не смеет ослушаться моего приказа, никто не останется безнаказанным за неповиновение.

- Утренняя Роса залилась слезами, а змеи, опоясавшие ее, стали злобно шипеть и высунули раздвоенные языки.

Тартух брал с тарелки куски мяса и бросал им. Твари изгибались и ловили пищу на лету.

- Уберите ее отсюда, - неожиданно закричал Тартух, и указал на фею. - Надоели ее слезы. Все уходите, все вон отсюда! Я хочу остаться один. Мне необходимо подумать.

Тролли подхватили фею и выбежали из комнаты, а Тартух уселся в кресло и закрыл глаза. Казалось, что он дремлет.

Ты видишь вон ту полянку, - обратилась Принцесса к Алену. - Мне кажется, что это то самое место, где когда-то я стояла березкой.

Конечно, конечно это она! – И от радости Принцесса захлопала в ладоши. Вот осина, которая росла неподалеку, а вот и, поваленный молнией, дуб.

Принц с Принцессой вышли на поляну.

- Посмотри, какой прекрасный розовый куст, - засмеялась Принцесса. - Я никогда не видела, чтобы из одного корня росли и красные и желтые и белые розы. Какие они большие и красивые. Но почему их головки поникли, кто обидел цветы? Кажется я все поняла. Этот розовый куст вырос на том самом месте, где стояла Березка. Помнишь нам Утренняя Роса рассказывала, как на деревце распустилась красная и желтая роза. Значит Топаз расколдовал Колючую Ветку.

- Нам надо спешить, сейчас не время любоваться цветами, - прервал Принцессу Принц. - Ты совсем забыла про ужасных троллей, а они в любое время могут неожиданно появиться.

- Конечно ты прав, Ален, нам надо спешить, - грустно вздохнула Принцесса и осторожно погладила розы. - Но теперь совсем близко идти. Жилище Топаза почти что рядом.

Вскоре они стояли у пригорка, но никого не было видно. Если бы Лотта до этого не была здесь, то она бы подумала, что никаких гномов тут никогда и не было.

- Как бы нашим друзьям подать сигнал, что мы пришли и ждем, когда откроется вход? – Раздумывал Ален.

В это время среди ветвей дуб появилась белочка. Принцесса подняла голову и стала что-то тихо шептать. Белочка замерла, удивленно посмотрела на нее, потом скрылась в огромном дупле.

Топаз с братьями, Фырком и феями сидел в большой комнате.Громадный, дубовый стол был весь закрыт волшебными книгами. Царила тишина, и только слышался шелест переворачиваемых страниц. Фырк, сладко посапывая, дремал в углу.

Неожиданно в комнату заскочила белочка.

- А там, снаружи, вас ждут гости, - громко процокала она.

Ежик сразу же вскочил.

- Какие гости? Это тролли?

- Никакие это не тролли, а люди, - обиделась белочка. - Там очень красивая девушка вместе с юношей, и девушка умеет разговаривать с нами. Видимо она тоже фея.

- Неужели это Принц с Принцессой? - Не веря ушам радостно закричал Фырк. - Они спаслись, спаслись!

- Подожди, так не радуйся, - прикрикнул на него Топаз. - Ты плохо знаешь Тартуха. Он может принять любое обличье. Надо пойти и осторожно посмотреть, кто там стоит снаружи.

- Я пойду и все разузнаю, - поднялся Агат. – Будь хоть сто Тартухов, меня не обманешь.

Вскоре он был в дупле дерева и осторожно выглянул.

Принц с Принцессой сидели у пригорка и тихо беседовали.

- Где же теперь нам искать Топаза,? – Плакала Принцесса. - Может быть все давно ушли отсюда, и Фырк, и Агат, и фея Голубая Капелька. Зря мы так спешили, Ален.

- Мы здесь, - тихо прошептал Агат, высовываясь из дупла. - Сейчас я вас впущу в подземелье.

Не прошло и нескольких мгновений, как тайный вход в пригорок открылся, и в дверях стояли гномы и Фырк.

ГЛАВА 9   ВНОВЬ КОЛЮЧАЯ ВЕТКА

- Как я рад тебя видеть Принцесса, - бросился к Лотте Фырк. - Мы не думали, что вам удастся сбежать от короля Тартуха. Просто невероятно, как вам это удалось?

- Заходите поскорее, - перебил его Топаз. - Нельзя вход в подземелье оставлять надолго открытым.

Принц с Принцессой быстро вошли. Лотта не могла сдержать своих слез. Она постоянно обнималась, то с Фырком, то с Агатом, то с Голубой Капелькой и не могла слова вымолвить

Увидев Колючую Ветку Принцесса резко остановилась, после чего сделала шаг назад. Фея заметила это и рассмеялась.

- Не бойся меня Лотта. Заходи и присаживайся. Я больше не злая колдунья Колючая Ветка, а добрая фея Березовая Сережка. Такая волшебница, как и твоя наставница.

- Какое красивое имя, Березовая Сережка, - повторила Принцесса. - Как я рада всех вас видеть.

- Сейчас вам необходимо отдохнуть, подкрепиться, после чего рассказать, как вам удалось уйти от Тартуха, - суетился Агат. – Представляю, какого страха вы натерпелись.

Можно я помогу им? – Хитро улыбаясь, вмешалась Березовая Сережка. – Надеюсь, что им сразу же станет лучше.

Она что-то прошептала. прищелкнула пальцами, и на Принцессе с Принцем появились прекрасные, новые одежды.

Кремового цвета воздушное платье, расшитое серебром, сменило прежнюю, порванную одежду Принцессы, а туфельки на ногах Лотты были просто восхитительны. Из тонкого шелка, богато украшенные узорами из золотых ниток, они поражали своей волшебной красотой.

А на Принце Алене обнаружился отличный плащ, тисненный золотом пояс и новая, украшенная изумрудами, сабля.

- Я совсем не устала и не голодна, - радовалась Принцесса. - Мне кажется, будто только что проснулась. Даже не верится, что всю ночь не спала и бежала через леса и рощи.

Березовая Сережка загадочно улыбнулась.

- Я знаю, это все ты наколдовала, - подойдя к ней, тихо сказал Фырк. - Какая же ты добрая.

Фея еще шире улыбнулась и нежно погладила ежика.

Но тут Принцесса неожиданно заплакала.

- Что случилось? – Расстроился Агат. - Что у тебя болит? Скажи Лотта, чем тебе помочь?

Принц обнял жену и старался ее утешить.

- Я вспомнила Утреннюю Росу, - еще сильнее запричитала Принцесса. - Мы все тут, все вместе, а она в плену у Тартуха, и ее мучают эти страшные змеи. Представляю, как же ей сейчас трудно. Уверена, что за наш побег из замка наставнице попало. Король не любит, когда кто-то не подчиняется его воле, и кого-нибудь, но наказывает за это

- Какие еще змеи? – Заволновались феи. – О чем ты говоришь, Лотта? Рассказывай поскорее.

- Подождите. Так мы ничего не поймем, - в очередной раз вмешался Топаз. – Лучше ты нам расскажи, что произошло у вас в замке, - обратился он к Принцу.

Ален подробно сообщил, как налетели тролли, как Тартух превратил всех людей в куски стекла, что он сделал с Утренней Росой и, как им удалось убежать. Он не забыл упомянуть слова короля, что любой, кто прикоснется к стеклу, сам начнет стекленеть, а тот, кто был стеклянным рассыпется на мелкие куски.

- Какой же он злой и беспощадный, - постоянно слышались возгласы. - Что нам теперь делать? Еще день или два и тролли, в поисках гномов и фей, непременно начнут обыскивать все леса, озера, ручейки и луга.

Когда Принц дошел до того места, как они убегали от троллей, он на мгновение умолк и обратился к Принцессе:

- Ты помнишь, Лотта, что эти тролли говорили о каком-то кинжале, и один другому повторял, что если Тартух узнаешь, о чем они ведут беседу, то превратит их в подснежники.

- Конечно помню, - чуть придя в себя, грустно заулыбалась Принцесса. - Но о каком оружии шла речь?

- Кажется, я теперь все понимаю,- задумчиво произнес Топаз. – Конечно они говорили о моем кинжале. Я знал, что когда-то он принадлежал троллям и они день и ночь охраняли его. Видимо теперь они пришли сюда, что бы вновь кинжал вернуть себе.

- А как он тогда попал к гномам? – Удивилась Березовая Сережка. – Вы что сражались с троллями?

- Сейчас расскажу, - продолжил Топаз. – В те далекие времена все гномы были вместе и очень сильны. Они не боялись никого, даже троллей. И, в знак того, что тролли дружат с моим народом и желают мира, старшему из гномов Тартух, прислал в подарок вот этот самый кинжал. Однако, потом, видимо пожалел об этом и решил его себе вернуть обратно.

Король пригласил старшего гнома к себе в гости, будучи уверенным, что тот непременно возьмет с собой кинжал. А наш предводитель, уходя, его оставил мне.

Когда старший гном приехал в Тартуху, тролли напали на него, разорвали на куски, а ночью набросились на нас.

Мы все спали, и троллям не составило особого труда нас победить. После этого гномы взяли волшебные книги, кое-что из скарба, покинули родные места и расселились по лесам. Еловая Лапа тоже должен хорошо все это помнить.

- Как же не помнить..., - грустно закивал Еловая Лапа, и слезы засверкали в его глазах. - Поэтому все гномы братья и всегда во всем помогают друг другу.

- В ту ночь и я, скрываясь от троллей и пряча кинжал под одеждой, бежал все вперед и вперед. Тролли не знали, у кого находится это волшебное оружие, иначе непременно поймали бы меня. Кроме того эти чудовища насколько страшные, настолько и глупые. Это тоже спасло меня.

- Очень интересный рассказ, - проговорила Березовая Сережка. – Не могла бы и подумать, что гномы были такими.

- А как тогда ты научился колдовать и управлять кинжалом? – Поинтересовалась Голубая Капелька.

- Кое - чему меня успел научить старший гном, многое я прочел в волшебных книгах. Но на что еще способен кинжал, все, скрытые в нем тайны, знают только тролли. И непонятно, откуда кинжал у них появился. Ведь эти чудовища не умеют что-либо делать. Им бы только есть, ссориться друг с другом и плеваться.

- После твоего рассказа я уверена, что кинжал может победить Тартуха, - подошла к Топазу Березовая Сережка. - Иначе он не стремился бы любой ценой вернуть его себе. Даже не сомневаюсь, чего король боится больше всего. Что однажды кому-то удастся разгадать главную тайну кинжала и тогда можно будет легко погубить и троллей, и и их предводителя. Эти страхи и привели короля сюда.

- Может ты и права, фея, и на самом деле все все так и есть..., - грустно вздохнул Еловая Лапа. - Но как узнать эту тайну? У кого спросить? Ведь не расскажет же нам, Тартух, как можно победить его.

- Надо поскорее встретится с королем троллей и постараться у него разузнать все что возможно, - загадочно улыбалась Березовая Сережка. – Будем верить в удачу...

- О чем идет разговор, как можно встретится с Тартухом? - Ужаснулся Фырк. - Ты не представляешь, как он страшен, какой отвратительный у него язык. Ален же рассказал, что это чудовище может любого спалить или превратить в стекло. Бедная Утренняя Роса...

- Выбора у нас нет. Хотим мы того или нет, но все равно только от Тартуха мы сможем что-либо выведать, - еще уверенней повторила Березовая Сережка. – И, чем раньше начнем действовать, тем больше шансов на удачу. А, так...

- Она права, - поддержал фею Топаз. - Продолжать сидеть здесь и ждать, когда тролли найдут нас и уничтожит, не имеет смысла. У них такой нюх, что никакое подземелье не спасет.

- Тогда послушайте, что предлагаю, – обратилась ко всем Березовая Сережка. - Я пойду к Тартуху!

- Ты пойдешь к Тартуху?! - Воскликнули все в один голос. - Он же сразу убьет тебя или заколдует.

- Я знаю, что это очень опасно, - продолжила Березовая Сережка. - Но к Тартуху я пойду не как фея Березовая Сережка, а как Колючая Ветка, как злая колдунья.

- Ты хочешь опять превратиться в Колючую Ветку? – Не веря ушам, с ужасом спросил Фырк.

- Да, - кивнула Березовая Сережка. - Только так нам удастся узнать, что замышляет этот злодей.

- Но, если ты опять станешь Колючей Веткой, - обратился к фее Топаз, - то ты проживешь только месяц, а потом навсегда превратишься в отвратительную жабу.

- Знаю, гном, все знаю, но у нас нет другого выхода, - сверкнула глазами Березовая Сережка. – Пусть такой ценой, однако так хоть будет какая-то возможность спастись, а иначе мы просто погибнем. Подумайте. Выбора у нас нет.

- А вдруг Тартух не поверит тебе, что ты злая колдунья? - Спросила фею Голубую Капелька.

- Поверит, - усмехнулась Березовая Сережка, и в ее глазах заблестел тот прежний злой огонек, от вида которого Фырк попятился и забился в угол.

- Я твердо решила встретится с Тартухом и все у него разузнать. Жаль, что больше нет моих книг по злому колдовству. Там много чего полезного можно было прочесть.

Топаз с Агатом переглянулись. Агат тихо кивнул головой.

- Твои книги сохранились, - обратился к фее старший гном. - Мы их спрятали в очень надежном месте. Вначале я их зател уничтожить, но Агат удержал меня. Вот они и понадобились снова...

- Тогда мне будет гораздо проще, - обрадовалась фея. - Но необходимо все так обставить, чтобы Тартух непременно поверил мне, что я страшная, злая колдунья, и, как он, ненавижу гномов и фей.

- Что ты предлагаешь? – настороженно спросил Топаз. – Кажется я начинаю понимать.

- Я не одна должна отправиться к повелителю троллей, - ответила Березовая Сережка. - Чтобы он поверил, что к нему пожаловала злая колдунья со мной должны быть гоблины.

- Страшные гоблины?! - Воскликнул Фырк. - Так они же ничем не лучше троллей.

- Да, гоблины! – подтвердила фея. - Иначе король сможет понять, что его обманывают.

- А откуда ты возьмешь этих гоблинов? - Забеспокоился Фырк и стал громко сопеть.

- Если мы хотим победить Тартуха, то должны всем жертвовать. Я не имею права кому-нибудь приказывать, - обратилась ко всем фея. - Кто из гномов добровольно согласится стать гоблином?

- Я согласен, - тут же подошел к фее Агат. - И не страшусь быть гоблином, но боюсь попасть в лапы к троллям и превратиться либо в кусок стекла, либо быть разорванным на части

Фырк подбежал к Агату.

- Что ты говоришь, - чуть не кричал он. - Ты мой друг. Я не хочу, что бы ты становился гоблином.

- Послушай, ежик, - обратился к другу Агат. - Когда Тартух хотел тебя съесть, то если бы Еловая Лапа испугался и думал только о себе, то ты был бы давно зажарен. А сейчас настал мой черед всем помочь. Так что перестань попусту шуметь.

- Мы тоже согласны стать гоблинами, - почти одновременно рядом с Агатом встали Орешник и Желудь.

- Кажется вас троих вполне хватит, - распоряжалась Березовая Сережка. - Остается решить вопрос с каретой и летучими мышами, но этим я сама займусь.

- Ты решила, когда ты хочешь отправиться к Тартуху? - Поинтересовался Топаз.

- Чем раньше я попаду к нему, тем лучше, - вздохнула Березовая Сережка. - Так что не медли, Топаз, скорее неси сюда мои волшебные книги и начинай колдовать.

Топаз вышел и вскоре вернулся к кипой пыльных книг.

- Вот они, - протягивая их фее, грустно вздыхал он. - Жаль, что пришлось достать их с тайника. Я думал, что они навечно там останутся, и никогда бы не подумал, что они нам понадобятся.

- Не надо грустить, - подбодрила гнома Березовая Сережка. - Доставай свой кинжал и приступай к делу.

Топаз вынул кинжал прочертил волшебные знаки и прочел заклинания. В один миг шкафы, полки стулья и стол стали трястись, раздался страшный раскат грома, вспыхнула молния, и перед всеми предстала прежняя Колючая Ветка.

Фырк дрожал от страха и прижимался к Голубой Капельке.

Колдунья подошла к столу, раскрыла волшебные книги и начала быстро читать одно за другим заклинания.

Агат, Орешник и Желудь стали подпрыгивать на месте, потом завершились, все быстрее и быстрее, и, когда остановились, то в комнате стояло три страшных гоблина. Они кривлялись и скалились.

А Колючая Ветка продолжала громко читать заклинания и размахивать руками.

- А теперь поскорее открывай выход из подземелья, - обратилась она к Топазу.

Когда все вышли, то в воздухе кружила стая летучих мышей, а у входа стояла, всем хорошо знакомая, с гербами, зеленая карета.

В путь! - Скомандовала Колючая Ветка. – Нам надо поскорее попасть во дворец. Пусть удача сопутствует нам.

Гоблины подхватили карету, раздался новый удар грома, вспыхнул яркий свет и все исчезло.

- Бедный Агат, - тихо плакал Фырк. - Агат, мой лучший друг, сейчас гоблин, и он у страшного Тартуха.

- Теперь остается только ждать, что удастся разузнать Колючей Ветке у Тартуха, - уныло произнес Топаз и вернулся в подземелье. – Но другого выхода у нас не было.

Все последовали за ним, и вход в подземелье сразу же закрылся.

ГЛАВА 10   В ГОСТЯХ У ТАРТУХА

Карета Колючей Ветки, подхваченная гоблинами, стрелой летела в сторону замка Принца и Принцессы, и ее, с боков, сопровождала большая стая летучих мышей.

Вскоре стали видны башни дворцы, и колдунья со слугами приземлилась на площади.

Во дворе повсюду горели зловещие языки зеленого пламени, отчего глыбы стекла выглядели еще более ужасней. Тролли, скалясь и плюясь, мгновенно подбежали к гостям.

В ответ гоблины начали рычать на троллей, а стая летучих мышей с писком носилась по площади, стараясь вцепиться в черную шерсть чудовищ. Но, вот дверца кареты плавно раскрылась, и из нее вышла Колючая Ветка.

Тролли бросились к ней и хотели схватить, однако колдунья быстро взмахнула волшебной палочкой и чудовище, которое было ближе всего к ней начало уменьшаться, таять и в конце концов превратилось в прекрасный подснежник.

- Ну, кто еще хочет стать подснежником или ландышем? А может мак больше нравится? - Грозно воскликнула Колючая Ветка? – Выходи, кто смелый!

Тролли, дрожа от страха и задыхаясь, попятились назад и стали еще сильнее плеваться. Над площадью стал подниматься удушливый дым.

- И вы перестаньте рычать,- прикрикнула колдунья на гоблинов. - А не то вас превращу в червяков и дам на съедение птицам. Мы сюда прибыли не для того, чтобы драться.

Тартух услышал, что во дворе какой-то непонятный шум. Он выглянул в окно как раз в тот самый момент, когда Колючая Ветка превратила тролля в подснежник.

- Кто ты? - Закричал он и высунул свой язык, который начал непрерывно удлиняться в сторону гостьи.

- Это ты Король троллей Тартух? - Повернула голову Колючая Ветка, как бы не замечая, что опасность совсем близко. - Я злая колдунья, Колючая Ветка. Может слышал про меня. Летучие мыши рассказали, где тебя можно найти, и я решила приехать и встретиться с тобой. Ты мне очень симпатичен своей силой и мудростью.

Язык тут же перестал удлиняться, на мгновение замер, а затем быстро вернулся назад.

- Проведите гостью ко мне, - приказал Тартух. - И перестаньте плеваться, а то спалите весь замок.

Тролли шли спереди, указывая дорогу Колючей Ветке, а гоблины замыкали шествие.

Они продолжали рычать на своих противников и старались непременно укусить. Те тоже непрерывно скалились и строили отвратительные гримасы, однако боялись, как раньше, плеваться.

Вскоре Колючая Ветка вошла в комнату, где сидел Тартух, и предстала перед королем.

- Что тебе от меня надо? – Вскочил с кресла повелитель троллей. - Кто позволил тебе превратить моего слугу в подснежник? Сейчас накажу за это и заколдую как тебя, так и твоих гоблинов.

- Зачем нам начинать ссориться, король, не вижу причин, - улыбнулась Колючая Ветка. - Я приехала сюда, что бы помочь тебе во всем. Так ты встречаешь своих друзей?

- Мне не нужны друзья! - Еще больше разозлился Тартух и стал носиться по комнате. - Я бессмертен и самый могущественный злой волшебник в мире. Кто по силе может сравниться со мной?

- Никто и не спорит с тобой, повелитель. Все сказанное – истинная правда. Однако ты уверен, что все знаешь? – еще шире улыбнулась колдунья. - Тогда скажи мне, пожалуйста, где Принц с Принцессой.

- Мои тролли сожгли их – громко рассмеялся Тартух. - Они мне подробно рассказали, как, умирая, эти никчемные люди кричали и молили о пощаде. И так будет со всеми, кто ослушается меня.

- И ты уверен, что их сожгли? – Хитро улыбнулась Колючая Ветка. – Даже не сомневаешься?

- Что ты хочешь этим сказать? - Озадачился Тартух. - Почему так хитро улыбаешься?

- Король, твои верные тролли обманули тебя, - усаживаясь, грустно вздохнула Колючая Ветка.

- Мои тролли обманули меня? Мои тролли.... Обманули... Ну и новость... Мои тролли...

Король от смеха схватился за живот. Он не мог остановиться и стал багровым. Прикрывавший тело золотой панцирь, стал постепенно нагреваться.

- Не смейся Тартух, - продолжила Колючая Ветка. - Твои тролли сожгли два обычных дерева из рощи, а тебе доложили, что якобы сожгли две липы, в которые превратились Принц с Принцессой.

- Откуда ты это знаешь? – Тут же перестав смеяться, удивился Тартух. – Кто тебе все это рассказал.

- А ты вызови тех троллей и сам еще раз спроси, сожгли они Принца с Принцессой или нет.

- Немедленно приведите их сюда, - закричал Тартух. – Сейчас ты убедишься, что мои слуги меня не обманывают.

Несколько троллей бросились вниз по лестницам и вскоре привели тех двух, что летали в погоню.

- Это наша гостья, злая колдунья Колючая Ветка, - обратился к ним Тартух. - Она хочет узнать, что кричали Принц с Принцессой, когда вы их сжигали, да и я непрочь еще раз послушать.

Тролли стали подробно рассказывать, как начали гореть деревья, как они потом превратились в Лотту и Алена, а те умоляли их пощадить и визжали от боли.

- Услышала, как все было? - повернулся король к Колючей Ветке. – Можешь не сомневаться, Принца с Принцессой больше нет среди живых.

- Можно теперь я твоим слугам задам вопросы? – В ответ обворожительно улыбнулась колдунья.

- Конечно задавай, делай что хочешь, - потирая руки и смеясь, продолжал радоваться Тартух.

- Значит Вы их сожгли? – переспросила троллей Колючая Ветка.

Те закивали головами.

- А до того, как сжечь Лотту с Аленом, вы не сидели на двух валунах, поросших мхом? – Раздался вопрос

Тролли почувствовали что-то неладное, стали дрожать и оглядываться по сторонам. Глаза чудовищ забегали по сторонам.

- Отвечайте! - Подбежал к ним Тартух. – Немедленно говорите, сидели вы или нет?

- Повелитель, мы устали и присели отдохнуть, - запинаясь ответил один из троллей. - А потом нашли Принца с Принцессой и сожгли.

- А когда вы сидели, - продолжала Колючая Ветка, - то о каком кинжале вы говорили?

Услышав про кинжал Тартух просто взвился в воздух.

Его язык вывалился изо рта и коснулся одного их троллей. Тот вспыхнул зеленым пламенем и превратился в горстку фиолетового пепла.

- Про какой кинжал Вы говорили? Стал трясти тролля Тартух. – Говори, несчастный!

- Господин, я не виноват, - закричал один из троллей, указывая на друга. - Это он, он говорил про кинжал. Он сказал, что давай спалим другие деревья и скажем королю, что мы сожгли Принца с Принцессой.

- Значит вы обманули меня? - Как бы не веря услышанному присел в кресло Тартух. Меня, своего короля, обманули?...

- Я же с самого начала говорила, что тебя обманули, - Рассмеялась Колючая Ветка. - А вот я нашла Лотту, Алена а с ними еще одного паршивого ежа и превратила навсегда всех трех в гоблинов, моих слуг. Правду я говорю? - Повернулась к своим страшилищам колдунья.

- Правда, наша госпожа, конечно правда, - и гоблины упали на колени. - Мы вечно будем служить тебе.

Тартух носился по комнате.

- За всю мою жизнь ни один тролль никогда не обманывал меня, - зло приговаривал он. - Теперь вы очень пожалеете, что так поступили. Я вас страшно накажу, чтобы ни у кого больше не возникло желание обманывать своего повелителя.

- Отведите одного из них в темницу.Того, который рассказал правду. Я подумаю, что с ним сделать.... А второй будет прямо сейчас наказан.

- Разреши мне это сделать, - обратилась к королю Колючая Ветка. – Дай мне это право.

- Ты хочешь превратить его в подснежник? – Зло улыбнулся Тартух и стал потирать руки.

- Хуже, гораздо хуже..., - улыбнулась колдунья. - Я превращу его в соловья, что бы он на рассвете каждого дня был вынужден петь свои песни паршивым розам и задыхаться от их отвратительного запаха.

- До такого даже я бы не догадался, - развеселился Тартух. – Такая страшная казнь.

Колючая Ветка взмахнула волшебной палочкой, и вместо тролля появился соловей, которые сразу же вылетели в окно.

- Ты очень злая волшебница, - был доволен Тартух. - Пожалуй мы станем друзьями. Но я не еще не доверяю тебе.

- Ты хочешь убедиться, что я Колючая Ветка? - Засмеялась колдунья. -Прикажи привести сюда эту фею Утреннюю Росу. Мы давно с ней не виделись.

- А откуда ты знаешь, что Утренняя Роса здесь? - Удивился Тартух.

- А ты забыл, кто эти гоблины? - Засмеялась Колючая Ветка. - Мои слуги меня не обманывают!

От злости Тартух не знал куда себя деть. Слюна капала у него изо рта.

- Приведите сюда Утреннюю Росу, - закричал он. – Пошевеливайтесь, лентяи, торопитесь.

Тролли опять выбежали из комнаты, и вскоре фея предстала перед королем и колдуньей.

Было видно, что Утренняя Роса совсем не спала, и слезы вновь струились по ее лицу.

Однако, увидев в комнате улыбающуюся Колючую Ветку, фея перестала плакать. Она была поражена, так как не ожидала, что она опять встретиться с колдуньей.

- Что ты так удивленно смотришь на меня? – Усмехнулась гостья короля. - Или может быть не узнаешь.

- Но ты же должна была стать прежней феей, доброй волшебницей, - еще не придя в себя от удивления тихо проговорила Утренняя Роса. - Я же сама видела, как из насечек выросли прекрасные розы.

- Розы…, - зло засмеялась Колючая Ветка. - Кому нужны эти глупые розы. Я обманула вас, и тебя, и Голубую Капельку и этих глупых гномов.

Как видишь, я прежняя Колючая Ветка - и она подошла и погладила змей.

Те мгновенно перестали шипеть и, как бы ласкаясь, стали тереться о колдунью.

- О каких розах вы говорите? Ничего не понимая, - подошел к ним Тартух. – Это что это за насечки?

Колючая Ветка стала рассказывать королю, что прежде она была доброй феей, но в один день поняла, что лучше быть злой колдуньей, что бы ей все повиновались.

Тартух внимательно ее слушал, а потом спросил.

- Значит ты видела этот кинжал?

Конечно видела, - кивнула Колючая Ветка. - Только этот кинжал не такой уж и волшебный. Если бы он был всесильным, мне бы никогда не удалось стать снова Колючей Веткой.

- Что ты знаешь про кинжал, - разозлился Тартух. - Не смей так про него говорить. Твой глупый гном, Топаз, не знает многих волшебных заклинаний.

Колючая Ветка стала громко смеяться.

- Послушай, Тартух. Я знаю столько заклинаний, что ты и не представляешь. И твой кинжал против них бессилен. Но я не хочу спорить и ссориться с тобой. Дай лучше я полюбуюсь на Утреннюю Росу. Ей так подходит быть куском стекла. А почему ты не спрашиваешь, кто эти гоблины, - обратилась Колючпя Ветка к фее. - Разве не узнаешь их?

- Ты видимо опять заколдовала бедных гномов, - грустно вздохнула Утренняя Роса.

- Ошибаешься, - рассмеялась Колючая Ветка. - Когда ты узнаешь, кто эти гоблины, то заплачешь такими горючими слезами, что боюсь это стекло не выдержит и расплавится.

- Кто же эти гоблины? - Со страхом спросила фея. – От тебя я готова ждать чего угодно.

- А ты не узнаешь в одном из гоблинов свою воспитанницу Лотту. - Подойди ко мне, - скомандовала она одному из гоблинов. - Посмотри на него внимательно Утренняя Роса. Разве он не похож на твою любимицу, несравненную Принцессу.

- Неужели это Принцесса Лотта? - Воскликнула фея и она закрыла руками глаза.

Змеи сразу громко зашипели и раскрыли пасти.

- Не прикрывай своего лица, - подойдя к Утренней Росе, закричала Колючая Ветка. - Вот это Принцесса, вот это Принц, а вот этот, третий, и она начала опять смеяться, тот глупый еж, который думал, что я до него никогда не доберусь.

- Это ты Лотта? - Залилась слезами фея.

Гоблин оскалился и покачал головой.

- Хочешь я прикажу ему и он разорвет тебя на части. Ему не страшны никакие змеи. Покажи, на что ты способен, - подтолкнула гоблина Колючая Ветка.

Тому не надо было повторять дважды. Он подскочил к фее и откусил голову одной из змей. От вида этого зрелища даже Тартух поморщился.

- Ты очень злая и могущественная колдунья, - посмотрел с восторгом он но Колючей Ветке. - Ты теперь моя дорогая гостья. Принесите нам еды,- приказал он троллям. - Мы проголодались.

- Зачем что-то нести? - Мило улыбнулась снова Колючая Ветка. – Не надо беспокоиться.

Она взмахнула палочкой, и в комнате появился огромный стол, уставленный зажаренными тушами кабанов.

- Уберите отсюда это страшилище, - махнул рукой в сторону Утренней Росы Тартух. - И все уходите отсюда, не мешайте. Я хочу спокойно побеседовать с гостьей.

Когда все вышли,Тартух подсел к столу и начал жадно есть.

Вдруг за дверью раздался шум и злобное рычание. Это тролли сцепились с гоблинами. Один тролль вбежал в комнату.

- Пусть Колючая Ветка усмирит своих слуг, а то мы их сожжем, - пожаловался он.

- Глупый тролль, - рассмеялась колдунья. - Я на Принцессу с Принцем надела такую маску, что им ничего не страшно. Попоробуй, сожги их. Только смотри, как бы самому не сгореть.

Тролль начал отчаянно плеваться, однако слюна, касаясь гоблинов, только громко шипела и стекала вниз.

- Хорошо, я прикажу гоблинам и они больше вас не тронут, - смилостивилась Колючая Ветка.

Услышав это гоблины перестали рычать и скалиться, и тихо уселись за дверьми.

- Я еще раз убедился, что ты великая колдунья, - восхитился Тартух. - Я думал, что только мне известно, как надевать маску, но и у тебя это отлично получается.

Он опять уселся и начал есть.

- Я должна найти этих гномов, - как бы про себя тихо произнесла Колючая Ветка. - Куда они могли убежать? В подземелье пусто. Но все равно, я доберусь до них.

- Ты знаешь, где живут гномы? – Перестав есть, тут же поинтересовался Тартух.

- Конечно знаю, кивнула колдунья. - Хочешь полетим и посмотрим на их убежище? Заодно я там снова все внимательно осмотрю. Может они снова вернулись к себе.

- Конечно полетим, - отодвинув еду, встал из-за стола Тартух. – Как хорошо, что мы познакомились. Это значительно ускорит дело.

- Быстро в дорогу, - скомандовала Колючая Ветка гоблинам.

Те бросились к карете, а Тартух выпрыгнул из окна и превратился в огромного шершня.

ГЛАВА 11 НОВЫЙ КИНЖАЛ

Вскоре карета, окруженная стаей большущих шершней, летела в сторону озера.

- Нам надо тут приземлиться, - закричала Колючая Ветка Тартуху и карета стала опускаться.

Со всех сторон доносилось громкое жужжание, однако король понял, что ему сообщила колдунья. Он устремился вниз, и шершни моментально последовали за ним.

- Знакомое место, мы уже были здесь, - осматривался по сторонам Тартух. - Ты помнишь, как я тебя тут чуть не съел, - обратился он к гоблину. - Однако я рад, что тогда тебя похитили. Таким ты мне больше нравишься, - и он начал громко смеяться.

В ответ гоблин только скалился и ничего не отвечал. Даже привычного рычания не раздалось.

- Пошли, вперед, - указала в сторону леса Колючая Ветка. – Сейчас увидишь, где жили гномы.

Вскоре она стояла перед большим пнем.

- Вот вход в их подземелье, - подозвала колдунья Тартуха. – Все так хорошо замаскировано, что и не догадаешься, что здесь кто-то прячется. Но от меня не скрыться...

- Теперь мне понятно, как в тот день им удалось похитить этого паршивого ежа. Это они сумели напустить густого тумана и отвязали его, - недовольно ворчал король.

Колючая Ветка прошептала заклинание и пень отвалился, открыв вход в подземелье.

Коридор был повсюду плавно освещен, но было непонятно, откуда струится этот свет.

- Когда я поймаю гномов, прикажу им так же хорошо осветить мой дворец, - осматривался по сторонам Тартух. – Хоть и ненавижу гномов, но они отменные мастера.

- Да, ты прав, король, они большие мастера, многое умеют, - усмехнулась Колючая Ветка, - но вместе с этим очень глупы и наивны. – И, кроме того, как черви, постоянно копаются в земле.

От этих слов гоблины поморщились.

- Видишь, как им не нравится, когда я так отзываюсь об их бывших друзьях, - указывая на гоблинов, рассмеялась Колючая ветка. - Но ничего, пройдет еще немного времени, и они совсем позабудут кем были раньше. Даже не вспомнят бывших друзей.

Тролли носились взад и вперед по подземелью. Каждый уголок коридоров был осмотрен ими.

- Прикажи своим слугам ничего не трогать, - рассердилась Колючая Ветка. - Я уверена, что рано или поздно гномы непременно вернуться сюда, и они не должны знать, что мы были здесь. Нельзя, чтобы эти жители подземелья, раньше времени, поняли, что я знаю заклинание, позволяющее проникнуть в их убежище.

- Перестаньте бегать и убирайтесь отсюда, - закричал на подданных король. - Ждите меня около входа. Пока я занят, можете поохотиться на лягушек или рыб,.

Были видно, что тролли недовольны приказом повелителя, но они молча покинули подземелье.

- Теперь, когда ты все сам увидел, давай вернемся к тебе во дворец и там хорошенько все обсудим, - предложила Колючая Ветка. - Оставаться здесь нам не имеет смысла. А мои гоблины пусть еще побудут, чтобы сторожить. Они спрячутся и будут наблюдать за входом. Как только гномы появятся, мои слуги немедленно дадут знать. Вот тогда мы и встретимся с гномами... Представляю их радость...

В знак согласия король кивнул и направился к выходу. Было видно, что Тартух доволен путешествием.

- Оставайтесь здесь, хорошенько спрячтесь и наблюдайте за входом, а мы с Тартухом днем прилетим снова, – грозно приказала приказала своим слугам Колючая Ветка.

Однако добрая и радостная улыбка на какое-то мгновение озарила ее лицо, но тут же исчезла.

- Прикажи своим подданным, что бы они повезли мою карету, - обратилась колдунья к Тартуху.

Тролли и без его приказа мигом подбежали к экипажу. Колючая Ветка села, чудовища подпрыгнули, превратились в шершней, и взмыли в небо. Вслед за колдуньей в сторону замка устремился и Тартух. Вскоре он догнал карету и помахал лапой.

- Ты доволен, что я тебе показала убежище гномов? - Высовываясь из окна, спросила короля Колючая Ветка. – Ничего, немного терпения и гномы будут у нас в руках.

- Отныне я тебе во всем доверяю, - радовался Тартух. - Нам о многом надо переговорить.

Как только карета и Тартух исчезли из вида, гоблины начали радостно обниматься.

- Кажется Колючей Ветке удалось обмануть короля, - то и дело повторяли они. – Как она умно все подстроила. Тартух ничего не заподозрил. Иначе мы бы не остались здесь.

- Однако сейчас надо быстро вернуться в родной лес и обо всем рассказать Топазу, - стал торопить друзей один из гоблинов. – Представляю, как там все ждут известий.

Конечно же это был Агат.

- Колючая Ветка не случайно сказала, что до середины дня Тартух сюда не вернется, - продолжал гоблин. – У нас достаточно времени, чтобы вернуться сюда.

Слуги колдуньи, оглядываясь по сторонам, понеслись стрелой в сторону родного леса.

Вскоре они уже стояли у пригорка.

Агат быстро прошептал заклинание, вход открылся, и гоблины вбежала в подземелье.

Увидев их все вскочили на ноги. На лицах сидящих застыл испуг.Никто не ожидал появления гоблинов.

Фырк забился под стол и молча наблюдал оттуда. Ужас был в его глазах.

Топаз схватился за свой кинжал.

- Не бойтесь, это мы, - прорычал один из гоблинов. – Брат, оставь свой кинжал, положи его на стол. Он сейчас совсем не нужен.

- Это ты Агат? - Обрадовался гном. - А где Колючая Ветка? Что с ней случилось?

- Фея сейчас у Тартуха, и мы временно свободны. Король только днем опять прилетит к озеру, - прорычал другой гоблин. – Он во всем полагается на Колючую Ветку.

- Рассказывайте все по порядку, - приободрился Топаз. - Времени у нас не так уж и много.

Агат стал медленно и подробно излагать, что с ними было с момента отлета в замок.

Слушая его, Топаз постоянно улыбался. Фырк тоже осмелел, вылез из под стола и ловил каждое слово. От волнения его ушки вновь подрагивали. И, хоть он и очень боялся гоблинов, но все же рискнул приблизиться и погладить Агата. Улыбка промелькнуло на лице гоблина, и он обнял Фырка.

- Ты не переживай ежик, - тихо прорычало чудовище. – Не бойся, я еще стану прежним Агатом, и мы непременно, как в прежние времена, будем сидеть у норы Крота.

- Значит ты говоришь, что Тартух поверил Колючей Ветке, что она злая колдунья? – В который уже раз переспрашивал Агата Топаз. – Просто не верится, что короля удалось обмануть.

- Так и есть, - закивал головой гоблин. - Ведь Утренняя Роса не знала про наш план, и она уверена, что Колючая Ветка обманула тебя. Фея даже на миг не засомневалась в том, что я, Орешник и Желудь, это Принц, Принцесса и Фырк.

Все начали громко смеяться, и только Лотта по-прежнему оставалась грустной.

- Бедная Утренняя Роса, - тихо шептала Принцесса. – После этих известий ей гораздо труднее. Ведь она уверена, что Колючей Ветке удалось всех обмануть, а потом и заколдовать.

А гоблины опять рассказывали и пересказывали все, что им пришлось пережить.

- Какой же ты смелый Агат! - Восторгался ежик. – И как только ты смог откусить голову змее? Я бы только от одного их вида постарался куда-нибудь спрятаться.

Гоблин поморщился и тихо зарычал. Было видно, что ему противно вспоминать эту сцену.

- Так ты говоришь, что Тартух расспрашивал про кинжал? - Задумчиво спросил Топаз.

- Да, король сам при нас сказал, что ты не знаешь многих заклинаний, но Колючая Ветка, слушая это, только смеялась, что постоянно злило Тартуха. Фея ему несколько раз повторила, что и без кинжала умеет прекрасно колдовать и обещала короля многому научить. Хоть повелитель троллей и морщится, но все равно внимательно слушает свою гостью.

- Было бы чудесно, если бы Колючей Ветке удалось узнать какие-нибудь новые заклинания, чтобы и я узнал, на что способен кинжал, - вздохнул Топаз - Что на нем написано? Ведь никто не смог прочесть эти надписи. Даже старший гном не знал их волшебного смысла.

Только один Тартух умеет их читать.

- Но как можно узнать об этом, не показывая кинжал королю? - Задумался Еловая Лапа. - Надо что-то придумать и обмануть Тартуха. Только тогда нам удастся что-то узнать.

- Кажется я знаю, что надо делать, - хитро улыбнулся Топаз. - Мы изготовим точно такой же кинжал. А Агат, Орешник и Желудь отнесут его в подземелье, положат в укромном месте, а потом полетят к Тартуху и скажут, что гномы вернулись.

Я уверен, что король поверит и немедленно прилетит в подземелье. Думаю, что Колючая Ветка найдет способ обмануть его и узнать, что же написано на лезвии кинжала.

- Так нельзя поступать, - вмешался Агат. - Ведь мы не знаем, какой силой обладает заклинание. Может Тартуху сам кинжал и не нужен, а необходима только надпись на нем.

- Он прав, - поддержала гнома Голубая Капелька. – Возможно, что после прочтения заклиная, и сделанный кинжал приобретет магические свойства. Я читала в книгах, что есть такие волшебные слова, против которых все бессильны. И тот, кто знает такие заклинания, может стать самым сильным, злым колдуном, который, уничтожив все добрые волшебства, подчинит себе весь мир.

Тогда на небе перестанут гореть звездочки и блестеть Луна, и, даже Солнце, перестанет светить и дарить тепло. После этого на всей земле воцарится вечная, черная ночь.

- Как это страшно, - расплакалась Принцесса. - Неужели Тартух способен на такое зло?

- Как же я забыл вам сказать, - хлопнул себя по лбу Агат. - Вот почему король говорил, что он заставит гномов осветить коридоры его дворца. Он хочет, что бы невидимый, волшебный свет сохранился только у него в замке, а повсюду была вечная ночь. Теперь уже ясно, что на уме у этого злодея и почему он прилетел сюда.

Услышав это гномы помрачнели.

- Так вот чего желает Тартух. Он мечтает стать властелином всего мира. Вот зачем ему так нужен кинжал. Теперь понятно, что привело в наши края его войско.

- Что же нам делать? - В один голос спросили Принц с Принцессой. - Если кинжал попадет к Тартуху, то погибнут все люди, все цветы и звери, и только останутся летучие мыши.

- Надо подумать, хорошенько подумать…, - помрачнел Топаз. – Все гораздо хуже, чем мы думали…

Фырк, который все это время внимательно слушал и громко сопел, неожиданно улыбнулся.

- А я знаю, как обмануть Тартуха, - и ежик стал кувыркаться. - Давайте сделаем кинжал, но нанесем не всю надпись, ее последнюю часть скроем. Я уверен, что Тартух начнет злиться, и громко кричать. Он непременно начнет читать вслух, а Колючая Ветка все услышит. Тогда и мы сумеем прочесть заклинание полностью.

Какой же ты умный, ежик, - бросился обнимать друга Агат. – Конечно так и надо сделать.

- Ты сейчас меня задушишь, - вырываясь из объятий, закричал Фырк. - Не забывай, что ты гоблин.

Все рассмеялись и сразу повеселели.

- Тогда скорей за дело, - скомандовал Топаз. - Времени совсем мало, а сделанный кинжал должен быть таким, что бы Тартух не смог заподозрить подделки.

Все гномы ушли в кузницу, и в комнате остались только фея Голубая Капелька, Принц с Принцессой и гоблины.

Фырк тоже направился с Топазом, так как ему было очень интересно посмотреть, что же будет делаться. Ведь гномы никого никогда не пускали в свою кузницу и кладовые.

Работа быстро спорилась. Все понимали, что надо успеть быстро сделать новый кинжал. Ведь еще предстояло его донести до подземелья Еловый Лапы.

- Ну, кажется все успели, - вытирая пот со лба, довольно улыбался Топаз. - Теперь остается только поскорее украсить рукоятку кинжала драгоценными камнями.

Он вышел из кузницы, и Фырк последовал за ним. Было видно, что гному это не совсем по душе, он постоянно морщился, недовольно сопел, но ничего не говорил.

Дойдя до развилки в коридоре, Топаз остановился, потом подошел к стене, и начал что-то шептать. Часть стены медленно отодвинулась и за ней стала видна большая, сделанная из золота, дверь. Гном снова прошептал заклинание. Дверь начала медленно открываться, и за ней была видна огромная комната, весь пол которой был заставлен огромными золотыми сундуками с украшениями из драгоценных камней.

С потолка струился яркий свет, однако было непонятно, откуда он исходит. Казалось, будто светятся сами стены и потолок. Топаз подошел к одному из сундуков и стал открывать его. Крышка была такой тяжелой, что даже Топаз, несмотря на свою силу, с большим трудом приподнял ее. Яркий свет ударил изнутри, все искрилось и играло разными цветами. Фырк даже вскрикнул, так его ослепил блеск. Весь сундук был наполнен драгоценными камнями, рубинами и изумрудами. Гном достал свой кинжал и, не обращая внимания на ежика, стал подбирать камни. Потом он открыл другой сундук. Его содержимое сверкало еще ярче. В нем, горя и переливаясь, хранились алмазы.

- Кажется все, - повернулся к Фырку Топаз, а тот ни как не мог прийти в себя от увиденного.

Ежик давно слышал, что у гномов есть несметные богатства, но никогда не мог себе представить, столько же разных драгоценных камней хранилось в этих сундуках.

- Пойдем Фырк, - подтолкнул ежика Топаз. - Нам надо поторопиться. Ты первый, кто не будучи гномом, вступил в эту комнату. Даже мои братья сюда изредка заходят. Здесь хранятся все наши богатства, которые мы выкапывали из земли за тысячи лет. И Тартух очень бы хотел их заполучить. Если ему удастся нас победить, все достанется ему...

Услышав имя Тартуха, ежик тяжело вздохнул и поспешил покинуть комнату.

Вскоре новый кинжал лежал на столе в большой комнате. Он был абсолютно схож с тем, который постоянно находился у Топаза. Если бы не знать, которое из двух оружий настоящий кинжал, их нельзя было бы отличить друг от друга.

ГЛАВА 12   В ПОДЗЕМЕЛЬЕ

- Смотри, брат, не перепутай кинжалы, - пошутил Агат. - Однако, нам уже пора.

Гоблины стали прощаться и, вскоре, выйдя из подземелья, устремились обратно к озеру.

- Хоть бы наш план состоялся, - помахал им вслед Топаз. - Теперь все зависит от того, поверит ли в подделку Тартух, и насколько удастся Колючей Ветке правильно представить появление волшебного кинжала.

- А если король начнет сомневаться, что тогда будем делать? - Встревожились Принц с Принцессой.

- Все же я надеюсь, что фее удастся обмануть повелителя троллей, - тяжело вздохнул Топаз. – Пока что Тартух ей верит, а это главное. Нам остается только ждать и надеяться.

- Что-то у меня в животе сильно урчит, - многозначительно произнес Фырк и посмотрел на стол.

Топаз улыбнулся, понимая куда клонит ежик, достал кинжал, взмахнул им, и стол покрылся всякой снедью. Колючка, не дожидаясь приглашения, сразу уселся и начал есть. В комнате опять раздавалось его громкое чавкание и сопение.

- Давайте, вслед за гоблинами, пошлем филина на разведку, - предложила Принцесса.

- Но он же днем ничего не видит, - удивилась Голубая Капелька. – Чем он может помочь?

- Зато все отлично слышит, - продолжала Принцесса. – Даже шорох мышей под землей.

- Ты права, Лотта, так и поступим, - повеселел Топаз. - Мы хоть что-то будем знать.

Он вышел и направился к дуплу, где жил филин. Уже начинало светать, и птица сидела на суку.

- Послушай Филин, - окликнул его гном. - Ты должен сейчас нам помочь и полететь к озеру. Постарайся услышать, о чем будет говорить Тартух с Колючей Веткой, а потом прилетишь и расскажешь нам.

В ответ хозяин дупла только громко ухнул и, взлетев, направился в сторону озера.

- Что будет с нами, Топаз? - Спросил гнома Крот. – Неужели тролли придут сюда?

Он уже давно проснулся и поджидал белочек.

- Пока не знаю, - грустно вздохнул гном. – Если Тартух явится в лес, никто не уцелеет.

Крот понимающе кивнул и продолжил:

« Как всем было хорошо… Агат приходил, подолгу беседовал со мной. Фырк с белочками постоянно наведывались в гости. Слышался смех, царила радость, И что здесь троллям понадобилось? Почему они оставили свои дома и прилетели? »

- Теперь нам всем остается ждать, - уже в который раз повторил Топаз. -Посмотрим, какие вести принесет Филин. Ну, мне пора, дружище. Потом еще поговорим.

- Прощай, гном, - опять тяжело вздохнул Крот.
- А я посижу и подожду белочек. Может они
что-то новое знают и расскажут мне.

Топаз медленно направился к пригорку. По его
походке и звуку шагов было видно, что он очень
устал.

- Как же ему сейчас трудно, - тихо произнес
Крот. - Что нас всех ждет...? Неужели
погибнем...?

Карета с Колючей Веткой продолжала
стремительно лететь. Шешни махали крыльями
изо всех сил. Тартух летел впереди и постоянно
оглядывался назад, поспевает ли за ним его
гостья.

- Что же все таки от меня надо этой колдунье,
- думал он. - Она уверяет, что решила просто
так навестить меня, но тут что - то есть, все не
так просто. Меж тем Колючая Ветка очень
могущественная и злая колдунья. С ней можно
о многом поговорить. Она не чета глупым
троллям, которым весь день только бы что-то
жечь да плеваться. Даже не представляю, как
она додумалась превратить того предателя в
соловья. Представляю, как он сейчас
задыхаются от невыносимого запаха роз. Так
ему и надо! Потом подумаю, как со вторым
изменником поступить...

Тартух даже начал улыбаться, представляя
себе мучения певчей птицы.

Погрузившись в думы, он и не заметил, как
резко сбавил скорость, и карета догнала его.

- О чем так задумался, король ? - окликнула
его Колючая Ветка. Что тебя тревожит? Может
смогу помочь и рассеять твои сомнения.

- Я вспомнил, как ты придумала превратить
тролля в соловья, - рассмеялся Тартух. – Очень

хотелось бы посмотреть, что сейчас с ним твориться, как, несчастный, мучается.

Колючая Ветка и король громко рассмеялись.

Вскоре показался замок. Он отсвечивал зловещим, зеленым огнем. Языки пламени были видны издали.

- Видимо твои подданные, пользуясь нашим отсутствием, решили все спалить, - пошутила Колючая Ветка. – Смотри, король, как бы и ты сам не остался без замка и под открытым небом.

Тартух помрачнел и рванулся вперед.

Вся площадь перед дворцом полыхала огнем. Тролли плевались, кривлялись и постоянно кусали друг друга.

Увидев в воздухе огромного шершня они, с криками, - Повелитель прилетел! Наш властелин вернулся! - Бросились врассыпную.

Тартух влетел в комнату, и приняв свой обычный вид, стал наводить порядок и поджидать Колючую Ветку.

- Идите сюда, - высовываясь из окна, закричал своим подданным Тартух. – Я жду!

Вскоре в комнату вошли несколько троллей.

- Кто вам разрешил плеваться и драться в мое отсутствие? – Грозно смотрел на них король. - Может мне вас наказать за непослушание? Превратить в соловьев?

Тролли задрожали от страха.

- Сейчас не время заниматься такими пустяками, - входя в комнату, вмешалась Колючая Ветка. - Впереди у нас много дел и нельзя терять время попусту.

- Убирайтесь отсюда, - прикрикнул на подданных Тартух. – Еще раз подобное поведение и станете распевать песни.

Тролли стрелой вылетели из комнаты.

- Я опять проголодался, - проворчал король. –
Не дадут спокойно поесть и отдохнуть...

Колючая Ветка взмахнула волшебной
палочкой, и вновь появился накрытый стол,
весь заваленный каплунами. Тартух, не
разжевывая мясо и даже проглатывая кости,
жадно ел.

- Очень вкусно, - причмокивая повторял он. –
Как здорово, что ты умеешь так колдовать.

- Я уверена, что гномы вернуться, - прервала
его Колючая Ветка. - Где они могут долго
скрываться? Кроме того там лежали волшебные
книги, а без них, жителям подземелья, будет
крайне трудно спрятаться от нас.

- Я не увидел там книг, - прохрипел Тартух,
подавившись костью. – Ты ничего не путаешь?

- Ты, как видимо, просто не заметил, король, -
улыбнулась колдунья. – Я их сама видела.

- Когда я получу кинжал обратно, -
неожиданно вскочил Тартух, то ты увидишь,
что никаких волшебных книг больше не
потребуется. – Они нам не понадобятся.

- Опять ты говоришь про этот кинжал? Он
меня не интересует, - продолжала улыбаться
Колючая Ветка. - Или ты мне еще не совсем
веришь и продолжаешь испытывать?

- Я верю тебе, верю, и нет причин для
сомнений, - с набитым ртом, еле произнес
Тартух. – Честно говоря, даже рад, что ты
пожаловала ко мне. Ведь мне не с кем
посоветоваться. А сейчас, когда те два тролля
так гнусно обманули меня, я, при мои
подданных, про кинжал больше слова не
промолвлю. Ты не знаешь, что это за кинжал.
На его лезвии нанесено самое страшное
заклинание в мире. Как только я получу его, мы
сразу же полетим обратно домой, и там, у себя

в замке, я прочту эту надпись. Весь мир навеки погрузиться во тьму а я стану его властелином.

- А что тогда будет со мной? - Встревожилась Колючая Ветка. – Мне что прикажешь делать?

- Полетишь вместе с нами, - стал успокаивать колдунью Тартух. - Ты мне очень помогла, и я покорен твоей злостью. Будешь жить у меня во дворце столько, сколько пожелаешь.

- Я согласна, - обрадованно улыбнулась Колючая Ветка. - Но для всего этого нам необходимо побыстрее заполучить волшебный кинжал. Хорошо, что мои гоблины остались сторожить. Стоит гномам появиться, как они немедленно сообщат мне.

- А твои слуги не могут предать тебя? - С сомнением в голосе спросил Тартух. - Ведь ты сама говорила, что гномы были друзьями Принца и Принцессы.

- Я на них надела такую маску, что если они предадут меня, мгновенно превратятся в огромных червей, - весело рассмеялась колдунья. - Один червь начнет поедать другого, а последний лопнет и сгорит.

- Как ты это здорово придумала, - восхитился Тартух. - Видимо я перестану сам наказывать троллей и буду посылать их к тебе, что ты, для изменников и непокорных, придумывала жестокие расправы.

Колючая Ветка громко рассмеялась.

- Я вижу. что мы стали друзьями, король, и это меня очень радует. Мое зло и хитрость будут дополнять твое зло, мудрость и могущество. Никто в мире не сможет противостоять нам.

Солнце уже давно взошло, и Тартух стал часто зевать.

- Было бы неплохо немного отдохнуть, - поудобней усаживаясь, проговорил он.

В это время внизу раздался сильный шум, и вскоре послышались крики и рычания.

- Это мои гоблины вернулись! - Воскликнула Колючая Ветка. – Посмотрим с чем они пожаловали.

Через несколько мгновений дверь открылась, и слуги колдуньи вбежали в комнату.

- Гномы вернулись госпожа, - хором прокричали они. - Мы сами видели, как они вошли в подземелье. И у одного из них за поясом торчал кинжал, весь украшенный драгоценными камнями.

Тартух, услышав это, вскочил.

- Как выглядел этот кинжал?

- Мы не хотели близко подходить, - повернулся к королю один из гоблинов. - Но даже издали было видно, что рукоятка кинжала украшена рубинами, алмазами и изумрудами. А один рубин - просто огромен. Он горел таким же красным огнем, как твои глаза, король.

- Сомнений нет, это тот самый кинжал, - закричал Тартух. - Немедленно летим за ним.

Он бросился из окна, превратился в шершня и начал быстро кружить над площадью. Тролли тоже стали подскакивать. Кто превратился в шершня, кто в жука, и небо стало черным от них. Раздавалось сильное жужжание. Было видно, что чудовища сильно взбудоражены.

Один из гоблинов подбежал и что-то быстро шепнул Колючей Ветке. Незаметная улыбка пробежала по ее губам, но тут же, повернувшись к своим слугам она закричала.

- Что вы стоите и медлите! Быстро к карете! Или может хотите быть наказанными за лень?

Гоблины бросились бежать вниз по лестницам. Вскоре экипаж подлетел к окну и замер. Колдунья быстро уселась в него.

- А теперь вперед, - прокричал Тартух, и огромная стая насекомых, громко жужжа, устремилась к озеру. В самой середине тучи летела карета с Ключей Веткой.

Гоблины постоянно скалились и рычали на жуков и шершней, а те старались их укусить.

Вскоре заблестела вода и показалось озеро.

Лягушки, увидев стаю громадных жуков, сразу попрыгали в воду и притаились. Они хорошо помнили, что было на днях...

Весь берег был усеян троллями, которые носились по сторонам и пытались найти живность.

- Сейчас не до лягушек, - закричал на них Тартух. – Окружите все вокруг и смотрите в оба.

Тролли сразу перестали носиться и притихли.

- Вы оставайтесь здесь, - приказал Тартух, обращаясь к группе троллей, - и ловите гномов, если они, убегая в лес, появятся тут. - А я, с колдуньей отправлюсь, в их подземелье. Смотрите не упустите наших врагов.

Вскоре король с Колючей Веткой проникли глубоко под землю в тайные лабиринты.

- Гномы побывали здесь! - Воскликнула Колючая Ветка. - Но они видимо спешили и убежали, опасаясь погони. Волшебные книги исчезли. А что это там блестит, - и колдунья указала на угол комнаты. - Принеси мне, поскорее, что там лежит, - приказала она гоблину.

Тот бросился в указанном направлении и вернулся, держа в руках красивый кинжал.

- Может ты это искал? – И колдунья протянула Тартуху оружие.

Увидев в руках у Колючей Ветки кинжал Тартух задрожал.

- Дай мне его – еле прохрипел король.

Голос его непрерывно срывался, лапы подрагивали, а глаза стали темными , как вишни. Он еще не верил, что кинжал нашелся.

ГЛАВА 13   ОБМАН

Колючая Ветка протянула кинжал, и Тартух выхватил его.

- Теперь я властелин всего мира, - кричал он. – Кинжал, волшебный кинжал у меня. Я его смог вернуть троллям. Отныне я самый могущественный колдун. Никто не сможет противостоять мне.

От радости король потерял себя.

Золотой панцирь на нем раскалился и от властелина начал исходить сильный жар.

- Кинжал, мой кинжал опять у меня, - непрерывно повторял он. – Мир принадлежит мне!

Тартух поднес лезвие к глазам и начал что-то тихо шептать. Казалось, что он читает заклинание.

Колючая Ветка с гоблинами стояли и наблюдали за ним.

Неожиданно Тартух резко повернулся к ним.

- Что-то произошло с кинжалом, - закричал он. - Здесь не вся надпись. Часть ее исчезла.

- Какая надпись? О чем ты говоришь? - подходя к Тартуху, спросила Колючая Ветка.

- Вот, видишь, здесь на клинке есть волшебная надпись. Когда я ее громко прочту, весь мир погрузится во тьму.

- Но откуда ты знаешь, что это не все заклинание? - Удивилась Колючая Ветка. –

Может ты ошибаешься и что-то путаешь? Лучше успокойся и посмотри внимательно.

Знаю! Знаю, что часть надписи стерта, - Продолжал кричать Тартух. – Я не в первый раз вижу этот кинжал.

- Давай выйдем из подземелья, здесь невозможно стоять, - предложила Колючая Ветка. - Ты весь горишь. Посмотри, какой от жар исходит от панциря. Так можно самого себя сжечь.

Тартух выбежал наружу и при дневном свете снова стал рассматривать кинжал. Он внимательно изучал рукоятку, подробно рассматривая каждый драгоценный камень.

- Я уверен, что это тот самый кинжал, - зло выдохнул он. - Но как могла исчезнуть часть надписи? Видимо глупые и несчастные гномы, не понимая, что это за кинжал, и им копали землю.

- А что тут было написано? - Поинтересовалась Колючая Ветка. - Может я тебе смогу чем - либо помочь. Не забывай, повелитель, что я неплохая колдунья. Ты в этом уже убедился.

- Твое колдовство тут бессильно, - продолжал метаться Тартух. – Здесь никакое колдовство не поможет.

Тролли, видя, что их король совсем вышел из себя, от страха разбежались и попрятались.

- Послушай Тартух, - обратилась Колючая Ветка. - Теперь кинжал у тебя, а это главное. Видимо гномы так спешили, что и не заметили, как потеряли его. Давай вернемся в замок и там подумаем, что дальше делать. Оставаться здесь и дальше не имеет смысла.

Но король не мог успокоиться.

- Тогда мне лучше покинуть тебя, - обиделась Колючая Ветка. - Как видно, ты не хочешь принять моей помощи. Подайте мне карету, -

скомандовала она гоблинам. Мы летим домой. Оставайся со своими троллями, король. Они тебе помогут больше, чем я.

- Подожди, не улетай, - немного придя в себя, проговорил Тартух. – Конечно ты права. Сейчас полетим обратно а замок. Там я немного успокоюсь и подумаю, что же случилось с кинжалом.

- Я уверена, что гномы сюда больше не придут, так что оставлять здесь моих гоблинов не имеет смысла, - примирительно проговорила колдунья. – Летим во дворец?

- Возвращаемся в замок? - прокричал Тартух троллям. - И ты лети с нами, Колючая Ветка. Может сможешь мне помочь разгадать, что случилось с кинжалом.

- Быстро подгоните карету! - Приказала Колючая Ветка.

Гоблины бросились выполнять приказ, а Тартух с троллями уже направился к замку.

Как только карета поднялась в воздух, с соседнего дерева взлетел Филин и начал подниматься ввысь. Было видно, что для него еще достаточно светло, и он не совсем уверенно летит.

Когда совсем стемнело, Филин долетел до пригорка и, усевшись на ветку дуба, громко проухал.

- Кажется наш друг прилетел, - навострил ушки Фырк. – Мне послышались его крики.

Все смолкли и тоже стали прислушиваться.

Разве не слышите, как он ухает? - Удивился ежик.

Сейчас проверю, - поднялся из-за стола Топаз и вышел из комнаты.

Он осторожно проник в дупло дуба.

Филин опять начал ухать.

- Ежик оказался прав, - подумал гном. - Интересно, какие вести сейчас услышу?

- Я здесь, - прошептал Топаз, выглядывая из дупла. - И перестань так шуметь, а то сейчас весь лес разбудишь, и тролли прилетят сюда.

- Не прилетят, - радостно ответил Филин. - Сейчас им совсем не до нас. Их король Тартух в бешенстве. Он только и ищет повод на ком бы сорвать свою злость.

- Он поверил, что кинжал настоящий? Отвечай, не медли, - Замер в ожидании ответа гном.

- Конечно поверил, - продолжил Филин. - Я сам слышал, как он несколько раз повторил, что это тот самый кинжал, который когда-то принадлежал ему. Но Тартух был очень зол, постоянно громко кричал и ругался, так что я чуть не оглох. Даже на расстоянии чувствовалось, как от его панциря исходит сильный жар.

- А где он сейчас? - Продолжал спрашивать Топаз.

- Король и Колючая Ветка полетели обратно в замок Принцессы. – Но, что там ждет фею и гоблинов не знаю. Повелитель троллей может так разозлиться, что всех заколдует. Ты даже не представляешь, как он метался и кричал. От такого злодея жди чего угодно.

- Главное, что он поверил, - успокоился Топаз. - Я уверен, что Колючая Ветка найдет способ его снова обмануть. Лишь бы он не догадался, что кинжал поддельный.

- Раз я больше не нужен, то тогда вернусь в свое дупло и немного передохну, - проухал Филин. - Больше мне нечего рассказать. Если понадоблюсь снова, скажите.

- Спасибо тебе, - поблагодарил Филина гном. - Ты принес очень радостное и обнадеживающее известие.

Филин взлетел и исчез среди деревьев, а Топаз вернулся обратно в подземелье.

- Ты был прав Фырк, это Филин прилетел. - Он говорит, что Тартух поверил, будто кинжал настоящий, но был страшно зол, что не может до конца прочесть надпись. Сейчас он с Колючей Веткой в вашем дворце, Принцессе. Но и гоблинам, и фее угрожает большая опасность. Филин боится, что король от злости никого не пощадит.

- Представляем, как им сейчас трудно, - послышалось со всех сторон. – Тартух в ярости и может натворить много бед.

- Теперь нам опять остается только ждать и надеяться, что Колючая Ветка, и на этот раз, найдет способ обмануть и успокоить короля, и он прочтет ту часть заклинания, которая написана на клинке.

Тартух с колдуньей вернулись в замок. Король продолжал непрерывно злиться и расхаживал по комнате. Никогда еще тролли не видели своего повелителя в таком гневе.

- Что случилось? - Переспрашивали они друг друга. - Сейчас всем нам лучше попрятаться и не попадаться лишний раз властелину на глаза. Он нас всех может заколдовать.

- Вы чувствовали, какой от него исходил жар? – Приставал с вопросом один тролль. - Его панцирь начал светиться, а глаза стали вишневыми. Что его могло так рассердить?

- А я знаю, - разозлился другой тролль. – Во всем виноваты паршивые гоблины и их колдунья. Разве вы забыли, как она нашего друга превратила в соловья? Надо постараться сделать все возможное, чтобы она поскорее покинула замок.

- Ты глупый тролль, - подходя к говорящему, прорычал гоблин. - Если бы госпожа не приказа нам вас не трогать, то я бы немедленно разорвал тебя на части.

- Убирайся отсюда - провизжал тролль. - Это вы, вы во всем виноваты. Наш король всегда любил нас, а теперь он постоянно злой и к нему невозможно подойти.

Тролли стали плеваться и скалиться, а гоблины в ответ громко рычали и хотели их схватить.

- Вы опять расшумелись? - Выглянул из окна Тартух. - Может мне приказать Колючей Ветке наказать вас?

Тролли тут же бросились врассыпную, а гоблины уселись под стенами замка и стали тихо переговариваться.

Хоть бы Колючей Ветке удалось узнать, что написано на клинке кинжала, - еле слышно шептал один из гоблинов. - Тогда Топаз сможет прочесть всю надпись, и Тартух будет побежден. Я уже устал быть гоблином и рычать на этих отвратительных троллей. Как мерзко она плююются и кривляются и какие глупые!

- Я тоже очень устал, - тяжело вздохнул другой гоблин. – И как только твои браться столько времени терпели и подчинялись Колючей Ветке. Интересно бы узнать, о чем сейчас фея разговаривает с Тартухом, что он решит дальше делать?

ГЛАВА 14   ТАЙНА КИНЖАЛА

Колючая Ветка молча смотрела, как Тартух кричит и носится по комнате. Король постоянно выхватывал кинжал, внимательно его разглядывал и что – то шептал.

- Что ты его так разглядываешь? - Поинтересовалась она. - Кажется, я что-то придумала.

Что? – Подскочил к ней спросил Тартух. – Говори скорее.

- Прикажи привести Утреннюю Росу. Может она что - нибудь сможет нам рассказать. Ведь фея была очень дружна с гномами и знала многие из их тайн.

- Приведите сюда Утреннюю Росу! - Закричал Тартух. – Быстрее, бездельники!

Вскоре тролли внесли фею. Она печально смотрела на Колючую Ветку и Тартуха.

- Что на этот раз вам от меня надо? Или может вам нравится смотреть на мои мучения?

- А тебе подходит твой новый наряд, - рассмеялась Колючая Ветка. - В компании змей ты совсем неплохо хорошо смотришься.

Утренняя Роса еле сдерживала слезы.

- Тебе знаком этот кинжал? - Спросил фею Тартух.

При виде оружия фея сильно побледнела.

- Как он попал к тебе? - Испугалась она.

- А его потеряли твои глупые друзья, гномы, - повернулась к фее Колючая Ветка.

- Бедные Топаз, Агат и их братья, - заплакала Утренняя Роса. - Теперь они совсем беззащитны.

- Помнишь, я говорила, что еще вернусь, - прикрикнула Колючая Ветка. - Но ты верила гномам, думала, что они всегда и во всем помогут тебе. А теперь Тартух станет властелином мира, и земля навечно погрузится в темноту. Никому не удастся спастись.

Услышав это Утренняя Роса совсем залилась слезами.

- Если это правда, то зачем я вам нужна? Чего вы от меня хотите?

- Мне надо, чтобы ты рассказала, что гномы сделали с кинжалом? - Еще больше разозлился Тартух.

- Я ничего не знаю, - вздохнула фея. - Кинжал постоянно был у Топаза, и он его никому не давал.

- Тогда пусть ее уберут. Незачем ей здесь оставаться! – обратилась к королю Колючая Ветка.

- Уберите ее отсюда! - Приказал Тартух.

Как только фею вынесли, Колючая Ветка подошла к Тартуху.

- Теперь я тоже уверена, что это тот самый кинжал. Иначе бы эта гордячка - фея так не побледнела.

- Так вот для чего ты попросила привести ее? - Воскликнул Тартух. - Да, тебе не откажешь в уме.

Колючая Ветка улыбнулась.

- Я всего лишь хочу быть полезной тебе, король, - тихо промолвила она. - Помочь, чтобы ты поскорее стал властелином мира, а эти феи и гномы навсегда исчезли. Я терпеть не могу, ненавижу гномов. Если разрешишь, то их всех превращу в гоблинов, и они будут вечно служить мне.

Тартух внимательно слушал Колючую ветку, но было видно, что одновременно он о чем-то раздумывает.

- Вот, посмотри на этот кинжал, - неожиданно произнес король. - Ты видишь эти знаки. Теперь послушай, я прочту, что здесь написано.

,, Если на заре, после первого полнолуния лета, повернуть кинжал в сторону солнца и произнести, и Солнце, и Звезды, и Месяц...,, , но на этом надпись кончается. А, если заклинание прочесть наоборот то...

Но тут Тартух резко оборвал разговор, и панцирь на нем опять начал сильно раскаляться.

- Ты опять страшно разозлился, - подошла к нему Колючая Ветка. - Посмотри, какой жар в комнате. Сейчас все начнет гореть.

- Это великая тайна, что будет, если прочесть надпись наоборот. Это никому не дозволено знать кроме меня, - прохрипел король.

- А если надпись прочтет кто-то другой, то что произойдет тогда ? – поинтересовалась Колючая Ветка.

- Тогда он станет властелином мира и все тролли, включая и меня, навечно станут его слугами, - глухо проговорил Тартух.

- А если кто-то прочтет надпись наоборот?

- Прекрати задавать мне вопросы,- страшно закричал Тартух. – Я не хочу этого слышать!

Панцирь совсем раскалился на нем.

- Хорошо, я ничего больше не буду спрашивать, - испугалась Колючая Ветка. - Мне просто очень хочется тебе помочь, и я знаю, как поймать этих гномов. Тогда они тебе расскажут всю правду о кинжале.

- Как ты их собираешься изловить? – Чуть успокоившись, поинтересовался Тартух.

Жар в комнате начал спадать.

- Дай мне немного подумать. Я помогу тебе во всем, король, - опять усаживаясь произнесла Колючая Ветка. - Ты непременно должен стать властелином тьмы, самым могущественным королем, и навсегда покончить с феями.

- Однако как же ты собираешься поймать гномов? – Повторно задал вопрос Тартух.

- А это уже мой секрет, - засмеялась колдунья. - Но мы друзья и от тебя у меня нет никаких тайн.

Я сниму маску с Принца, Принцессы, ежа и дам им убежать. Лотта умеет немного колдовать и понимает язык птиц и зверей. Уверена, что она постарается найти гномов. А я незаметно буду следить за беглецами, и, как только они найдут гномов, я превращу их в гоблинов и приведу сюда. Пусть они расскажут тебе сами, что произошло с кинжалом. Только ты мне обещай, что гоблины навсегда станут моими слугами. Я буду несказанно счастлива и рада вновь надеть маску на этих глупых гномов и, особенно на их главаря, Топаза. Представляю, как он будет пресмыкаться передо мной и просить о пощаде.

- Как ты все здорово придумала, - стал улыбаться Тартух. – Мне понравился твой план, как выловить гномов.

- Ты вскоре будешь властелином тьмы! - Резко поднялась Колючая Ветка. - Но сейчас нам нельзя медлить.

- Подайте мою карету, - прокричала она, высовываясь из окошка. – Спешите, лентяи!

Вскоре экипаж замер перед окном.

- Мне пора лететь, король, - улыбнулась на прощание Колючая Ветка. - А ты оставайся тут и жди от меня известий. И еще раз внимательно проверь кинжал. Может что-то неправильно читаешь.

- Лети скорее, - торопил колдунью Тартух. - Мне так не терпится поскорее рассчитаться с этими гномами и феями и вернуться к себе во дворец. Ты скоро сама увидишь, какой он огромный и красивый.

- В путь! - Скомандовала Колючая Ветка.

Вспыхнула молния, раздался гром и карета исчезла.

Тартух опять уселся и начал разглядывать кинжал.

- Как хорошо, - думал он, - что Колючая Ветка согласилась мне помочь. - Она очень хитрая, умная и злая колдунья. Такая непременно поймает гномов. Я бы и сам, рано или поздно, их разыскал, но пришлось бы за этими землекопами гоняться по всем лесам. Ведь никто не знает, сколько еще тайных убежишь у них имеется. И последнее полнолуние совсем близко. Если его пропустить, то придется еще ждать целый год. Скоро, очень скоро, я буду самым могущественным на земле королем.

И от этих мыслей, продолжая разглядывать кинжал, повелитель троллей непроизвольно улыбался,

Карета приземлилась прямо у пригорка. Один из гоблинов прочел заклинание, и вход в подземелье открылся.

Гномы, Фырк и фея Голубая Капелька сидели за столом и ели, когда в комнате неожиданно появилась Колючая Ветка с гоблинами.

Увидев их ежик тут жн юркнул под стол, но продолжал есть.

- Ты опять так громко чавкаешь? - Прорычал один из гоблинов.

- Это ты Агат? - Радостно улыбаясь, вылез из под стола ежик.

- Конечно это я !

- Рассказывай скорее, - бросились все к Колючей Ветке. - Тебе удалось узнать, что написано на кинжале?

- Тартух прочел мне надпись. Вот, что она гласит, - радостно улыбалась Колючая Ветка.

,, Если на заре, после первого полнолуния лета, повернуть кинжал в сторону солнца и произнести, и Солнце, и Звезды, и Месяц...,,

Топаз достал свой кинжал и хотел продолжить читать.

Не смей этого делать! - Вскричала Колючая Ветка.

- Чего ты боишься, ведь сегодня не полнолуние и сейчас не заря, - смутился гном.

- Никто не знает, какими еще волшебными свойствами обладает это заклинание, - волновалась Колючая Ветка. - Кроме того, Тартух поведал, что надпись можно прочесть наоборот. Но, что будет тогда он испугался мне сказать. Его панцирь начал сильно раскаляться. Видимо он очень боится этого заклинания.

- Чего бы Тартух мог так бояться? - Задумался Топаз. - Видимо это еще более сильное заклинание.

И он громко прочел наоборот последнее слово заклинания, написанное на клинке.

Все подземелье стало дрожать. С потолка оторвались дубовые доски и упали на стол, сверху посыпалась земля.

- Что ты делаешь? - Выхватывая у Топаза кинжал, прорычал гоблин. - Сейчас здесь все обрушится. Нам надо бежать отсюда.

Все выскочили наружу, а земля еще продолжала дрожать. Белочки в испуге носились с ветки на ветку. Вскоре появился и Крот.

- Что это было, - поводя носом, - спросил он. - Всю мою нору только что засыпало.

- Что ты наделал Топаз, - чуть ли не плакала Колючая Ветка. - Сейчас Тартух появится здесь. Я чувствую, что он уже летит.

Топаз совсем растерянный и подавленный стоял и не знал, что же ему ответить. - Что делать, если Колючая Ветка права и король прилетит сюда. Он же всех погубит.

- Что нам делать, что с нами будет? - Спрашивал Фырк подбегая то к гномам, то к феям.

Но никто не отвечал ему.

- Расколдуй нас, - первым прервал молчание Агат, обращаясь к Колючей Ветке. - Сейчас уже бессмысленно оставаться гоблинами. Тартух все поймет. И, если он должен погубить нас, то я хочу умереть в облике гнома, а не отвратительного гоблина.

Колдунья прочла заклинание, взмахнула кинжалом и Агат, Орешник и Желудь вновь превратились в гномов.

Даже Филин, который в такое время дня всегда находился в дупле прилетел и, сев на ветку дуб, начал непрерывно ухать.

- Если Тартух должен прилететь сюда, то давайте встретим его на полянке, - немного придя в себя, произнес Топаз. - Все равно нам от него уже в лесу не спрятаться. Если останемся здесь, тролли все деревья спалят, а белочки и прочие зверюшки погибнут, - и гном быстрым шагом направился в сторону поляны.

Все молча последовали за ним.

ГЛАВА 15   ГИБЕЛЬ ТАРТУХА

Тартух, сидя в кресле, дремал. Ему снилось, что солнце начинает гаснуть, вся земля покрывается тьмой и почва дрожит под ногами. Это было такое прекрасное зрелище.
- Что это такое, что происходит? Почему земля так задрожала? – Отовсюду раздавались крики троллей.

Они разбудили Тартуха, и он сам почувствовал, что весь замок сотрясается. Его панцирь пылал от жара.

- Так это был не сон... - тихо прошипел он. - Она нас предала...Колдунья решила обмануть меня.

- Нас предали, - закричал король и выбросился из окна. - В погоню за гоблинами, - летая и кружась над площадью, кричал Тартух. – Мы должны уничтожить их.

В воздухе носилось столько жуков и шершней, что небо потемнело.

- Я знаю, где она, - указал повелитель троллей и быстро полетел в сторону леса, где жили гномы.

***

Гномы, феи и Фырк вскоре достигли полянки.

- Вы слышите жужжание? – Стал дрожать ежик.

А звук становилось все ближе и ближе. Вскоре вдали показалась огромная стая жуков.

Все молча смотрели на небо, а Филин все кружил и кружил над поляной.

- Дай мне кинжал, - обратился к Колючей Ветке Топаз.

Фея молча выполнила его просьбу.

- Что ты собираешься делать? - Одновременно спросили гнома Агат с Орешником.

Но Топаз ничего не ответил, и продолжал смотреть ввысь.

Вскоре жуки закружили над полянкой и стали садиться. Первым приземлился Тартух.

- Как хорошо, что вы все здесь, - зло смеялся он. - Мне не придется гоняться за вами. И ты здесь... увидел он Колючую Ветку. Сейчас мои тролли всех вас сожгут, а тебя, колдунья, превращу в самое страшное чудовище. Я надену на тебя такую маску, что весь мир содрогнется.

- Не спеши Тартух, - выступил вперед Топаз. - Я должен у тебя узнать про одно заклинание.

- Вы посмотрите на этого глупого гнома, - давясь от смеха корчился Тартух. – Через пару мгновений он сгорит, а его еще интересуют какие-то заклинания. Никакие слова тебе не помогут, глупый, никчемный гном. Я найду и ваши сокровища. Но, пожалуй, двоих из вас, пока, оставлю в живых, что бы вы мне осветили дворец. И один из них будешь ты, Топаз. Так какое заклинание интересует тебя?

- Вот это, - произнес Топаз, показывая Тартуху свой кинжал.

Тартух тоже выхватил свой кинжал.

- Оставь его в покое,- усмехнулся Топаз. - Теперь сам скажи, кто из нас более глуп?

- Отдай мне мой кинжал - зарычал Тартух. - Сожгите его, - приказал он троллям.

Те стали высовывать языки, а Топаз начал громко читать наоборот написанное на клинке заклинание.

Как только он произнес первое слово, то земля опять задрожала. При втором слове несколько деревьев не выдержали и с грохотом и треском упали.

А гном продолжал читать.

- Не делай этого,- взмолился Тартух. - Я обещаю, что сейчас же улечу отсюда и никогда больше не вернусь

Но, казалось, что Топаз не слышит его.

Тролли начали как-то странно подпрыгивать и кружиться. Они на глазах начинали стекленеть и сближаться друг сругом, образуя огромный холм.

Когда Топаз прочел последнее слово, то на поляне стояла, вся сверкая, громадная скала из горного хрусталя. Внутри нее, если внимательно приглядеться, было видно ужасное лицо Тартуха. Феи, гномы, Фырк и Принц с Принцессой не верили своим глазам. Неужели эта прекрасная скала бывшие тролли? Неужто они спаслись. И, пока все с восхищением смотрели на новое чудо и приходили в себя, в воздухе раздалось тихое жужжание.

- Тролли... - Закричал Фырк и спрятался за Агатом. - Посмотри, что это летит?

Но это был не тролль, а карета феи Утренней Росы.

- Как я рада видеть вас всех, - смеялась волшебница.

Однако, увидев Колючую Ветку, она сразу помрачнела.

- А ты что здесь делаешь? - Грозно спросила она. - Почему она здесь? - Обратилась к Топазу фея.

- Сейчас мы тебе все расскажем, - подбежал к Утренней Росе Фырк. - Но кажется я опять немного голоден.

Все стали смеяться, а Колючая Ветка взмахнула волшебной палочкой и на поляне появился огромный, накрытый яствами, стол.

- А, где тролли? - Продолжала распрашивать Утренняя Роса. - И пусть Колючая Ветка уйдет отсюда.

- Она больше не Колючая Ветка, а фея Березова Сережка, - успокаивал Утреннюю Росу Топаз. - Это благодаря ей мы спасены. Но за это Березовая Сережка должна будет превратится в жабу.

Тут Топаз все рассказал фее. Как расколдовали березку, как Березовая Сережка снова превратилась в Колючую Ветку, и что теперь ей больше никогда не быть доброй волшебницей. Слушая все это, Утренняя Роса не смогла сдержать слез.

- Прости меня Березовая Сережка, - постоянно повторяла она. - Я же ничего не знала, и поняла, что троллей больше нет, когда неожиданно стекло распалось и испарилось вместе со змеями. Выглянула на улицу и увидела, что там ликуют и радуются подданные Принца и Принцессы.

Я поняла, что застану здесь своих друзей и сразу же прилетела в лес.

А Березовая Сережка только улыбалась в ответ, но в ее глазах поблескивали слезинки.

Праздник продолжался всю ночь, а на следующий день все жители леса провожали Принца с Принцессой в их замок.

Дни шли за днями и, вот наступил тот последний день, когда Колючая Ветка еще оставалась колдуньей.

На заре она должна была превратится в жабу.

- Я буду каждый день приходить к тебе, - обещал ей Фырк. - Не дам тебе грустить.

- Отведите меня на озеро, - попросила Колючая ветка. - Я хочу там остаться. Буду хоть с лягушками дружить.

В небе начала загораться заря.

Колдунья стояла повернувшись лицом к солнцу и ждала, когда первый луч коснется ее .

У всех на глазах блестели слезы, а Фырк тихи плакал. Ему было очень жаль Колючую Ветку, с которой он подружился.

Вот первые лучи заскользили по траве, и один из них добрался до колдуньи.

Ежик закрыл глаза.

Но, что это? Почему все так радуются?

Фырк приоткрыл один глаз, потом второй. Фея Березовая Сережка стояла в лучах солнца и казалось, что от нее самой исходит волшебный, розово-голубой свет.

- Я поняла, что произошло, - тихо прошептала она. - Если я стала злой колдуньей во имя спасения своих друзей, то это не считается злым колдовством. Добро всегда нуждается в защите.

Радость и ликование царили на берегу озера. А солнце сверху поливало всех своим светом. Казалось, что и оно радуется, что все так хорошо закончилось, что снова мир и покой воцарились в этом волшебном крае добрых фей и мудрых, трудолюбивых гномов.

КОНЕЦ

СЛОНИК

Сказка «СЛОНИК» посвящается моим
друзьям Алексею Лису и Михаилу
Карнаухову. Оба они – необыкновенные люди,
наделённые вселенской добротой и
оптимизмом

Часть первая

Это был странный Слоник. Днем он, как и
другие слоники щипал траву, резвился и
пытался хоботом потянуть взрослых слонов за
хвост. Конечно, это не нравилось, но, при виде
его грозной мамы молча терпели его озорство
или пускали из хобота струю пыли. Тогда в
глазах у слоника начинало щипать, и он громко
чихал.
Но, все это было днем.
А когда наступал вечер, он чувствовал, что
внутри начинает пробуждаться неведомая сила,
которая все больше и больше нарастала. Он
даже начинал ходить иначе, еле ступая по
земле. И Слоник ждал, когда же взойдет Луна.
Он очень любил смотреть на нее. И чем больше
он смотрел, тем все больше уменьшался и
уменьшался. Под конец он превращался в
маленького игрушечного слоненка. Но это не
все. У него начинала чесаться спинка. Это было
очень приятно, так как на спинке появлялись
два маленьких бугорка, которые быстро росли и
превращались в крылья. Стоило ими слегка
взмахнуть, и можно было полететь. А потом
наступал самый удивительный момент.
Обычный, серый цвет его кожи тоже начинал
меняться и окрашиваться в разные цвета. В

236

один из дней слоненок бывал зеленым, в другие дни оранжевым, а иногда бывало, что появлялись яркие кружочки голубого, красного или ярко-желтого цвета. Если бы кто-нибудь увидел тогда слоненка, то подумал бы, что это забытая кем-то красивая, надувная игрушка. И, самое странное, что его мама-слониха всего этого не замечала. Она лежала и отдыхала после дневной жары.

Слоненок начинал махать крыльями и быстро поднимался вверх. Он очень любил летать. Это было так прекрасно. Наверху воздух был прохладным и очень приятно охлаждал кожу. Но одному было скучно летать, а ночные птицы и бабочки сторонились его. Как бы он не уменьшался, все же это был слоненок.

– Вот бы мне найти друга, – думал он. – Как было бы весело вдвоем. Полетели бы к озеру, покупались в воде. А одному что там делать? Один раз он полетел к озеру, и начал купаться в нем. И вся вода покрылась блестящими разноцветными кружочками. Даже крокодилы высунули голову из воды, чтобы любоваться этим зрелищем. Казалось, что эти зубастые чудовища и нс видят Слоника, так их заворожила искрящаяся вода. Но он решил больше на озеро не летать.

– Где бы мне найти еще одного летающего слоненка, – вздохнул Слоник и еще выше поднялся в небо. – Может быть, звездочки знают? Им все сверху лучше видно. Конечно, надо спросить у звездочек. Как я об этом раньше не догадался, – и Слоник начал все быстрее и быстрее махать крыльями.

А вот и первая звездочка. Вблизи она была очень яркой и красивой. Слоник подлетел к ней.

– Давай дружить, – предложил он.

–А ты кто? – Удивилась звездочка. – Может быть, маленькая комета? Только они так переливаются разными цветами.

– Я Слоник, – ответил слоненок. – Вот выросту и стану большим слоном.

– Ты не можешь быть слоном, – засмеялась звездочка. – Слоны не умеют летать, кроме того, ты оранжевый, а слоны серые.

–Значит, ты не будешь дружить со мной? – Загрустил Слоник.

– Конечно, буду, – засмеялась звездочка. – Меня зовут Блестящая Смешинка.

– А меня Слоник, – обрадовался слоненок.

– Какой ты Слоник? Давай я буду тебя называть Летающий Хвостик.

– Может лучше Летающий Хоботок? – Обрадовался слоненок. – Хвостик у меня совсем маленький.

– Это даже лучше. Летающий Хоботок... Красивое имя для такого замечательного слоненка – улыбнулась Блестящая Смешинка. – Теперь и у меня будет друг.

– А ты не знаешь, где я могу найти такого же летающего слоненка, как я? – спросил Летающий Хоботок. – Если не слоненка, то хотя бы маленького бегемотика. Я так хочу иметь друзей.

– Нет, я ничем не могу тебе помочь, – приуныла Блестящая Смешинка. – Видишь вон ту яркую звезду? Она старше меня и очень строгая. Ее зовут Холодная М.. Может она сумеет тебе помочь.

– Тогда до встречи, – улыбнулся Летающий Хоботок и полетел к новой звездочке.

– Здравствуйте Холодная М! – Поздоровался слоненок.

– С каких это пор слоны стали летать и мешать звездам?

238

– Значит, Вы еще видели слонят? – Обрадовался Летающий Хоботок.

– Какой же ты болтливый! – Возмутилась Холодная М. – Ты мне мешаешь думать и светить.

– Простите меня, – грустно вздохнул слоник.

И тут он увидел, что мимо пролетела стайка маленьких разноцветных звездочек.

– А это что за звездочки? – спросил он.

– Это не звездочки, это сны полетели к детям, – поморщилась звезда.

И от этого ее свет начал мерцать.

– Полечу-ка и я за ними, – решил Летающий Хоботок. – Может они смогут мне чем-то помочь?

Он взмахнул крыльями, разогнался и быстро догнал стайку ярких звездочек.

– Куда вы спешите? – спросил их слоненок.

– Ой, посмотрите!– воскликнула одна из звездочек.– Игрушечный слоненок. Ты из какого магазина сбежал?

– Я настоящий,... – обиделся Летающий Хоботок. – И ниоткуда я не сбежал.

–Такого не может быть, – засуетились звездочки. – Это только в сказках или снах бывают летающие зверушки.

– Говорю вам, что я настоящий, – еще больше возмутился слоненок. – Это по ночам я становлюсь таким, а днем я серого цвета и щиплю траву. Можете даже у моей мамы спросить.

– Нам надо спешить, – забеспокоились звездочки. – Если мы опоздаем, то дети останутся без волшебных снов.

– А можно и мне полететь с вами? – обрадовался слоненок. – Я никогда не видел детей.

– Конечно можно, – откликнулась сиреневая звездочка. – Только ты такой большой. Мы ведь проникаем в комнаты через самые маленькие щели в окнах и дверях.

– А что мне тогда делать? – Приуныл Летающий Хоботок.

– Сейчас лето и много детей спит на воздухе, – улыбнулась розовая звездочка. – Так что ты обязательно сможешь их увидеть.

Вскоре показался город и звездочки начали разлетаться по домам. А под конец остались Летающий Хвостик и сиреневая звездочка.

– А вон мальчик лежит, видишь, – произнесла звездочка. – Только почему он не спит? Сейчас все дети должны спать.

Звездочка со слоником подлетели к нему.

– Почему ты не спишь? – Спросила звездочка мальчика. – Вот, познакомься, я к тебе в гости Летающего Хоботка привела.

– Это надувная игрушка, – уныло ответил мальчик. – Таких я в магазине видел.

– Никакая я не игрушка, тем более – надувная, – опять начал возмущаться слоник. – Я в Африке живу.

– Обманываете вы меня, – грустно произнес мальчик. – Как ты мог сюда прилететь из Африки? Африка очень далеко.

– Тогда садись на меня и сам убедишься, что я настоящий, – предложил Летающий Хоботок.

– А вдруг я не смогу его поднять? – Подумал слоник, но мальчик уже сидел на нем. Летающий Хоботок взмахнул крыльями, и они начали подниматься все выше.

– Хочешь, я познакомлю тебя с моими друзьями? – предложил он мальчику. – Как тебя зовут?

– Мое имя Гильберт, но для друзей я просто Гиль. А как тебя зовут?

– Меня зовут Летающий Хоботок, – ответил слоненок. – Но для друзей я просто Хоботок.

– Как здорово летать с тобой, – радовался Гиль.
– А можно еще быстрее?
Слоник замахал крыльями, и они понеслись вперед. Вскоре земля совсем уменьшилась, а вон и Блестящая Смешинка.
– Это опять ты, Летающий Хоботок? – обрадовалась звездочка. – А с кем это ты прилетел?
– Это мой друг Гиль, гордо произнес слоник. – Знакомься. Мы с ним решили немного полетать.
– Скоро рассвет, Летающий Хоботок, – предупредила Блестящая смешинка. – Ночь кончается.
– Тогда нам пора домой, – забеспокоился слоненок.
Вскоре они были около дома Гиля. Он спустился с Летающего Хоботка и улегся в постель.
– Ты завтра прилетишь? – Спросил Гиль.
– Конечно, прилечу, – улыбнулся слоненок. – Ведь мы теперь друзья.
Гиль закрыл глаза, сиреневая звездочка опустилась ему на лоб и исчезла. Гиль спал, и было видно, что ему снится прекрасный сон.
А слоник взмахнул крыльями и полетел к себе домой.
Когда он приземлился, то мама слониха была на ногах.
– Где ты был? – Спросила она. – Опять кого-то за хвост решил потаскать?
Но Летающий Хоботок не слушал ее. Он радостно носился среди слонов. Ведь теперь у него были настоящие друзья, и он с нетерпением ждал, когда же наступит вечер.
– Сегодня ты просто невыносимый, – ворчала Слониха-мама. – Что ты всех дергаешь за хвосты и носишься туда-сюда. Посмотри, как себя ведут другие.
– Потому что они просто слонята, а я Летающий

Хоботок, – отвечал малыш.

– Летающий Хоботок, – рассмеялась Слониха-мама. – Откуда ты себе такое имя придумал? Выдумщик ты.

– Это не я себе придумал, так меня назвала сверкающая Блестящая Смешинка.

– У нас в стаде нет слонихи с таким именем.

– А она не слониха, это имя звезды.

– Ой, совсем ты меня запутал своими выдумками, – еще громче рассмеялась слониха.

– Самое время пойти на озеро и немного отдохнуть в прохладной воде.

– Мы пойдем на озеро? – обрадовался слоненок.

– Там так хорошо, так прохладно.

– А ты откуда это знаешь? – удивилась слониха.

– Мы с тобой никогда еще там не были.

– Я был там, был, – запрыгал слоненок. – Я полетел туда.

– Ты не устал выдумывать всякие невероятные истории? Слоны не могут летать, – и слониха мама направилась по тропе, ведущей к озеру. Слоненок, обиженный, что ему не поверили, молча шел сзади. Вот и озеро.

Слониха набрала в хобот воды и начала поливать слоника. Но, с малыша стекала не простая вода. Она вся была покрыта разноцветными кружочками.

– Где это ты так вывалялся? – удивилась слониха. – Сколько лет живу, а такое вижу впервые.

Но слоник решил промолчать. Все равно ведь ему не поверят, если он начнет рассказывать про все свои приключения.

Весь день прошел на озере. Когда начало вечереть, то слоны отправились обратно. Летающий Хоботок не мог дождаться, когда в небе появится Луна. Он постоянно смотрел вверх.

– Что ты высматриваешь? – спросила слониха. –
Запомни, слоны не летают...

Летающий Хоботок больше не спорил. Он знал,
что когда взойдет Луна, он опять начнет
уменьшаться.

Сегодня он был очень нарядным, ярко зеленым
с красными и желтыми кружками.

Летающий Хоботок взмахнул крыльями,
оторвался от земли и быстро полетел.

– Жаль, что меня не видит мама, – думал он. –
Может, тогда она бы поверила, что я умею
летать.

Вскоре он подлетел к Блестящей Смешинке.

– Ты сегодня очень яркая, – похвалил ее
слоненок.

Блестящая Смешинка радостно заулыбалась.

– И ты, Летающий Хоботок, очень нарядный и
красивый, – обрадовано произнесла она. – Я
рада, что у меня теперь есть такой друг.

– Пойду, поздороваюсь с Холодной М, –
произнес слоненок.

Холодная М. увидев его, начала сильно мерцать.

– Это опять ты? – удивилась она. – И зачем
слоникам нужны крылья? Кто это выдумал? И
еще так раскрасил...

– Я не задержусь, и не буду задавать вопросов,–
оправдывался Летающий Хоботок. – Я хотел
всего лишь поздороваться с Вами.

Холодная М. перестала мерцать и удивленно
посмотрела на слоника.

– Ты хорошо воспитан, – чуть улыбаясь,
проговорила она. – Можешь каждый вечер
прилетать ко мне.

– Обязательно прилечу, – повеселел Летающий
Хоботок. – Но сейчас мне надо спешить к моему
другу Гилю.

– А это кто такой, Гиль? Тоже слоненок?

– Гиль – мой друг. Это мальчик, который живет

в городе. Он не спит по ночам и, уверен, давно меня дожидается.

– Прилетай с ним, – уже подобревшим голосом произнесла Холодная М. – Я не такая уж и холодная, как кажется.

– Мы навестим Вас, – пообещал Летающий Хоботок и быстро полетел в сторону города. Гиль не спал и постоянно смотрел на небо.

– Хоботок, ты прилетел, прилетел! – несказанно обрадовался он. – А я думал, что ты мне приснился. Я вчера впервые за долгое время заснул и видел красивые, цветные сны. Как хорошо, что ты настоящий, а не игрушечный. Мы сегодня будем летать?

Слоненок тоже был очень рад встрече. Ведь теперь у него есть друг, к которому он сможет прилетать, который ждет его.

– Можно я потрогаю твой хобот? – Спросил Гиль. – Я слонов видел только в зоопарке, и они там так ловко подбирали с земли морковь.

– А что такое морковь? – Поинтересовался Летающий Хоботок. – Я ее никогда не видел. Она большая?

– Сейчас увидишь, – рассмеялся Гиль, спрыгнул с кровати и убежал в дом.

Вскоре он вернулся, держа в руках несколько морковок.

– Посмотри, вот это и есть морковь, и слоны ее очень любят.

– Ты уверен, что ее можно есть? – опасливо посмотрел на морковь слоник. – Очень она яркая. А мама мне говорила, что все яркое надо избегать, так как это может быть змеёй.

Гиль начал громко смеяться.

– Вот смотри, видишь, как я ее грызу. Я сам ее очень люблю.

Слоненок с опаской начал обнюхивать морковь, но она так вкусно пахла, что он не смог удержаться, подхватил одну хоботом и отправил в рот. Что-то очень вкусное и сочное захрустело под зубами. Через секунду не сталось ни одной морковки.

– Ой, что это с тобой произошло? – воскликнул Гиль. – Ты стал морковного цвета и на тебе салатовые кружочки. Как это красиво. Когда же мы полетим?

– Садись скорее, – улыбнулся слоненок. – Мне самому очень хочется полетать. Кроме того, я обещал Холодной М познакомить тебя с ней. Когда они подлетели к Холодной М, то та задумчиво тихо мерцала.

– Познакомьтесь, Холодная М. Это мой друг Гиль. Мы с ним теперь неразлучны.

– Ах, это ты опять, слоник? – недовольно промолвила звезда. – Но ты же был совсем другого цвета.

– Здравствуйте, Холодная М – поздоровался Гиль. – Это я угостил Хоботка морковкой, и он стал таким красивым.

Звезда не ответила Гилю на приветствие, а начала с любопытством его разглядывать.

– А почему Вас зовут – Холодная М? – Спросил Гиль.

Услышав вопрос, звезда начала сильно мерцать.

– И почему Вы так сильно мерцаете?

– Ты просто несносный мальчик, – возмутилась Холодная М. - Разве можно задавать столько вопросов?

– Простите его, – вмешался Хоботок. - Я не предупредил его, что Вы не любите, когда что-то спрашивают. Но и мне интересно было бы узнать, почему Ваше имя Холодная М. Вот имя Блестящей Смешинки мне понятно. Она всегда радостно улыбается. И, кроме того, Вы совсем не холодная. Мне интересно с Вами.

Звезда начала сиять все ярче и ярче, и свет

отдавал красным. Было видно, что ей очень приятен слоненок.

– Хорошо, я расскажу, почему меня так зовут, – обратилась она к Хоботку. – Когда-то, давным-давно, я носила имя Чудесная Мандаринка и светила ярким, оранжевым светом. Но потом оранжевый свет начал исчезать и сменился на бело-голубой, цвет холода. А таких мандаринок не бывает. И я поменяла свое имя на "Холодная Маркиза". Но многим не нравится слово ,,маркиза,, и я взяла только первую букву ,,М,,. Так я и стала Холодной М.

– Чудесная Мандаринка, – засмеялся Гиль. – Я так люблю апельсины и мандарины. Особенно на Новый год.

– Новый год,.. – задумчиво произнесла Холодная М. – Как это красиво. Пожалуй, я и с тобой буду дружить, – продолжила она, обращаясь к Гилю. – Ты стал мне нравиться.

– А как сделать, чтобы Вы опять засияли прежним светом? Может и Вам морковка поможет, как Хоботку. Посмотрите, он по цвету почти как мандаринка.

Холодная М, услышав это, начала радостно улыбаться.

– Ты очень добрый, Гиль, – смутилась она. – Я не знаю, как можно мне вернуть прежний свет, но это и не важно. Главное, что ты и слоник проявили ко мне внимание и я рада, что познакомилась с вами.

– Смотри! Смотри, Гиль! Видишь там стайку звездочек? Это волшебные сны полетели к детям. А вот еще стайка, – показывал хоботом слоненок.

– А откуда они появляются, эти звездочки – сны? – спросил Гиль.

– Не знаю, – расстроено ответила Холодная М.. Может вам звездочки расскажут, откуда они

берутся.
– Садись скорее, Гиль. Мы их догоним и спросим. – Слоненок хоботом потянул мальчика.
– До встречи, Холодная М, – одновременно прокричали Хоботок с Гилем и полетели вслед за звездочками.e

Часть вторая

Вскоре они догнали одну из стаек. Было видно, что звездочки очень спешат.
– Мы опаздываем, – постоянно переговаривались они. – Нам надо успеть к детям.
– Откуда вы летите? – спросил их слоник. – Где вы рождаетесь?
–Это большой секрет, – пролетая, ответила зеленая звездочка, – и мы не имеем права рассказывать никому об этом. Зачем вам это надо знать? А тебе, – обратилась она к Гилю, – давно пора лежать в кровати, а не летать со слоником. Маленьким детям по ночам опасно летать.
– Я не могу спать, – уныло ответил Гиль. – Я давно по ночам не сплю. Хорошо, что с Хоботком познакомился и теперь мне не скучно по ночам.
– Ты не можешь спать? – удивилась звездочка. – И не видишь каждую ночь разноцветных снов? Гиль покачал головой.
– Нет, не вижу.
– Ему надо помочь! – вмешалась оранжевая звездочка. – Сколько он так будет летать со Слоником?
– Но нам запретили говорить, откуда мы летим, – возразила зеленая звездочка.

– Давайте завтра встретимся, и я постараюсь тебе помочь, – улыбнулась Гилю оранжевая звездочка. – Я спрошу, можно ли только тебе рассказать, откуда берутся детские цветные сны. А сейчас нам надо спешить.

Хоботок с Гилем решили вернуться домой.

– Надо дождаться завтрашней ночи, – утешал Гиля Слоненок. – Я обязательно прилечу, и мы обо всем разузнаем.

Гиль принес еще моркови и угощал Хоботка. Так, в разговорах прошел остаток ночи. И когда стало видно, что вскоре наступит рассвет, друзья распрощались, и Слоник полетел домой.

– Ты сегодня какой-то странный, – говорила Хоботку Слониха-мама. – Не бегаешь, никого не беспокоишь. Может, ты нездоров? Простудился после купания? – И она хоботом поглаживала его спинку.

– Я здоров, – отвечал Слоненок. – Но сегодня ночью у меня много дел. Мы с Гилем должны полететь и узнать, откуда берутся сны.

– Ты просто неисправим, – рассмеялась Слониха. – Сколько раз мне тебе повторять, что ты не можешь летать. Это все тебе снится. Маленькие слонята, когда растут, то им во сне кажется, что они летают.

– А во сне вкусную морковку тоже жуют?– Возмутился Хоботок. – Она такая хрустящая и сочная.

– А что такое морковка? – Удивилась Слониха. – И что за странные сны тебе снятся.

Слоник ничего не ответил. Он только грустно вздохнул и посмотрел на небо. До вечера еще было очень далеко.

– Интересно, что сейчас делает Гиль? – подумал он. – Вот бы с ним днем встретиться и поиграть. Как было бы здорово. И почему я днем не могу летать?

Он даже подпрыгнул, но шлепнулся на землю.

– Теперь-то хоть убедился, что ты не пеликан или цапля, – громко рассмеялась Слониха.

Слоник опять грустно вздохнул и начал щипать траву.

– Странно, вот трава повсюду растет. Лучше бы вместо нее росла морковка, – подумал Хоботок.

– Какой же сегодня длинный день...

Но вот солнышко начало клониться к закату и Хоботок почувствовал, что стало очень легко ходить. Он при каждом шаге почти зависал в воздухе.

Наконец небо совсем почернело, и взошла луна. Сегодня Слоник был ярко-розового цвета. Он взмахнул крыльями и полетел к Гилю.

– Давай! Не медли! – воскликнул он при виде друга. – Сегодня ночью у нас масса дел.

Гиль не заставил себя долго ждать. Он быстро уселся на Слоника, и они помчались вверх. Повсюду носились стайки разноцветных звездочек.

– Как нам теперь найти вчерашнюю зеленую звездочку? – Огорчился Гиль. – Посмотри, сколько вокруг пролетает зеленых звездочек.

– Не знаю..., – приуныл Хоботок. – А вдруг она позабыла о нас.

– Это ты, летающий Слоник? – Вдруг услышал он. – Меня попросила вас встретить моя сестра. Вчера она обещала вам помочь. А это тебе не спится? – уже обращаюсь к Гилю, продолжила она.

– Да! Это мы! – Радостно закричал мальчик.

– Тогда летите за мной! – Скомандовала звездочка и понеслась вперед.

Слоник еле успевал лететь за ней. Он махал крыльями изо всех сил, чтобы не отстать.

– Ты крепче держись, – прокричал он Гилю. – Смотри, не упади с меня.

Но Гиль крепко держался за него.

– Ухватись за мой хобот, – снова прокричал слоненок.

Они поднимались все выше и выше.

– Интересно, долго нам так еще лететь? – Подумал слоненок. – Ведь еще предстоит вернуться обратно.

И хотя он порядком подустал, он все равно махал крыльями. Ведь ему так хотелось помочь своему другу, чтобы и он, как все дети, видел каждую ночь красивые сны.

Вскоре впереди замерцал свет, а вокруг все чаще стали пролетать стайки звездочек. Это было очень красиво.

– Посмотри, сколько звездочек, – засмеялся Гиль. – Это похоже на салюты в день праздников.

Слоник не знал, что такое праздники и салюты, но сейчас ему было не до вопросов. А свет становился все сильнее. Впереди показалась большая звезда.

– Мы почти долетели, – улыбнулась им звездочка.

Слоник подлетел к звезде. Она вся искрилась, и из нее вылетали стайками разноцветные звездочки.

– Здравствуйте! – Поздоровались Хоботок и Гиль со звездой.

– Меня зовут Летающий Хоботок, а это мой друг, Гиль.

– Я вас ждала, – приветливо улыбнулась звезда.

– Мне вчера про вас рассказывали. Мое имя Сладкая Дрёма. Это я рассылаю детям их сны. А ты видимо тот мальчик, который не может заснуть?

– Да, я Гиль, – ответил малыш, – и я давным-давно не сплю. Только в тот день, когда познакомился с Хоботком, мне удалось немного поспать. Но это было так недолго.

– Тебе удалось заснуть, так как кружочки на слоненке волшебные, и они тоже навевают сны. Но я пока не могу тебе ничем помочь. Злая Черная Комета однажды узнала, как можно сюда долететь и похитила часть звездочек. Вот почему и ты Гиль, и еще многие дети не можете заснуть, и вам не снятся сны.

– Значит, Гиль никогда не сможет заснуть? – Огорчился Слоник. – А как ему можно помочь? Где найти эту Черную Комету?

– Она очень коварная и страшная, – огорченно вздохнула Сладкая Дрема. – Ее очень трудно заметить, так как на черном небе она не видна. Это она незаметно подлетает к ярким звездам и похищает их свет.

– Значит, это она похитила оранжевый свет Чудесной Мандаринки? – воскликнул Слоник. – Потому она стала светить белым светом?

– А вы знакомы с Чудесной Мандаринкой? – удивилась звезда.

– Да, мы с ней дружим, – закивал хоботом Слоник. – И с ней, и с Блестящей Смешинкой.

– Я вижу, что вы обзавелись здесь хорошими друзьями, – рассмеялась Сладкая Дрема. – Как бы мне вам помочь?

– Я знаю, как им помочь, – неожиданно вмешалась в разговор зеленая звездочка. – Однажды, пролетая мимо Блестящей Смешинки, я слышала, что она с кем-то разговаривает. Но ее собеседницы не было видно. Может, это была Черная Комета?

– Ты уверена, что не ошибаешься? – Спросила звездочку Сладкая Дрема.

– А мы сейчас полетим к Блестящей Смешинке и сами ее обо всем спросим, – обрадовался Слоник. – Она нам все расскажет, я уверен.

– Тогда летите скорей, – заулыбалась Сладкая

Дрема.

Слоник взмахнул крыльями, и они с Гилем полетели в сторону Блестящей Смешинки.

– Как хорошо, что вы прилетели, – обрадовалась звезда. – Я как раз о вас думала.

– Ты знаешь Черную Комету? – даже не поздоровавшись, задал вопрос Слоник.

Блестящая Смешинка перестала улыбаться.

– А ты откуда знаешь про Черную Комету?– удивились она.

– Так знаешь или нет? – нетерпеливо повторил вопрос Слоник.

– Черная Комета прилетает ко мне, – призналась Блестящая Смешинка. – Как-то она прилетела, чтобы похитить и мой цвет, но я очень просила ее этого не делать. И она сжалилась надо мной, сказала, что ей нравится, что я постоянно улыбаюсь. Так мы и подружились с ней. Ведь Черная Комета очень одинока, а я ее единственная подруга. Скоро она должна прилететь, но вам незачем оставаться здесь. Ей это может очень не понравиться. Я сама обо всем расспрошу ее, а потом вам расскажу.

– Тогда мы полетаем еще немного, – согласился Слоник. – Навестим Холодную М, а потом вернемся к тебе.

– Передайте и от меня ей привет, – улыбнулась звезда. – Я буду вас ждать, и все разузнаю.

Холодная М очень обрадовалась Хоботку и Гилю.

– Как хорошо, что вы не забываете меня, – радостно проговорила она.

На этот раз ее свет не мерцал, и она ярко светила.

– Может быть, мы сумеем вам помочь стать прежней Чудесной Мандаринкой, – загадочно сказал Слоник. – И вы снова будет светить ярким, оранжевым светом.

– Этого не может быть, – грустно вздохнула Холодная М. – Я уже привыкла к этому цвету.

– Все возможно, надо только верить, – ободрил ее Гиль. – Может быть, и я начну спать по ночам, и ко мне будут прилетать волшебные сны.

– Вы так говорите, – улыбнулась Холодная М, – что я начинаю верить, что стану прежней яркой звездой.

– Конечно, верьте, это обязательно будет, – продолжил Гиль.

Они еще немного побеседовали, а потом Слоник с Гилем полетели обратно к Блестящей Смешинке.

– Ты что-нибудь узнала? – поинтересовался Хоботок.

– Конечно, узнала, – радостно улыбнулась звезда. – Мне Черная Комета сказала, что она освободит звездочки-сны и вернет всем похищенные цвета тогда, когда сама станет яркой и нарядной. Но как это сделать, она не знает.

– Кажется, я знаю, чем можно ей помочь, – радостно замахал крыльями Хоботок. – Но пусть это пока будет моей тайной. Ты только договорись с Черной Кометой, чтобы она нас завтра ждала. А сейчас нам надо спешить. Мне еще Гиля домой предстоит довезти.

– Тогда до встречи, – широко улыбнулась Блестящая Смешинка.

Слоник домчался до дома Гиля, и только успел ему сказать: – Завтра у нас все получится. Я уверен...

Потом взмахнул крыльями и быстро полетел домой.

– Ты сегодня совсем расшалился, – прикрикнула на слоненка мама. – Перестань всем мешать.

Нельзя же непрерывно носиться и всех теребить.

Но слоненок и не слышал ее. Он подпрыгивал, кувыркался и норовил всех подергать за хвост. Радость переполняла его. Он с нетерпением ждал только вечера.

Гиль поджидал слоненка, и в руках у него были сочные морковки.

Вот и слоненок. Сегодня он был желтого цвета и множество красных и фиолетовых кружков были рассыпаны на нем.

– Пока я поем морковку, ты быстро наполни два ведра воды, – скомандовал он.

– А это еще зачем? – удивился Гиль.

– Сейчас не время задавать вопросы, – жуя морковь, проговорил Хоботок. И наполни воды побольше.

Вскоре Гиль принес ведра с водой.

– Они такие тяжелые, – жаловался он. – Ты сможешь их со мной поднять?

– Я все же Слоник, – рассмеялся Хоботок.

Он ловко подхватил ведра, Гиль уселся, и они полетели в сторону Блестящей Смешинки.

– Где Черная Комета? – спросил звезду слоник. – Она не прилетела?

– Я здесь, раздался незнакомый голос.

Гиль со Слоником посмотрели в сторону, откуда донесся голос, но ничего не было видно. Казалось, что там и нет никого.

– Вы меня не можете увидеть, – снова раздался голос. – Я совсем не видна на черном небе. Потому меня и зовут Черная Комета.

– Сейчас мы это исправим, – рассмеялся слоник.

Он окунул хобот в ведро и направил струю воды в сторону, откуда раздавался голос. Вместе с водой вылетали тысячи разноцветных кружков. А Слоник снова и снова поливал водой. Вдруг рядом с Блестящей Смешинкой начало тихо светиться, и свет становился все ярче и ярче. Он переливался желто-оранжевыми цветами, переходящими порой то в красный, то в фиолетовый цвета. Это светилась Черная Комета. Она окрасилась в яркие тона.

И чем больше Хоботок поливал воды, тем комета становилась ярче.

– Что это с тобой? – вдруг испуганно воскликнул Гиль. – Посмотри, ты стал серого цвета, как обычные слоны.

В этот момент из Черной Кометы вылетела большая стайка разноцветных звездочек.

– Мы свободны, скорей полетим к детям, – переговаривались они.

А одна звездочка оранжевого цвета, подлетела к Гилю и стала кружить вокруг него.

– Спасибо тебе, Слоник, – благодарила Хоботка Черная Комета. – Теперь я уже не Черная, а Радужная Комета.

И она быстро помчалась по небу.

– Скорей теперь к Холодной М!– воскликнул Гиль.

– Прощай, Блестящая Смешинка. Спасибо за помощь, – благодарили звезду мальчик и Хоботок.

Блестящая Смешинка, только радостно смеялась. Она была счастлива, что помогла своим друзьям.

– Посмотри, вон Холодная М. Видишь, она стала прежней оранжевой звездочкой, – закричал Гиль.

Холодную М было просто не узнать, так она преобразилась.

– Я стала прежней, – радовалась она. – Я снова Чудесная Мандаринка, – и звезда сияла еще ярче и прекрасней. – Это вы, мои друзья, помогли мне стать прежней. Как же я благодарна вам.

Гиль и слоненок только радостно улыбались в ответ.

– Нам пора, – печально сказал Слоник. – Жаль расставаться с Вами. Вы так красивы.

– Еще раз спасибо тебе, Слоник, – улыбалась звезда. – До встречи.

Хоботок с Гилем полетели в сторону города. Оранжевая звездочка летела рядом.

Как только Гиль лег в постель, звездочка влетела к нему в волосы, и он мгновенно заснул.

– Прощай Гиль, – грустно произнес слоненок и погладил его хоботом. – Ты самый хороший друг на земле.

Весь день Слоник был задумчив и печален, но иногда он улыбался.

– Ты очень вырос за эти дни, – ласкала его слониха-мама. – Ты становишься красивым слоном.

Когда пришел вечер, слоненок опять стал смотреть на луну. Но сегодня он не стал цветным и крылья не выросли. Он знал, что так и будет. Но он продолжал смотреть в небо, где остались его друзья: Блестящая Смешинка и Холодная М. Он знал, что и Гиль сейчас смотрит в небо и думает о нем. А к земле уже летят стайки звездочек, и все дети сегодня будут спать и видеть прекрасные сны.

Конец

КАПЕЛЬКА

Эта сказка – мой новогодний подарок прекрасной женщине и поэтэссе Илане Арад

Ручеек, весело журча, бежал среди камней. Вода в нем была прозрачной, холодной и искрилась под солнцем. Казалось, будто сама радуга спустилась с неба, раскололась на тысячи малюсеньких осколков, которые поселились в каждой капельке. Но в одном месте ручеек сильно растекался, и тут уже вода могла прогреться. Легкий, почти невидимый, пар поднимался над этим крошечным озерцом.

- Ой, кажется я лечу, - удивилась Капелька. - Меня почему–то постоянно тянет вверх.

- Конечно летишь, - улыбался ей Ветерок. – Вон видишь эти белые облака? Там много твоих сестер. Сейчас мы поднимемся к ним.

- И я стану такой же пушистой? - Недовечиво слушала Капелька.

- Даже и не сомневайся, - подхватил пар Встерок. – Я подниму тебя высоко - высоко.

Капелька летела и смотрела по сторонам.

- Какой же большой этот мир, - удивлялась она. – А вон и ручеек, где я раньше жила. Тогда он мне казался огромным, а сверху выглядит, как тоненькая, голубая ленточка.

- Тебе нравится лететь? – Спрашивал, лаская капельку, Ветерок. - Ты не жалеешь, что поднялась в небо?

- Неси меня выше! - Вместо ответа воскликнула Капелька. - А что там вдалеке такое большее и зеленое?

- Это лес, - вдохновился Ветерок. – Там много-много деревьев . Они – очень
высокие и покрыты листочками, а вы, капельки воды, дарите им жизнь.

- Неужели мы, такие маленькие, можем чем–то помочь этим огромным кленам? -
Опять стала сомневаться Капелька. – Ты не обманываешь меня, Ветерок?

- Вы нужны не только деревьям, но и каждой травинке и цветочку, - засмеялся Ветерок. –
Видишь там, далеко, большое, зеленое пятнышко? Это – луг. А на нем –много-много
красивых цветов, и над ними жужжат пчелы.

- А я тоже стану пчёлкой? – Продолжала распрашивать Капелька. Ведь и я умею летать.

- Ты не можешь стать пчёлкой, – грустно вздохнул Ветерок. - Ты же частичка воды.

- Ничего не понимаю, - немного расстроилась Капелька. – Они летают, и я летаю, в чем
же разница?

- Пчёлки дают мед, они живут в ульях, а ты не умеешь этого, - попытался объяснить
Ветерок. – Кроме того они постоянно жужжат, а ты жужжать не умеешь.

- Как это не умею, - рассердилась Капелька. – Вот послушай:
ЖЖЖЖЖЖЖЖЖЖЖЖЖЖЖЖ,
разве я плохо жужжу?

- Пчелки так не жужжат, такой звук издают жучки.

- А это кто такие, жучки? – Растерялась Капелька. – Ты про них мне ничего не
рассказывал.

- Жучки, это – как пчелки, но они не дают мёда, - попытался объяснить Ветерок.

- Пчелкой быть не могу, жужжу, как жучок, но не жучок я. Видимо, и не стоило лететь.

- Ты лучше посмотри направо, - подбодрил ее Ветерок. - Видишь большая, голубая полоска? – Это река, и в ней плавают рыбки.

- А они тоже жужжат? – Спросила Капелька. Ветерок громко рассмеялся.

- Рыбки не умеют разговаривать.

- Как это не умеют? – Удивилась Капелька. – Совсем-совсем не умеют?

- Совсем-совсем, - нежно подул Ветерок. – Теперь не жалеешь, что летишь со мной?

- Поднимай еще выше, - смеялась Капелька. Ветерок подхватил ее и понес к облачку.

- Принимайте вашу новую сестричку, - обратился он к капелькам. – Хотите я вас понесу вперед?

- Конечно хотим, - дружно закричали все частички воды. – И побыстрее.

- Как тут хорошо, - оглядывалась наша Капелька. – А я знаю, кто такие пчёлки, - обратилась она к одной из новых подружек. Они умееют жужжать. Вот так:

ЖЖЖЖЖЖЖЖЖЖЖЖЖ
ЖЖЖЖЖЖЖЖЖЖЖЖЖЖ

Тут все капельки вместе стали громко жужжать. Облачко сразу же стало быстро расти и темнеть. Вскоре оно превратилось в огромную, дождевую тучу.

- Ой, что с нами произошло? – Стали волноваться капельки. – Почему мы больше не такие белые и пушистые?

- Я знаю, - раздался со страшными перекатами голос, от которого можно было оглохнуть.

Это первый Гром прогремел. – Теперь вы не облачко, а туча, грозовая туча. Хотите снова полетать?

- Очень хотим, - хором ответили капельки. – Носиться по воздуху так здорово!

- Тогда летите, - громче прежнего прогрохотал Гром, и сверкнула молния.

Пошел дождь, теплый весенний дождь.

- Я опять лечу, - радовалась наша Капелька. – Только сейчас быстрее, чем раньше.

Она упала на листик дерева.

- Ты кто? – Подползая к Капельке спросил незнакомец. Он был большим и пестрым.

- Я – Капелька. А ты кто?

- А я – жучок. Хочешь послушать как я умею жужжать?

Он раскрыл крылья и стал ими махать.

- Так вот ты какой, - обрадовалась Капелька. Мне про тебя Ветерок рассказывал.

А я тоже умею жужжать.

Но стоило ей произнести первое "Ж", как она быстро скатилась с листика вниз.

- Долго же я ждал дождя, - радостно воскликнул Василёк.

Он проглотил малюсенькую капельку, и на нем открылся новый бутон.

- Как прекрасен мир! – Воскликнул новорожденный цветочек, оглядываясь по сторонам.

Ничего прекрасней я не видел.

Природа радовалась дождю.

КОНЕЦ

МАЙСКАЯ РАДУГА

Лягушки, сидя на берегу, дремали под ласковым весенним солнцем. После долгой зимы под теплыми лучами было так приятно нежиться, что их даже не интересовали мошки и комары, которые маленькими тучками кружили над водой.

Казалось, что природа купается в самой весне. Повсюду слышалось пение птиц, жужание пчел, разных жуков и стрекоз, а кузнечики не умолкали даже по ночам.

Обитатели рощи радовались, что завтра наступит столь долгожданный май. Это был самый хороший месяц для обитателей озера рощи. Ведь именно в мае распукались яркие, красивые цветы, начинались теплые, весенние дожди, после которых на небе загоралась радуга. Все зверюшки радовались ее появлению и старались пройти под разноцветным мостиком, загадав свои самые сокровенные желания. И каждый был уверен, что они непременно сбудутся.

Но, главнос, в мае распускались водяные лилии. Эти прекрасные цветы были особенно хороши здесь, на озере, и все с особым нетерпением ждали, когда же распустится первый бутон. Вся поверхносто озера была усыпана ярко-зелеными широкими листьями и нераскрывшимися цветами.

- Кто мне может сказать, что это за странный бутон появился вон на той лилии, - громко проквакала одна из лягушек. – Хоть встречаю и не первую весну, но ничего подобного не видела.

Ее подружки тут же очнулись от дремы.

- А, правда, - сразу же оживились они, - что это за странный бутон? - Он какой-то очень большой и совсем непохож на других. Может это вовсе и не лилия?

Тут к лягушкам подошел Ежик. Все очень любили его и радовались, когда тот приходил на озеро. Он мог часами рассказывать интересные истори, про белочек, мышей и птиц. Ведь Ежик давно жил в роще, и все ее обитатели были его друзьями. Кроме того он был очень умный, много чего повидал и даже умел считать до пяти.

- О чем так громко квакаете, непоседы? Вас за версту слышно! – улыбался Ежик. – Опять что-то неподелили или заняты подсчетом комаров да мошек? Ну-ка рассказывайте.

- Ежик пришел! – Послышалось кваканье со всех сторон. – Интересно, что он сегодня расскажет.

- А может он что-то знает про тот загадочный бутон и объяснит нам лилия это или нет? – Подпрыгнула одна из лягушек.

- Правильно, правильно, - раздалось дружное кваканье. – Пусть расскажет, что ему известно.

- Это о каком бутоне вы говорите? – Удивился Ежик.

- Вон, видишь тот огромный бутон лилии? – Засуетились лягушки. - Он очень странный и слишком большой для обычного цветка. А еще, по ночам, из него непрерывно струится какой-то мягкий и загадочный свет.

- Ах, вы про этот бутон говорите, - усмехнулся Ежик. – Теперь мне понятно о чем вы тут шумели - и он хитро улыбнулся. Еще на прошлой неделе, когда он только появился, я его тоже заметил. Но ничего странного. Просто распустится большая лилия.

- Он что-то знает, но не хочет нам рассказать, - надула горлышко самая большая лягушка. – Посмотрите, как он хитро улыбается. Говорю вам, что это неспроста!

- Да ничего я не знаю, - засуетился Ежик, но загадочная улыбка еще больше расплылась на его губах.

- А почему ты тогда постоянно улыбаешься ? – Продолжила лягушка. – Меня не обманешь...

- Я улыбаюсь потому, что день сегодня такой хороший. Посмотрите, как ярко светит солнышко, а кроме того, очень скоро наступит май. Но, мне надо идти по своим делам, а то ничего не успею, - неожмданно заторопился Ежик. - Заболтался тут с вами. Так и день пройдет. А у меня сегодня очень много важных забот.

Вскоре он скрылся среди деревьев.

- Ежик что-то точно знает, но скрывает это от нас, - заквакали хором лягушки. - Ведь он обычно всегда подолгу сидит на берегу, беседует с нами, рассказывает последние новости или какую-нибудь веселую историю. Что-то тут не так... Стоило его только спросить про этот страшный бутон, как у него сразу же нашлись неотложные заботы. А какие у него могут быть срочные дела, если в роще еще нет ни грибов ни ягод? Выдумал он все, чтобы поскорее уйти.

- Я уверена, что он обо всем знает, - высоко подпрыгнула самая зеленая лягушка. – Разве мы не помним, что он умеет считать до пяти и может разгадать любую загадку? Давайте подплывем поближе к этому бутону и посмотрим, что же там находится внутри, что светится по ночам. Может повезет и что-то сблизи увидим.

- Верно говоришь! - Подпрыгнули лягушки и упали в воду.

Все быстро поплыли к цветку и расселись на листьях лилий. Однако, что же таится внутри него все равно не было видно. Лепестки бутона были плотно сомкнуты, и он покачивался на воде.

Время шло, таинственный бутон с каждым часом все увеличивался и увеличивался, а края его лепестков начали постепенно окрашиваться в нежно- розовый цвет.

- Странно.... Совсем непонятно, - проквакала одна из лягушек. - Все бутоны белые, а этот даже начал розоветь. – Наверно это не лилия, а какой-то другой цветок.

Так, за обсуждениями и ловлей мошек, прошел весь день. Кваканье лягушек раздавалось без умолку. А вот уже и вечер незаметно подкрался, и солнышко, коснувшись воды, и начало садиться. Закат особенно был красив на озере. Казалось, что солнце, как бы погружается в воду, купаясь в озере, и лучи осветили самое дно. Вся поверхность водоема начинала искриться и сверкать.

Мошек и комаров значительно прибавилось, и лягушки тут же позабыв про бутон, занялись их ловлей.

Когда солнце совсем село, и наступил поздний вечер, на небе одна за другой начали зажигаться первые звездочки. Из бутона сразу же начал струиться волшебный свет. Однако сегодня он был как-то особенно ярок, и переливался всевозможными цветами. Это было настолько красивое и завораживаюшее зрелище, что лягушки тут же перестали ловить комаров и начали любоваться бутоном.

- Опять смотрите и не можете наглядеться? – Неожиданно из темноты раздался голос Ежика. - Чего вы ждете? Бутон, как бутон. Ничего в нем нет особенного.

- Как это нет ничего особенного? – Громко и наперебой заквакали все лягушки. - Тогда почему из него струится этот загадочный свет, а остальные цветы не светятся?

- Ну и что из того, что он светится? Эка невидаль, - Рассмеялся Ежик. - Может ему просто нравится светиться, а может это отблески лунного света играют.

Хитрая улыбка вновь заиграла на его губах. Тут, чтобы напиться, к берегу подбежали две лесные мышки.

- Смотрите, какой красивый бутон, - встала на задние лапки одна из мышек. - Такого большого и красивого я никогда не видела. В нем есть что-то волшебное.

- Вот видишь! - опять начали еще громче квакать лягушки. - Даже мышкам и то этот бутон кажется странным. Рассказывай, что знаешь. Мы же твои друзья!

- Мало ли что они говорят, - махнул лапкой Ежик. – Им бы только суетиться и пищать. Ничего в странного в бутоне нет. - И отстаньте от меня с вашими распросами. Вот, завтра бутон раскроется и вы сами все увидите, что там скрывается.

- А откуда ты знаешь, когда он зацветет? - Проухала Ежику подлетевшая Сова. - Может бутон раскроется не завтра, а сегодня ночью или через день, а то и два?

- Такого не может быть, - сердито засопел Ежик. – Цветок раскроется именно завтра, когда поднимется солнышко и осветит его первыми лучами. – В этом я уверен.

- Вот опять ты говоришь загадками, - замахала крыльями Сова. – Говори, что знаешь. От друзей не должно быть тайн.

- Нечего мне рассказывать, - смутился Ежик. – Сами убедитесь, что завтра лилия будет цвести!

- Он все знает, конечно, знает, что это за бутон, - одна за другой подпрыгивали и квакали лягушки. – Посмотрите на его мордочку. Видите, как он хитро улыбается.

- Ежик, если ты сейчас нам не расскажешь, что это за бутон, мы перетанем с тобой дружить и больше не будем рассказывать новости – обиделась самая большая лягушка.

- Она права, так не дружат, - поддержала лягушку Сова. – Поделись с нами, что тебе известно. Ведь это наше общее озеро, наша общая роща, и всем интересно знать, что скрывается в этом цветке. Мы, твои друзья, просимоб этом.

- Расскажи, расскажи нам все, что знаешь про этот цветок, - хором пропищали и проквакали мышки с лягушками.

- Хорошо-хорошо, - отмахиваясь от них проворчал Ежик. - Я вам расскажу, что это за бутон. Он не простой. Такое бывает очень-очень редко, и я уже не помню от кого это слышал. В этом волшебном бутоне находится маленькая фея, и она родится завтра.

- Как фея? - Раздалось со всех сторон. - Какая фея? Неужели это правда? Рассказывай дальше!

- Больше я ничего не знаю, - вздохнул Ежик. – Все, что будет, мы увидим завтра. Видите, как края бутона стали розовыми, и свет струится еще сильнее? Тут нельзя ошибиться. На рассвете родится фея этого озера и всей рощи.

- Значит у нашего озера будет своя фея? - Громко заквакали лягушки и принялись обниматься.

- Это будет фея не только озера, но и всех цветов и деревьев, которые окружают его. Это будет наша фея, - продолжил Ежик.

- А как ее зовут? – пропищала мышка.

- Вот этого даже я не знаю, - засопел Ежик. – Как ее имя, мы завтра спросим у самой феи.

Известие о том, что на рассвете родится фея начало разлетаться по всему озеру и роще. Все с нетерпением ожидали, когда появится солнышко и наступит первый день мая. Даже рыбки, которые обычно ни в чем не участвовали, непрерывно выпрыгивали из воды, чтобы посмотреть, не раскрылся ли бутон. На берегу озера собралось много разных зверюшек, а лягушки расселись вокруг цветка и не сводили с него глаз. Всем казалось, что ночь никогда не кончится.

Но, вот звездочки на небе стали гаснуть одна за другой, а Месяц, послав свои последние серебряные лучи, тоже отправился спать. Над озером начала загороться заря. А бутон все увеличивался и увеличивался. А когда солнышко взошло, и первые лучи осветили всю поверхность воды, бутон начал медленно открываться.

Какое же это было красивое зрелище! Распускаясь, он превращался в прекрасный, розовый цветок лилии. И, когда полностьюрасцвел, все увидели, что в самой середине сидит прекрасная, маленькая фея. Она была одета в розовую, расшитую золотом одежду, а за ее плечами развевался маленький золотой плащ. На голове у феи была корона, а в руках она держала волшебную палочку.

- Какая же она красивая! - Раздалось со всех сторон. - Теперь и у нас есть своя фея!

А лягушки подхватили цветок и поплыли к берегу. Первым к фее подошел Ежик.

- Мы очень рады тебя видеть, - радостно улыбался он. – И озеру, и деревьям и цветам - всем нам, обитателям этой рощи давно хотелось, чтобы у нас была своя фея.

- Какие вы все добрые и хорошие, - оглядываясь по сторонам, улыбалась фея. - Еще находясь в бутоне, я слышала ваши голоса, но не могла отвечать, пока цветок не раскрылся.

- А как тебя зовут? – проквакала самая любопытная лягушка.

- Меня зовут Сирела, что на языке фей означает Майская Радуга.

-Да здравствует фея Сирела! Да здравствует фея Майская Радуга! - Раздалось со всех сторон.

Под эти радостные возгласы, без дождя, засияла огромная радуга, а бутоны лилий один за другим начали раскрываться. Вскоре вся поверхность озера была усыпана красивыми, белыми цветами, а в самой середине, излучая свет, горел розовый цветок.
Праздник продолжался весь день, и весь день на небе играла радуга. И все обитатели рощи смогли пройти под ней, загадывая любое желание, которое тут же исполялась, как только фея взмахивала волшебной палочкой. Все радовались и смеялись.

Ежик расхаживал гордым и довольным и всем говорил: - Вот теперь у нашей рощи есть своя фея Сирела, Майская Радуга и все здесь станет еще прекрасней.

Майское солнышко улыбалось сверху и осыпало озеро свои лучами. Казалось, что оно наполнено не водой, а золотом и серебром.
Вот и наступил долгожданный месяц май.

МАК

Посвящается чудесной Женщине и талантливой Писательнице Елене Шуваевой-Петросян

Этот огромный луг был покрыт только ромашками. Год за годом они здесь ярко цвели, наполняя воздух тонким ароматом. Конечно, ромашки – это не розы, и к ним на рассвете не прилетает соловей, чтобы петь песни о вечной любви, о том, как они прекрасны. Но ромашки и не знали, что есть соловьи. Их устраивало и постоянное жужжание шмелей. Это только на первый взгляд кажется, что в жужжании нет музыки, а, если внимательно прислушаться, то можно услышать: жжж, жжжуууууу, жужужуууууу, жжжжж – чем это не переливы?

А когда шмель садится на цветок, осторожно перебирая лапками золотую сердцевинку и нежно поглаживая её, как–то по–особому жужжит, каждая ромашка замирает от счастья.

Лёгкий Ветерок пробегал по этому желто-белому царству и тогда казалось, что это облачко спустилось с неба и, окрасившись кусочками солнышка, пробегает по земле, чтобы потом вновь устремиться ввысь.

Вот и на этот раз пришла весна. Луг снова зазеленел, и было видно, что ромашек станет особенно много. Стебельки быстро тянулись к солнцу, стараясь добраться до него. Ведь иначе у ромашек не будет такого желтого кружочка в серединке. Это им – подарок от солнышка за их скромность и красоту.

Но один стебелек был особо рослым и крепким. Поначалу никто и не обращал на него внимания, но с каждым днем он становился всё больше и больше, а когда начали завязываться бутоны, то стало ясно, что это – не ромашка. Эта новость быстро облетела весь луг. Ведь ромашки и не знали, что кроме них есть и другие цветы. Всем было любопытно посмотреть на этот росток, отчего стебельки ещё больше стремились вверх.

– Что это за цветок? – Постоянно друг у друга спрашивали ромашки. – Может, шмели будут знать, кто этот чужак и что ему понадобилось на нашем лугу?

Но пока не раскроются первые цветы, шмели не прилетят, так что оставалось только ждать и гадать.

Но вот начали раскрываться первые бутоны, и они были особенно хороши, так как это были самые большие и высокие ромашки. Но все равно они были ниже, чем этот неизвестный цветок. Кроме того, его бутон совсем не был похож на их бутоны. Большой, зеленый, он был даже уродлив. Кроме того, бутон постоянно свисал к земле, не тянулся, как ромашки к солнцу.

– Это не бутон, а уродец, – заявила одна из ромашек. Она первой расцвела, была самой большой и поэтому считала себя здесь главной. – Когда вы еще не расцвели, – продолжала она, обращаясь к ромашкам, – я уже тогда знала, что от этого стебля ничего хорошего ждать не придётся. Испокон веков здесь росли только мы, ромашки, и это наш луг.

Остальные ромашки молча слушали её и покачивали головками.

– А может, в нём нет ничего плохого, – попыталась возразить другая Ромашка. – Может, это тоже ромашка, но вот такой уродилась. Ведь мы все – ромашки, но посмотрите, у каждой – своё количество лепестков, своя желтизна сердцевинки.

– Ты когда распустилась? – Спросила ее Большая Ромашка.

– Сегодня на рассвете, – закивала головкой Ромашка.

– Вы посмотрите на неё, – возмутилась Большая Ромашка. – Только на рассвете распустилась, ещё один день не провела под солнцем, а уже со мной спорит.

Ромашки вновь закивали головками.

– Нечего вам спорить, – ласково качая их, нашёптывал Ветерок. – Посмотрите какой чудесный день.

А шмели, вторя ему, жужжали: жужжжу, жжж, жужжжжуууууу.

Посмотрите, посмотрите! – Вдруг воскликнула одна из ромашек. – Кажется тот огромный бутон начинает распускаться.

Все разговоры смолкли, и головки цветов наклонились в сторону бутона. Даже Ветерок утих и, притаившись в траве, смотрел, что же за цветок появится. Ему всё надо было хорошо рассмотреть, чтобы потом рассказать всему лугу, что же это за цветок. А шмели, усевшись на ромашки, постоянно перебирали лапками лепестки и от нетерпения жужжали еще сильнее.

– Кажется, цветок будет красного цвета, – тихо промолвила Ромашка.

– Какой ужас! – Воскликнула Большая Ромашка. – Красный цветок. Я же говорила, что это будет что-то страшное и некрасивое.

– Но почему некрасивое? – Возразила Ромашка. – Сегодня, когда я распускалась, первое, что увидела, это была алая заря. Разве заря некрасива?

– Ты опять споришь? – Возмутилась Большая Ромашка. – Если я говорю – ужас, то это так и есть. Я права? – обратилась она к шмелям.

– УУУУУжжжжжассссссссс! – загудели шмели.

– Вот видишь, что и шмели со мной согласны, – гордо вскинула головку Большая Ромашка. – А они понимают толк в цветах.

Ромашка ничего не ответила, а продолжала смотреть на раскрывающийся бутон.

Но вскоре солнце начало клониться к горизонту, наступал вечер, и бутон было почти не разглядеть.

– Придется дождаться утра – подумала про себя Ромашка, – интересно, какой же там скрывается цветок? – И она не заметила, как заснула.

Когда солнце взошло, весь луг переливался маленькими радугами. Роса искрилась и сверкала под первыми лучами.

Проснулась и Ромашка. Ей казалось, что сегодня должно произойти что-то очень радостное.

– Конечно же, бутон... Как я могла забыть про него? Он наверно распустился.

И тут она увидела огромный, ярко-красный цветок. У него были большие лепестки, которые покрывали капельки росы, от чего он выглядел еще краше. Непроизвольно стебелёк ромашки наклонился в сторону мака. Конечно, это был огромный, прекрасный мак, которым нельзя было не залюбоваться.

– Как он замечателен! – Тихо вздохнула Ромашка. – Он даже красивее ромашек...

– Как она чудесна! – Тихо прошептал Мак, глядя на Ромашку. – Как белоснежны её лепестки, как сверкает она своей желтизной. Могла бы она полюбить меня?

Все ромашки давно проснулись и тихо перешёптывались. Они ждали, что же скажет Большая Ромашка.

– Он не такой страшный, как я его себе представляла, – после долгого молчания произнесла Большая Ромашка. – Пусть себе цветет, только чтобы нам не мешал.

Тут на лугу появились девушка и юноша.

– Посмотри, среди моря этих ромашек всего один мак. Но какой он большой и красивый.

А Мак в это время все смотрел на Ромашку и думал: – Какая она изумительная! Конечно, я недостоин её любви. Ведь она восхитительна, как невеста.

Юноша подошёл, сорвал Мак и протянул его девушке.

– Зачем, зачем ты его сорвал?! – воскликнула девушка. – И слёзы заблестели в её глазах. Но было уже поздно.

Что-то очень больно кольнуло Мак, и он подумал: – Неужели я так и не узнаю, любит она меня или нет?

– Любит, – и один из его лепестков упал. – Не любит, – упал второй лепесток. – Любит, – и трстий лспсеток, кружась, попесся к земле. – Не любит, – упав среди ромашек, произнёс четвертый лепесток.

– Любит! – И последний, пятый лепесток, подхваченный Ветерком, упал у Ромашки.

– Она, любит, любит меня, значит, я ещё жив!!! – Прошептал Мак, и его стебелёк навеки поник.

Конец

ФЕЯ СИРЕНИ

Сказка посвящается Женщине – Фее, живущей в саду, Оланге

Это был огромный сад, где росло множество цветов.

Клумбы с крокусами и фиалками соседствовали с рядами пышных георгин. Гладиолусы, гордо вскинув украшенные цветами головы, покачивались, как бы отвешивая всем поклоны. Про розы и говорить нечего. Здесь их произрастало сотни видов. Одни покрывали все стены, отчего те казались размалеванными неумелым художником, у которого была только красная краска, другие цвели огромными кустами, и каждый бутон хотел поскорее распуститься, чтобы все увидели, какой прекрасный цветок скрывался в них.

От сильного аромата сада слегка кружилась голова. Тихая мелодия просыпалась внутри, и казалось, что она звучит наяву.

Все цветы были очень дружны между собой и постоянно переговаривались, обсуждая, как ласково светит солнышко, какие красивые облака пролетают по небу, как нежен легкий ветерок, старающийся обдуть каждый их листик и лепесток.

Садовник бережно ухаживал за садом. Для цветов он был самым любимым человеком. Иногда он садился на землю и подолгу рассказывал цветам про те годы, когда был молод и только посадил первые кусты роз. Цветы его внимательно слушали и покачивали

274

головками, как бы подтверждая, что все так и было.

Так проходил день за днем. Казалось, что если есть на земле рай, то он находится именно в этом саду. Сам воздух здесь был пропитан добротой и любовью.

Вечером многие из цветов закрывали свои чашечки и погружались в сладкую дрему в ожиданнии нового рассвета. А те, кто не спал, любовались небом, где звездочки, похожие на цветы, искрились всеми цветами и оттенками.

- Интересно, есть ли на них цветы? – спрашивала большая белая гвоздика.

- Конечно, - хором отвечали ромашки. – Они не были бы так красивы без нас.

-Цветы непременно растут, - поддакивали им светлячки. – Потому они и светят то зеленым, то голубым светом, что там, на цветах – миллионы светлячков и светящихся жуков.

- Вот бы посмотреть какие там розы, - вздыхал огромный куст, весь усыпанный прекрасными, желтыми цветами.

Однажды, поздней ночью, в саду послышался тихий плач. Сначала никто не понял, что это такое, так как цветы никогда не слышали подобных звуков. Но вскоре они увидели маленькую девочку, идущую по главной аллее сада.

Она громко всхлипывала и постоянно терла ручками глаза.

- Что случилось? – заволновались все. – Что за капельки воды струятся по щекам этого ребенка?

А девочка продолжала плакать.

- Ей надо непременно помочь, - одна за другой стали повторять фиалки. Они только что проснулись и последними вмешались в разговор.

- Но как ее утешить, как узнать, что случилось? Ведь мы не умеем разговаривать, - расстроились георгины, - а наш добрый садовник придет только рано утром. Надо что-то придумать.

Тут все заметили, как Месяц стал спускаться с неба, и вскоре он уже был на земле.

- Что случилось с тобой, дитя? – спросил он и погладил девочку своими лучами. – Кто обидел тебя? Почему ты здесь, в саду, а не в своей кроватке? Разве ты не знаешь, что все девочки и мальчики сейчас спят, а я своими лучами освещаю их, чтобы они видели чудесные сны?

Цветы были поражены, увидев Месяц в саду. Даже от удивления перестали покачиваться.

- Неужели это правда?.. – тихо прошептала гортензия. – Как же он ярок и красив вблизи.

Девочка перестала плакать и начала улыбаться.

- А ты настоящий?

Месяц рассмеялся.

- Смотри сама, - тут с неба стала спускаться Звездочка, которая вскоре засверкала в подставленных для неё ладошках.

Стало совсем светло.

- Так кто ты, почему оказалась здесь? – повторил вопрос Месяц. – Как тебя зовут?

- Мое имя Зелла, - грустно улыбнулась девочка. Мои папа с мамой давно умерли. Меня кормили и одевали соседи. Наша деревня сгорела. Все разъехались. Меня никто не взял с собой. Я шла в надежде найти где - нибудь приют.

Услышав это, Месяц так расстроился, что почти перестал светить.

- Чем же тебе помочь, чем помочь? – тихо приговаривал он.

Тут Звездочка вылетела из ладоней девочки и

подлетела к нему. Она долго и тихо что - то шептала Месяцу.

- Ты так считаешь?.. – радостно улыбнулся он. – Кажется неплохая идея...

- Конечно – конечно, - засверкала Звездочка. – Посмотри на Зеллу, какая она красивая.

- Интересно, что там они придумали, - заволновались цветы. – Мы тоже просим тебя, Месяц, помочь девочке. Пусть она останется навсегда с нами, в этом саду.

- Но где ей тут жить? Зелле нужна еда, кроватка, новое, красивое платьице. Тут Звездочка опять что-то стала ему шептать.

- Вот это ты чудесно придумала, - рассмеялся Месяц. – Пожалуй, так и поступим. Этому саду давно надо было найти свою фею. Как это я сам не догадался.

- Иметь фею?.. А кто такая фея? – Зашумели цветы, переспрашивая друг друга.

- Фея - это маленькая волшебница, которая питается нектаром и пыльцой, спит в чашечках цветов. Кроме того она имеет волшебную палочку и может творить разные чудеса.

- У нас будет фея, фея нашего сада, - радостно смеялись цветы. – Как это чудесно, что в саду будет жить волшебница, а мы сможем дарить ей свои аромат, красоту и любовь.

- Но надо узнать, согласна ли Зелла стать феей, - прервал их Месяц. –Может, она хочет остаться девочкой и жить среди людей.

- Нет, я хочу, очень хочу стать феей, - радостно смеясь, захлопала в ладошки девочка. – Мне рассказывали сказки про фей. Они все такие добрые и хорошие.

- Тогда так и поступим, - улыбнулся Месяц. – Но у нас есть еще один вопрос, который непременно надо решить. Каждая фея носит имя по названию какого–нибудь цветка. А здесь их такое множество, что я никак не подберу для феи имени, чтобы никого из цветов не обидеть. Если назову её розой, то обидятся остальные, назвать астрой по той же причине нельзя. Вон, сколько разноцветных астр вокруг. Какое же имя дать тебе, Зелла?

Цветы приуныли. Они надеялись, что прямо сейчас девочка станет феей, ей дадут волшебную палочку, а все задерживается из-за, казалось бы, такой мелочи.

- Мы не обидимся, - стали они уговаривать Месяца. – Назови розой, маргариткой, как решишь, но только поскорее преврати ее в добрую волшебницу.

- Кажется, я знаю, как назвать нашу фею, - задумчиво произнес огромный, розовый пион. – Он всегда мало говорил и предпочитал больше слушать других, - недавно садовник, проходя мимо меня, произнес, что давно пора в саду посадить хоть один куст сирени. Правда, я не знаю, что такое сирень.

- Сирень, это прекрасные цветы, с нежным ароматом и цветом. Но, сколько бы я про неё ни рассказывал, все равно словами не передать как сирень хороша, - улыбнулся Месяц.

- Значит, Зелла станет Феей Сирени? – радостно закачались стебельки цветов.

- Тебе хочется стать Феей Сирени? – спросила девочку Звездочка.

- Конечно, - засмеялась та. – Что надо для этого сделать? Мне не терпится стать волшебницей.

- Пожалуй, ты права, да и нам пора спешить.

Взглянул на небо Месяц, повернулся к Звездочке и сказал. – Приступай…

Та стала кружить вокруг Зеллы, потом взлетела, опустилась на лоб ребёнка и растаяла.

Девочка стала уменьшаться, а из земли появились свежие ростки.

Через несколько мгновений около огромного, цветущего куста сирени, стояла малюсенькая, необычайной красоты, фея.

- А вот и твоя волшебная палочка.

Месяц протянул свой луч, который превратился в золотую тростинку.

- Рад приветствовать тебя Зелла – Фея Сирени, - радостно улыбался он. – А мне уже пора...

Когда ранним утром садовник вошел в сад, то от изумления остановился. Повсюду цвели огромные кусты белой и махровой сирени, а остальные цветы выглядели еще нарядней и красивей.

- Что же тут ночью произошло? - прошептал садовник.

Цветы только кивали ему, а вокруг носились стаи мотыльков, бабочек и стрекоз.

Старик присел и задумался. Внезапно его лицо озарила улыбка.

- Кажется, я недаром старался всю жизнь, не зря посадил эти цветы в саду. В нем поселилась фея, Фея Сирени.

Он и не заметил, что рядом с ним стоит малюсенькая девочка и радостно размахивает волшебной палочкой.

С неба стали сыпаться золотые лучики, покрывая всю землю, цветы и самого садовника.

Начался праздник в честь новой феи, Зеллы – Феи Сирени.

Конец

Григорий Тер-Азарян. Полное собрание сказочных сочинений.
Том I.
2009 ©   IGRULITA PRESS, USA
11, Central Shaft rd, FLORIDA, MA, 01247
Тираж 80 000.
ISBN 978-0-9822105-1-2   0-9822105-1-5
Художник Olanga J.
Артдиректор Mirabell Wu

Главный редактор Vicco Tomaris

Верстальщик Эдуард Степкин

Книга готовится к изданию в переводе на английский язык под
редакцией Benedict Aloysius.
Запросы на перевод присылать IGRULITA PRESS, USA
Central Shaft rd, FLORIDA, MA, 01247 Электронный адрес:
igrulita@vfxsystems.com